Deutsch von
Maria Carlsson,
Inge Friederich,
Karin Polz,
Hermann Stiehl

John Updike

Der weite Weg zu zweit

Szenen einer Liebe

Rowohlt

Die amerikanische Originalausgabe dieser
Geschichten-Sammlung erschien unter dem Titel
«Too Far To Go. The Maples Stories»
bei Fawcett Crest Books, New York
Hinweise auf die Originaltitel der Erzählungen
und die Übersetzer siehe Seite 240
Umschlagentwurf von Werner Rebhuhn

1. Auflage April 1982

Satz aus der Bembo Lasercomp bei LibroSatz, Kriftel
Druck und Bindung: Clausen & Bosse, Leck
Printed in Germany
ISBN 3 498 06 861 X

Inhalt

Vorwort

Die Maples präsentierten sich dem Autor zum erstenmal 1956 in New York, verschwanden dann für sieben Jahre aus seinem Gesichtsfeld und tauchten 1963 in den Vororten von Boston, beim Blutspenden, wieder auf. Seither erschienen sie in einem Dutzend Geschichten, bis zur Scheidung des Ehepaars 1976. Ihr Name, geliehen von einem jungen Mann, der in einer von Spitzahorn *(norway maple)* beschatteten kleinen Stadt aufgewachsen und dann nach Neuengland mit seinem Zuckerahorn *(sugar maple)* und seinem flammenden Rotahorn *(swamp maple)* übergesiedelt war, behielt für ihn immer eine baumhafte Unschuld, eine aufrichtige und erfrischende Blatthaftigkeit. Obwohl die Erzählungen von den Maples den Niedergang und Verfall einer Ehe nachzeichnen, beleuchten sie doch auch eine in vielerlei Hinsicht glückliche Geschichte – von heranwachsenden Kindern und Millionen gemeinsamen irdischen Augenblicken. Daß eine Ehe zu Ende geht, ist alles andere als ideal. Aber alle Dinge unter dem Himmel gehen zu Ende, und wenn zeitliche Begrenztheit einer Sache ihren Wert nähme, dann könnte nichts im Leben wirklich gelingen. Die Moral dieser Erzählungen ist, daß es kein ungetrübtes Glück in dieser

Welt gibt. Und auch, daß alle Menschen unverbesserlich sie selbst sind. Die Grundmelodie, das Aufeinanderzugehen und Zurückweichen dieses Duetts der Maples wiederholt sich immer wieder, wird immer harscher transponiert. Sie sind scheu, fröhlich und unzufrieden. Sie mögen einander und sind einander doch ein Mysterium. Einer von beiden fühlt sich meist etwas unwohl, und die Wippe ihrer erotischen Wünsche ist selten im Gleichgewicht. Aber sie sprechen – ungezwungener als alle anderen Personen, für die der Autor als Vertreter fungiert hat. Ein Volksstamm, der abgeschieden in einem Tal lebt, entwickelt einen eigenen Ton, dann einen Dialekt und schließlich eine eigene Sprache: genauso ist es bei einem Ehepaar. Möge diese Sammlung eine tote Sprache besonderer Art vor dem Untergang bewahren, eine Sprache, die nicht leichter als das Lateinische zu zergliedern ist. Den vierzehn Geschichten von den Maples habe ich zwei hinzugefügt, die sich der inneren Logik nach in Richard Maples Vorstellung abzuspielen scheinen, und ein Fragment, das sich der Vollendung versagte.

John Updike

Schnee in Greenwich Village

Die Maples waren erst tags zuvor ans westliche Ende der 13th Street gezogen, und heute abend hatten sie Rebecca Cune eingeladen, weil sie ja jetzt so nah beieinander wohnten. Rebecca war ein hochgewachsenes Mädchen, das immer ein wenig lächelte und nie ganz bei der Sache war. Sie ließ sich von Richard Maple Mantel und Schal abnehmen und wandte sich zur gleichen Zeit in sanfter Begrüßung Joan zu. Richard, der sich mit besonderer Exaktheit und Würde bewegte, vor lauter Stolz, daß ihm das Mantelabnehmen so elegant von der Hand gegangen war – er und Joan waren schon fast zwei Jahre miteinander verheiratet, aber er sah noch so jung aus, daß man ihm instinktiv keine Gastgeberpflichten zumutete, und diese Rücksicht bewirkte, daß er sich seinerseits in einer unsicheren Reserve hielt und das Ausschenken der Getränke zum Beispiel meist seiner Frau überließ, während er sich wie ein besonders begünstigter, besonders reizender Gast auf dem Sofa rekelte –, Richard nun ging ins dunkle Schlafzimmer, vertraute Rebeccas Garderobe dem Bett an und kehrte ins Wohnzimmer zurück. Ihr Mantel hatte überhaupt kein Gewicht gehabt.

Rebecca saß unter der Lampe auf dem Boden, ein Bein

unter sich gezogen, einen Arm auf das Wandklappbett gestützt, das die vorigen Mieter noch nicht herausgenommen hatten, und sagte gerade: «Ich kannte sie erst diesen einen Tag, an dem sie mir meine Arbeit erklärte, aber ich sagte ja. Bis dahin hatte ich in einem schauerlichen Apartmenthaus gewohnt, einem sogenannten Wohnheim für Damen. In den Korridoren standen Schreibmaschinen, in die man 25 Cents stecken mußte.»

Joan saß mit kerzengeradem Rücken auf einem Hitchcock-Stuhl, der noch aus ihrem Elternhaus in Vermont stammte, zerknüllte ein feuchtes Taschentuch in der Hand und erläuterte, zu Richard gewandt: «Bevor Becky ihre Wohnung kriegte, hat sie mit diesem Mädchen und deren Freund zusammengewohnt.»

«Ja, Jacques hieß er», sagte Rebecca.

«Du hast mit ihnen *zusammen*gewohnt?» fragte Richard; sein neckend überlegener Ton rührte noch von der gehobenen Stimmung her, in die das so glücklich verlaufene Manöver mit dem Mantel ihn versetzt hatte (im dämmrigen Schlafzimmer hatte es ihm einen richtigen Stich gegeben – es war, als entledigte er sich mit großem Takt einer enttäuschenden Nachricht).

«Ja, und er bestand darauf, daß sein Name auf den Postkasten kam. Er hatte schreckliche Angst, daß ein Brief ihn mal nicht erreichen könnte. Als mein Bruder bei der Marine war und mich besuchte und auf dem Briefkasten die Namen sah –» mit drei Parallelbewegungen ihres Fingers setzte sie die Namen untereinander –

«Georgene Clyde,
Rebecca Cune,
Jacques Zimmerman,
sagte er, ich sei doch immer so ein nettes Mädchen

gewesen. Und Jacques wollte nicht einmal ausziehen, um meinem Bruder Platz zum Schlafen zu machen. Mein Bruder mußte auf dem Fußboden schlafen.» Sie senkte die Lider und suchte in ihrer Handtasche nach einer Zigarette.

«Ist das nicht wundervoll?» sagte Joan, und ihr Lächeln zog sich hilflos in die Breite, als ihr aufging, was für eine unsinnige Bemerkung das war. Richard machte sich Sorgen wegen ihrer Erkältung. Sieben Tage ging es nun schon so und wurde nicht besser. Ihr Gesicht war blaß und mit rosa und gelben Flecken gesprenkelt, und das unterstrich das Modiglianihafte noch, das in ihrem langen Hals und den ovalen blauen Augen lag und in ihrer Gewohnheit, hochaufgerichtet auf dem Stuhl zu sitzen, den Kopf dabei spöttisch zur Seite geneigt und die Hände mit den Flächen nach unten im Schoß zu halten.

Auch Rebecca war blaß, aber ihre Blässe hatte die konsistentere Schattierung einer – ja, die schweren Lider und eine gewisse Virtuosität um die Lippen legten diesen Vergleich nahe – einer Zeichnung von Leonardo.

«Möchte jemand einen Sherry?» fragte Richard mit tiefer Stimme zu ihr hinunter.

«Wir haben auch ein paar harte Sachen da, wenn du die lieber magst», sagte Joan, zu Rebecca gewandt. Und von Richards Standpunkt aus enthielt dieser Satz – wie manche Reklameplakate, die, aus verschiedenen Blickwinkeln gesehen, verschiedene Bedeutungen ergeben – die unmißverständliche Aufforderung, diesmal möge er die Old Fashioneds mixen.

«Sherry ist eine gute Idee», sagte Rebecca. Sie hatte eine klare Aussprache, aber ihre Stimme war so verhaucht und zart, als lege sie gar keinen Wert darauf, gehört zu werden.

«Ich finde auch», sagte Joan.

«Gut.» Richard nahm die Acht-Dollar-Flasche Tio Pepe vom Kaminsims, und damit alle das Schauspiel genießen könnten, entkorkte er sie an Ort und Stelle im Wohnzimmer. In dekorativer Haltung schenkte er drei Gläser halbvoll, reichte sie herum, lehnte sich gegen den Kamin (die Maples hatten bislang noch nie einen Kamin gehabt), schwenkte das Glas in der Hand, wie der Fachmann in der Weinhandlung ihm geraten hatte, um die Ester und Äther freizusetzen, bis seine Frau sagte, was sie immer in solchen Fällen sagte – es war der Standardtoast in ihrem Elternhaus gewesen –: «Prösterchen, ihr Lieben!»

Rebecca erzählte weiter von ihrer ersten Wohnung. Jacques hatte nie gearbeitet. Georgene hielt es nie länger als drei Wochen in einer Stellung aus. Alle drei zahlten in eine gemeinsame Kasse ein, die allen dreien auch gleichermaßen zugänglich war. Rebecca hatte ein separates Schlafzimmer. Jacques und Georgene dachten sich zuweilen Fernsehsendungen aus; sie legten alle ihre Hoffnungen in eine Sendereihe, die den Titel *Das IBI* – ‹I› für Intergalaktisch oder Interplanetarisch oder so etwas Ähnliches – *in Raum und Zeit* trug. Ein junger Kommunist zählte zu ihren Freunden, der sich nie wusch und immer Geld hatte, da seinem Vater die halbe West Side gehörte. Tagsüber, wenn die beiden Mädchen fort waren zur Arbeit, flirtete Jacques mit einer jungen Schwedin, die über ihnen wohnte und nicht davon abließ, ihren Mop auf dem winzigen Balkon vor dem Fenster der drei auszuschütteln. «Ein tolles Geschütz», sagte Rebecca. Als sie dann ein eigenes kleines Apartment bezog und sich endlich zu Hause und zufrieden fühlte, machten Georgene und Jacques den Vorschlag, eine Matratze zu besorgen und bei ihr auf dem Fußboden zu nächtigen. Da hatte Rebecca das Gefühl, daß jetzt der Zeitpunkt gekommen sei, energisch zu werden. Sie sagte nein. Später heiratete Jacques dann, aber ein anderes Mädchen, nicht Georgene.

«Möchte jemand Cashews?» fragte Richard. Er hatte im Feinkostgeschäft an der Ecke eine Büchse voll gekauft, speziell für diesen Besuch, aber auch wenn Rebecca nicht hätte kommen können, würde er etwas in dem Geschäft gekauft haben, irgend etwas anderes, unter irgendeinem Vorwand, einfach aus Vergnügen daran, den ersten Einkauf in diesem Laden zu tun, in dem er all die kommenden Jahre so viel kaufen und in dem er so gut bekannt werden würde.

«Nein, danke», sagte Rebecca. Aber Richard rechnete so wenig mit einer Absage, daß er ihr die Nüsse geradezu aufdrängte in seiner Begeisterung: «Bitte! Die sind so gut für dich!» Sie nahm zwei und biß eine in der Mitte durch.

Er hielt die Schale – ein Ding aus Silber, das die Maples zur Hochzeit geschenkt bekommen und aus Platzmangel bisher nicht ausgepackt hatten – seiner Frau hin, die sich eine gefräßige Handvoll herausfischte und so blaß aussah, daß er fragte: «Wie fühlst du dich?» Nicht daß er die Anwesenheit ihres Gastes vergessen hätte: im Gegenteil, er paradierte mit seiner durchaus ehrlichen Besorgnis. «Gut», sagte Joan kratzbürstig, und vielleicht stimmte das ja.

Obgleich die Maples Anekdötchen erzählten – etwa, wie sie die ersten drei Monate ihres Ehelebens in einer Blockhütte in einem Camp des Christlichen Vereins Junger Männer zugebracht hatten, oder wie Bitsy Flaner, eine gemeinsame Freundin, als einziges Mädchen in die Bentham Divinity School aufgenommen wurde, oder wie die Arbeit in der Werbebranche Richard mit Yogi Berra in

Kontakt brachte –, hielten sie sich nicht (das heißt: hielten sie einander nicht) für Raconteurs, und Rebeccas schmächtige Stimme herrschte in der Unterhaltung vor. Sie hatte das Talent, Sonderbares zu erleben.

Ihr reicher Onkel lebte in einem Haus aus Metall, das vollgestopft war mit Refektoriumsstühlen. Er hatte eine schreckliche Angst vor Feuer. Unmittelbar vor der Depression hatte er ein ungeheures Boot gebaut, das ihn und ein paar Freunde nach Polynesien tragen sollte. Alle seine Freunde verloren ihr Geld bei dem Börsenkrach damals, nur er nicht. Er machte weiter Geld. Er machte Geld aus allem und jedem. Aber er konnte die Reise ja nicht gut allein antreten, und so wartete das Boot immer noch in der Oyster Bay: ein gewaltiges Ding, neun Meter ragte es aus dem Wasser. Der Onkel war Vegetarier. Rebecca hatte bis zu ihrem dreizehnten Lebensjahr keinen Truthahn am Thanksgiving Day gegessen, weil es eine Familiengepflogenheit war, dies Fest im Hause des Onkels zu begehen. Im Krieg gab man diese Gepflogenheit dann auf: die Kunststoff-Absätze der Kinder hinterließen allenthalben schwarze Spuren auf den feinen Asbestfußböden. Seither hatte Rebeccas Familie nicht mehr mit diesem Onkel gesprochen. «Ja, und was mich immer so erschlagen hat», sagte Rebecca, «jede neue Gemüsewelle rollte an, als ob es sich um einen völlig andersartigen Gang handelte.»

Richard schenkte wieder eine Runde Sherry ein, und weil er dadurch sowieso schon im Mittelpunkt der Aufmerksamkeit stand, sagte er: «Lassen sich manche Vegetarier für den Thanksgiving Day nicht Truthähne aus gemahlenen Nüssen modellieren?»

Nach einer langen Pause sagte Joan: «Ich weiß nicht.» Und ihre Stimme, seit zehn Minuten nicht in Gebrauch, brach auf der letzten Silbe. Sie räusperte sich, und Richards Herz verschrammte ganz dabei. «Womit füllen sie die wohl?» fragte Rebecca und stäubte Asche in die Untertasse neben sich.

Draußen vor dem Fenster ertönte plötzlich Hufgeklapper. Joan war als erste am Fenster, Richard als nächster, und dann kam Rebecca; sie hob sich auf die Fußspitzen und reckte den Hals. Sechs berittene Polizisten galoppierten, aufgerichtet in den Steigbügeln, zu Paaren gruppiert, die 13th Street hinab. Als das helle Staunen der Maples sich gelegt hatte, sagte Rebecca beiläufig: «Das machen sie jeden Abend um diese Zeit. Ich finde, für Polizisten sehen sie enorm vergnügt und munter aus.»

«Oh, und es schneit!» rief Joan. Ihr wurde immer ganz sentimental ums Herz, wenn sie Schnee sah, sie liebte ihn so, und in den letzten Jahren hatte es so selten geschneit. «An unserem ersten Abend hier! An unserem ersten *richtigen* Abend!» Sie vergaß alles um sich her und schlang die Arme um Richard, und Rebecca, im Gegensatz zu jedem anderen Gast, der sich abgewendet oder allzu breit, allzu ermunternd gelächelt hätte, behielt unverändert ihre Blickrichtung bei: mit süßem, geistesabwesendem Ausdruck sah sie durch das umschlungene Paar hindurch immer weiter auf die Szene draußen. Der Schnee haftete nicht auf der nassen Straße, nur über die Motorhauben und die Dächer der geparkten Autos zog sich eine dünne Schneedecke.

«Ich gehe dann jetzt wohl», sagte sie.

«Oh, bitte nicht!» rief Joan, und ein Drängen lag in ihrer Stimme, das Richard erstaunte: sie war sichtlich sehr müde. Aber die neue Wohnung, der Wetterumschwung, der gute Sherry, die zärtlichen Strömungen zwischen ihr und ihrem Mann, die neu ausgelöst worden waren, als sie ihm so jäh um den Hals fiel, Rebeccas Anwesenheit – all das hatte sich ihr wahrscheinlich unentwirrbar zu diesem einen verzauberten Augenblick verflochten.

«Doch, ich glaube, ich muß gehen, du siehst so verschnupft und angegriffen aus.»

«Kannst du nicht wenigstens noch auf eine Zigarette bleiben? Dick, gieß uns noch einen Sherry ein.»

«Ein winziges bißchen nur», sagte Rebecca und hielt ihr Glas hin. «Hab ich dir eigentlich schon von dem jungen Mann erzählt, Joan, mit dem ich mal ausgegangen bin und der so getan hat, als sei er Oberkellner?»

Joan kicherte erwartungsvoll. «Nein, wirklich nicht, noch nie.» Sie schlang den Arm um die Rückenlehne ihres Stuhls und flocht die Finger durch die Stäbe, wie ein Kind, das sich die Gewißheit verschafft hat, noch ein bißchen aufbleiben zu dürfen. «Was hat er denn getan? Hat er Oberkellner nachgemacht?»

«Ja und überhaupt: zum Beispiel, als wir aus dem Taxi kletterten, war da gerade ein Kanalisationsdeckel, aus dem Dampf aufstieg, und er bückte sich –» Rebecca beugte den Kopf und hob die Arme – «und tat, als ob er der Teufel wäre.»

Die Maples lachten, weniger über Rebeccas Worte als über die Art, wie sie ihnen die Situation vor Augen gerufen hatte mit ihrer sparsamen nachahmenden Geste, in der sich beides ausdrückte: das dramatische Gehabe ihres Begleiters und ihre eigene, so wenig von sich hermachende Natur. Sie sahen Rebecca vor dem Taxischlag stehen und ausdruckslosen Blicks verfolgen, wie ihr Begleiter sich tiefer und tiefer kauerte, ganz aufging in seinem Scherz und dämonisch die Finger krümmte, während er deutlich zu spüren vorgab, wie ihm Hörner durch die Schädeldecke sprossen, Flammen an seinen Beinen emporzüngelten und die Füße ihm zu Hufen schrumpften. Rebeccas Talent, erkannte Richard jetzt, lag nicht darin, daß ihr sonderbare Dinge *zustießen*, sondern darin, daß sie mit ihrer trockenen Sachlichkeit alles so *wiedergab*, als sei es sonderbar. Vermutlich würde sich auch dieser Abend mal grotesk ausnehmen in ihrer Schilderung: «Sechs berittene Polizisten galoppierten vorbei, und sie rief: ‹Es schneit!› und fiel ihm um den Hals. Und er hielt ihr unaufhörlich vor, wie krank sie sei, und pumpte uns mit Sherry voll.»

«Und was hat er noch gemacht?» fragte Joan.

«Wo wir zuerst hingingen – ein großer Nachtclub war das, irgendwo auf dem Dach –, da setzte er sich ans Klavier und spielte, bis eine Frau mit Harfe sagte, er solle aufhören.»

Richard fragte: «Hat die Frau auf der Harfe *gespielt?*»

«Ja, sie zupfte dran herum.» Rebecca machte kreisförmige Bewegungen mit ihren Händen.

«Ja, hat er denn dieselbe Melodie gespielt, die *sie* spielte? Hat er sie *begleitet?*» Verdrießlichkeit, merkte Richard, und wußte nicht, weshalb, hatte sich in seinen Ton geschlichen.

«Nein, er setzte sich einfach hin und spielte irgendwas anderes. Ich weiß nicht, was es war.»

«Ist das *wirklich* wahr?» fragte Joan anspornend.

«Und im nächsten Lokal, in das wir dann gegangen sind, mußten wir an der Bar warten, bis ein Tisch frei wurde; ich schaute mich ein bißchen um, und er ging von Tisch zu Tisch und fragte die Leute, ob alles zu ihrer Zufriedenheit sei.»

«War das nicht *peinlich?*» fragte Joan.

«Doch. Später hat er dann auch da Klavier gespielt. Wir waren so was wie die Hauptattraktion dort. Gegen Mitternacht schlug er vor, wir sollten jetzt nach Brooklyn fahren, zu seiner Schwester. Ich war total erschöpft. Wir sind zwei Stationen zu früh aus der Subway gestiegen, unter der Manhattan-Brücke. Es war ganz leer dort, nichts kam vorbei, nur schwarze Limousinen. Meilenweit über unseren Köpfen –» sie starrte nach oben, als spähe sie zu einer Wolke oder zur Sonne hinauf – «war die Manhattan-Brücke, und er behauptete, das sei die Hochbahn. Schließlich fanden wir eine Treppe und zwei Polizisten, die uns zurückschickten zur Subway.»

«Womit verdient dieser erstaunliche Mann seinen Unterhalt?» fragte Richard.

«Er ist Lehrer. Er ist ganz intelligent.» Sie erhob sich und reckte einen langen silberweißen Arm. Richard holte ihren Mantel, und sagte, er werde sie nach Hause begleiten.

«Ich hab aber doch nur ein ganz kurzes Stück», sagte Rebecca, und ihre Stimme entbehrte jeden Nachdrucks.

«Du mußt sie nach Hause begleiten, Dick», sagte Joan. «Bring eine Schachtel Zigaretten mit.» Die Vorstellung, wie er da im Schnee gehen würde, schien ihr Spaß zu machen: als sähe sie ihn schon heimkommen, mit Schnee auf den Schultern und Kälte im Gesicht – alldem, was dieser Weg einbringen würde und wofür sie nicht gesund genug war.

«Du solltest ein paar Tage mit dem Rauchen aufhören», sagte er. Sie winkte ihnen zum Abschied vom obersten Treppenabsatz nach.

Die Flocken fielen kaum sichtbar, außer im Schein der Straßenlaternen, und wehten ihnen mit schwerelosem, romantischem Druck ins Gesicht. «Ziemlich viel, was da runterkommt», sagte Richard.

«Ja.»

An der Ecke, wo der Schnee dem grünen Ampellicht wässerige Bläue gab, folgte sie ihm nur zögernd über die Straße, und er fragte: «Du wohnst doch auf dieser Seite, nicht?»

«Ja.»

«Ich meinte mich nämlich zu erinnern – wir haben dich doch mal von Boston nach Hause gefahren.» Die Maples hatten damals in den westlichen Achtzigern gewohnt. «Ich hab noch dunkel im Kopf, daß da irgendwelche großen Gebäude waren.»

«Die Kirche und die Schlachterschule», sagte Rebecca. «Jeden Tag um zehn, wenn ich zur Arbeit gehe, haben die Jungen, die Schlachter werden wollen, Pause und kommen raus, ganz blutig, und sie lachen.» Rebecca sah an der Kirche hinauf; der Turm zeichnete sich skelettiert gegen die vereinzelt erhellten Fenster eines hohen Gebäudes in der Seventh Avenue ab.

«Arme Kirche», sagte Richard, «ein Turm hat es schwer in dieser Stadt, das Höchste zu sein.»

Rebecca sagte nichts, nicht einmal ihr übliches Ja. Als tadele sie seine Redseligkeit, so empfand er es. In seiner Verwirrung lenkte er ihre Aufmerksamkeit auf das Nächstbeste, das er sah: ein dürftig beschriftetes Schild über einer hohen Tür. «Berufsschule für Lebensmittelhändler», las er laut. «Die Leute über uns haben uns erzählt, daß der Mann, der vor unserem Vorgänger in unserer Wohnung gewohnt hat, Fleischwarengroßhändler war und sich *Lieferant für die elegante Küche* nannte. Er hielt sich eine Freundin in der Wohnung.»

«Die großen Fenster da oben», sagte Rebecca und zeigte zum dritten Stock eines braunen Sandsteinhauses hinauf, «liegen genau gegenüber von meinem. Ich kann hineinsehen und habe dann das Gefühl, daß wir Nachbarn sind. Immer ist jemand da. Ich habe keine Ahnung, womit die ihr Geld verdienen.»

Sie gingen noch ein paar Schritte und blieben dann stehen und Rebecca sagte – mit einer Stimme, die Richard eine Nuance lauter vorkam als sonst –: «Magst du mit raufkommen und dir ansehen, wie ich wohne?»

«Gern.» Es gab keinen Grund, nein zu sagen.

Sie stiegen vier Zementstufen hinauf, öffneten eine unansehnliche orangefarbene Tür, traten in einen überheizten, im Hochparterre gelegenen Vorplatz und erklommen dann vier Holztreppen. Der Verdacht, der Richard schon auf der Straße beschlichen hatte, nämlich keineswegs mehr in den öffentlichen Anlagen reiner Höflichkeit zu wandern, verdichtete sich zu schuldhafter Gewißheit. Es gab kaum etwas, dem so sehr der Geruch des Verbotenen anhaftet, wie hinter einem Frauenhintern die Treppe hinaufzusteigen. Joan hatte vor drei Jahren in Cambridge vier Treppen hoch gewohnt, ohne Fahrstuhl, und jedesmal, wenn er sie nach Hause brachte – auch dann noch, als bei ihnen alles, bis zur letzten Intimität, unter Dach und Fach war –, hatte er Angst gehabt, der Hauswirt würde, zu Recht ergrimmt, hinter seiner Tür hervorspringen und ihn verschlingen, sowie sie beide vorbeikämen.

Rebecca öffnete ihre Tür und sagte: «Höllisch heiß hier», und das war der erste Fluch, den er aus ihrem Mund hörte. Sie knipste eine trübe Lampe an. Das Zimmer war klein; schräge Wand- und Deckenflächen – unmittelbar darüber war das Dach – schnitten große, prismatische Teile aus dem Raum. Als Richard weiter ins Zimmer hineinging, auf Rebecca zu, die noch immer im Mantel dastand, entdeckte er rechts von sich einen überraschenden Winkel, der dadurch entstand, daß das steil abfallende Dach hier unmittelbar bis zum Fußboden reichte. Ein Doppelbett stand dort. Fest eingezwängt auf drei Seiten, wirkte es weniger wie ein Möbelstück als wie ein permanent installiertes, weißbezogenes Podium. Er wandte hastig die Augen ab, und unfähig, jetzt, sofort danach, Rebecca anzusehen, starrte er zwei Küchenstühle an, eine metallene Stehlampe mit schwenkbarem Arm, deren Schirm mit einem aufgemalten Fries aus dicken Fischen und Steuerrädern gesäumt war, und ein Büchergestell mit vier Brettern: alles Dinge, die sich schmalbrüstig den schrägen Wänden anpaßten und von verschreckter Vertikalität waren.

«Ja, und dies hier ist der Herd auf dem Kühlschrank, von dem ich euch erzählt habe», sagte Rebecca. «Oder hab ich's nicht erzählt?» Der obere Apparat ragte auf allen Seiten etliche Zoll über den unteren hinaus. Richard fuhr mit dem Finger über die weiße Vorderseite des Herds und sagte: «Hübsch hier bei dir.»

«Und dies ist mein Ausblick», sagte sie. Er trat neben sie ans Fenster, schob den Vorhang weg und sah durch die winzigen, fleckigen Scheiben zur Wohnung auf der anderen Straßenseite hinüber.

«Der Bursche da drüben hat aber wirklich ein riesiges Fenster», sagte er. Rebecca stimmte ihm zu mit einem kurzen «Mhm». Alle Lampen brannten in der Wohnung drüben, aber sie war leer. «Sieht wie ein Möbellager aus», sagte Richard. Rebecca hatte immer noch ihren Mantel an. «Es hört nicht auf zu schneien.»

«Nein.»

«Also dann –» das kam zu laut; und zu leise führte er seinen Satz zu Ende: «Danke, daß du mir dein Zimmer gezeigt hast. Ich – hast du das schon gelesen?» Er zeigte auf die Ausgabe von *Auntie Mame,* die auf einem Fußschemel lag.

«Ich hatte noch keine Zeit dazu», sagte sie.

«Ich hab's auch noch nicht gelesen. Nur Rezensionen. Zu mehr komme ich nie.»

Er hatte es bis zur Tür geschafft. Unsinnigerweise drehte er sich dort um. Nur an der Tür, entschied er später rückblickend, war ihr Benehmen unverantwortlich gewesen: nicht genug damit, daß sie unnötig nahe stand, machte sie sich auch noch dadurch, daß sie ihr Gewicht auf ein Bein verlagerte und den Kopf zur Seite neigte, um mehrere Zentimeter kleiner, machte ihn, Richard, zum Dominierenden, was nur zu gut zu den tiefen, demütigen Schatten paßte, die – sie mußte es gewußt haben – auf ihrem Gesicht lagen.

«Also dann –» sagte er.

«Also dann.» Ihr Echo kam unverzüglich und bedeutete sicher nichts.

«Paß auf, daß die Sch-Schlachter dich nicht erwischen.» Das Stottern verdarb den Scherz natürlich, und ihr Lachen, das eingesetzt hatte, sobald sie von seinem Gesicht ablas, daß er etwas Witziges produzieren wollte, war verstummt, noch ehe er etwas gesagt hatte.

Als er die Treppe hinunterging, stützte sie sich mit beiden Händen auf das Geländer und sah ihm nach. «Gute Nacht», sagte sie.

«Nacht.» Er sah hinauf; sie war ins Zimmer gegangen. Oh, aber sie waren einander nahe.

Werben
um die eigene Frau

O meine Liebste. Ja. Hier sitzen wir, die Kinder zwischen uns, auf warmen, breiten Dielenbrettern im Halbkreis vor dem Feuer und essen. Das kleine Mädchen und ich teilen uns ein halbes Pfund Pommes frites; du teilst das andere halbe Pfund mit dem Jungen, und in der Mitte, hoch auf seinem Kinderstühlchen, mit niemandem teilend, sich selbst genug wie ein Edelstein, das Baby, das mit stirnrunzelnder Sachverständigkeit an seiner Flasche saugt, während seine eigensüchtigen, nachdenklichen Augen im gestohlenen Glanz der Flammen glitzern. Und du. Du. Du läßt es zu, daß dein Rock, derselbe schwarze Rock, in dem du heute früh mit der sanften Tapferkeit der Frau das Fahrrad bestiegen und dich aufgemacht hast, um auf dem alten Sonntagsschulklavier Choräle in schwierigen Tonarten zu spielen – du läßt es zu, daß dieser schwarze Rock von deinen hochgezogenen Knien über die Schenkel rutscht, die Schenkel *hinauf*gleitet, in die eigentliche Geographie deines Körpers, so daß die weißen Parallelen ihrer Unterseiten der Wärme des Feuers und meinem Blick preisgegeben sind. Oh. Es gibt da eine Zeile von Joyce. Ich versuche, sie in den legendären, unvollkommen erforschten Höhlen des *Ulysses* wiederzufinden:

ein Strumpfband, das Blazes Boylan zu Gefallen in der Tiefe einer Dubliner Budike an einen Schenkel knallt. War's nicht so? Knallwarm. Das war das entscheidende Wort. Knallwarm an den prallen, warmen Weiberschenkel geknallt. So ungefähr. Ein großartiger Mann, so etwas zu empfinden. Das Knallwarme an der Frau. Großartig auch, das seltsame und kraftvolle, unerklärliche und unwiderleglich magische Leben zu spüren, das der Sprache innewohnt. Wie wir so im Halbkreis sitzen, ist mir, als kämen die Kinder, so groß sie sind, mit bronzener Haut und feuchten Fingern und Augen, aus deinem Schoß auf mich zu. Drei Kinder, fünf Personen, sieben Jahre. Sieben Jahre, seit ich das weite weiche warme weißschenklige Weib freite. Umwarb und freite. Weib. Ein messerscharfes Wort, das trotz seiner endgültigen Schärfe dem Werben kein Ende setzte. Zu meiner Verwunderung.

Wir essen Fleisch – Fleisch, das ich noch warm den rauhen Händen des Mädchens in der Imbißstube entriß, anderthalb Meilen entfernt; ein wüster Ort von chromglitzernder, barbarischer Üppigkeit. Junge Raubtiere bedrohten mich, dreckige Witze knurrend, alte Männer langten mit kaffeewarmen Pfoten nach mir; ich zückte meine Brieftasche und kämpfte mich hinaus ins Freie. Die dicke, fettige braune Tüte mit den Boulettensemmeln lag in dem kalten Wagen warm neben mir; der kleinere Beutel, zwei kleine Pommes frites-Schachteln enthaltend, strömte eine noch aufdringlichere Hitze aus. Zurück durch die schwarze Winterluft zum Feuer, zu der traulichen Höhle, wo ich mit Hallo und Hurra empfangen wurde, ich und das erlegte Wild, das mit klaffendem Maul und bluttriefender, wattiger Kehle tot über meinen Schultern lag. Und nun du, neben dem weißen Rund des

Tellers, auf dem die Kinder mit Quietschern des Abscheus die in die Bouletten eingekneteten, durchscheinenden Zwiebelringe abgelegt haben – du rückst mit den Zehen ein Stückchen näher an die Glut, das fahle Weiß der Innenseite deines unergründlichen Oberschenkels wird träge bloßgelegt, und das ewig elastische Strumpfband schnellt im Verborgenen knallwarm an mein Herz.

Wer hätte gedacht, mein weiches Weib, damals im weißen Zittern der Zeremonie (aus dem Augenwinkel sah ich trotz des ablenkenden Hagels ominöser Gelübde den an deine Taille gepreßten Stephanotisstrauß beben), daß sieben Jahre und der Weg durch viele warme Betten keine Entfernung zwischen uns und jenen bebenden Ausgangspunkt legen würden. Die Zellen erneuern sich alle sieben Jahre, und tief drinnen im Atom herrscht anscheinend eine seltsame Diskontinuität; als wollte Gott das Universum jeden Augenblick aufs neue. (Ach Gott, lieber Gott, großer Freund meiner Kindheit, ich will dich nie vergessen, auch wenn sie furchtbare Dinge sagen. Sie sagen, die Fensterrosen in den Kathedralen wären Vaginasymbole.) Deine Beine, ganz entblößt wie im Badeanzug, wollen tiefer in die heiße Bernsteinflut tauchen. Nun wohl: laß uns beginnen. Ein grüner Feuerstrahl sprüht aus dem Harznest in einem Holzscheit kreischend seitwärts, und die orangenen Schatten an der Decke schwanken neu belebt. Also, beginnen wir.

«Weißt du noch, auf unserer Hochzeitsreise, wie durch die Platte des Petroleumofens der Feuerschein eine große Fensterrose an die Decke warf?»

«Hm.» Dein Kinn senkt sich auf die Knie, du ziehst die Schienbeine an, alles ist eingezogen. Vielleicht keine besondere Erinnerung für dich; häßliche Blutflecken, Ungeschick aller Art. «Es war kalt für Juni.»

«Mammi, was war kalt? Was hast du gesagt?» fragt das kleine Mädchen, wild entschlossen artikulierend, damit die Sprache nicht auf ihrer Zunge ausrutscht und sie umwirft, und wir müssen lachen.

«Ein Haus, in dem Daddy und ich mal gewohnt haben.»

«Ich mag das nich», sagt der Junge und wirft eine mit grünlichem Senf bestrichene halbe Boulettensemmel auf den Boden.

Du hebst sie auf und fragst in schönem, dunkel sinnendem Ton: «Ist das nicht komisch? Hat sonst jemand Senf darauf gehabt?»

«Ich *hasse* das», sagt der Junge störrisch. Er ist zwei Jahre alt, und die Sprache gleicht für ihn dicken Handgriffen, die vage an ihm vorüberwirbeln; er greift sich, was er erwischen kann.

«Hier. Er kann meine haben. Gib mir seine.» Ich reiche meinen Hamburger hinüber, du nimmst ihn, er nimmt ihn von dir, und nirgends eine Regung von Dankbarkeit. Auch kein Lob für meinen Heroismus, das Sonntagabendessen zu holen und dir die Arbeit zu ersparen. Listig spürst du – und spürst, daß ich spüre, was du weißt – meine Hoffnung, du würdest deine Energien für eine ekstatischere Gelegenheit horten. Wir spüren alles, was zwischen uns vorgeht, jede kleinste Regung, ob wirklich vorhanden oder nicht; es ist anstrengend. Der eigenen Frau den Hof machen kostet zehnmal so viel Kraft wie die Eroberung eines unwissenden Mädchens. Die brennenden Scheite verschieben sich und zerstören Fetzen von Zeitungspapier, die in verblaßter Druckerschwärze die Gespenster ihrer Nachrichten tragen. Du schlingst die Arme um die Beine und ziehst den Rock herunter. Mit einem zischenden Laut, ähnlich dem Seufzen der erschöpften Holzscheite, saugt das Baby den Rest aus seiner Flasche, wirft sie samt ihrer trügerischen, abscheulich gehaltlosen Neige auf den Boden und fängt an zu weinen. Sein Egoistenmund öffnet sich – das zarte Häutchen seiner Sattheit zerreißt. Du nimmst den Kleinen hoch und stehst auf. Du liebst das Baby mehr als mich.

Wer hätte damals angesichts jener Blutflecken gedacht, daß keine Schranke niedergerissen war, daß du nach jedem Mal wieder heil und jungfräulich sein würdest? Groß und schön, dunkel, fern und liebenswürdig.

Wir bringen die Kinder zu Bett, eines nach dem anderen, in umgekehrter Reihenfolge ihrer Geburt. Ich bin grenzenlos geduldig, väterlich, gütig. Aber du weißt Bescheid. Wir sehen zu, wie die Tüten und Schachteln auf dem atmenden Aschenbett Feuer fangen, wir lesen, sehen fern, essen Cracker, es kommt nicht drauf an. Es wird elf. Einen prickelnden Augenblick stehst du im Schlüpfer auf dem Schlafzimmerteppich und entwirrst dein Nachthemd; oh, dickes weißes süßes dickes Fleisch. Im Bett liest du. Etwas über Richard Nixon. Er fasziniert dich; du haßt ihn. Du weißt, wie er Jerry Voorhis geschlagen, Mrs. Douglas gepeinigt, bei der Marine Poker gespielt hat, obwohl er Quäker ist, du kennst jeden seiner teuflischen Kniffe, seinen ganzen kläglichen Opportunismus. O mein Gott. Lassen wir den armen Mann schlafen gehen. Keiner von uns ist vollkommen. «He, wollen wir nicht das Licht ausmachen?»

«Augenblick. Er ist gerade dabei, Hiss zu überführen. Sehr merkwürdig. Hier steht, er hat redlich gehandelt.»

«Klar hat er das.» Ich strecke die Hand nach dem Lichtschalter aus.

«Nein. Noch nicht. Nur noch dies Kapitel zu Ende. Sicher kommt zum Schluß noch was.»

«Hiss war schuldig, Schatz. Wir sind alle schuldig. Wir werden in Fleischeslust empfangen und sterben reuelos.» Einst vermochten meine blumigen Worte dich zu locken.

Ich liege an deinen gewölbten Rücken geschmiegt. Du liest auf der Seite liegend, eine Bettgewohnheit. Durch die Fransen deines Haars sehe ich die Buchseite, scharf und weiß wie einen kristallenen Keil. Plötzlich rutscht sie weg. Das Buch ist deiner Hand entglitten. Du schläfst. Oh, so ein hundsgemeiner Trick! Hundsgemein. Im Dunkeln denke ich darüber nach. Hundsgemein. Die Scheinwerfer der Autos lassen dann und wann fächerförmige Lichtschlitze über Wände und Decke gleiten. Die große Fensterrose damals kam von den blütenförmigen Öffnungen in der Platte des schwarzen Petroleumofens, den wir mitten ins Zimmer gestellt hatten. Wenn die Flamme an dem kreisförmigen Docht flackerte, waberte der breite, sanfte Stern verschränkter Halbschatten, als wäre er auf Seidenstoff gedruckt und würde von leichter Hand gezupft oder von trägem Wind gebauscht. Seine Farbe war wie weich verwischtes Blut. Wir zahlen teures Blut für unser friedliches Heim.

Am Morgen bist du zu meiner Erleichterung häßlich. Das fahle Frühstückslicht des Montags macht dich bleich und fleckig, nimmt deiner Dicke das Gefällige, verwandelt den Bademantel in eine schlaffe, schmuddelige Röhre, die trostlos an dir herabhängt und ein teigiges Dekolleté enthüllt. Die Haut zwischen deinen Brüsten ist traurig gelb.

Ich schlürfe deine Reizlosigkeit mit meinem Kaffee. Jede Runzel, jede kränkliche Verfärbung ist mir Erleichterung und Rache. Die Kinder quengeln. Der Brotröster klemmt. Sieben Jahre haben diese Frau verbraucht.

Der Mann, er schießt davon zur Arbeit, kämpft wacker um die Vorfahrt, er balanciert auf dem schmalen Grat der gesetzlich zulässigen Geschwindigkeit. Raus aus dem muddeligen Wirrwarr des Haushalts, aus allem Weiblichen, Blassen und Schlaffen – hinein in die Stadt. Stein ist sein Reich. Der Erwerb klingender Münze. Das Manipulieren von Abstraktionen. Fühllose Dinge ankurbeln. Oh, die unbeseelten, harten Freuden des Berufs!

Als ich nach Hause komme, ist mein Kopf in einem Mechanismus gefangen. Eine technische Angelgenheit, die dir zu erklären Wochen dauern würde, blockiert mein Gehirn; den ganzen Abend über fummle ich blind mit Formeln und Zahlen. Du servierst mir das Abendessen, wie eine Kellnerin – weniger als eine Kellnerin, denn ich habe dich gekannt. Die Kinder fassen mich schüchtern an, als wäre ich ein unglaublich hoher Träger in einem unbegreiflich hohen Gewölbe. Sie gleiten wohlbehütet in den Schlaf. Wir überleben ihr Entschlafen in übereinstimmender Gelassenheit. Meine Gedanken durchlaufen in stetigen rechten Winkeln immer denselben blockierenden Gitterkreis desselben beruflichen Problems. Die Seiten deines Buchs über Nixon rascheln; du entschwindest nach oben ins Bad; die Badezimmerrohre kreischen. Ich scheine endlich den verklemmten Schalter in meinem Kopf gefunden zu haben: ich rüttle daran: er klemmt; ich rüttle nochmals: er klemmt nach wie vor. Ich bin zappelig und schwindlig von zu vielen Zigaretten. Ich wandere ziellos im Zimmer herum.

So bin ich der Überrumpelte, als ich um die bedeutungsvolle zehnte Stunde wieder einmal kehrtmache und du feucht und mädchenhaft und munter mit einem Zahnpastakuß zu mir kommst. Die gewichtige Moral dieser Geschichte: Ein Geschenk, das man erwartet, ist des Schenkens nicht wert.

Beim Blutspenden

Die Maples waren jetzt neun Jahre verheiratet, also schon fast zu lange. «Verdammter Mist», sagte Richard zu Joan, als sie nach Boston fuhren, um Blut zu spenden, «fünfmal in der Woche fahre ich diese Strecke hin und zurück, und jetzt fahre ich sie wieder. Das ist ja wie ein Alptraum. Ich bin erschöpft. Ich bin nervlich, geistig und physisch erschöpft, und dabei ist sie gar keine Tante von mir. Sie ist nicht mal eine Tante von *dir*.»

«Aber so eine Art Cousine», erwiderte Joan.

«Mein Gott, jeder Mensch in Neuengland ist irgendwie mit dir verwandt. Soll ich etwa den Rest meines Lebens damit verbringen, sie *alle* zu retten?»

«Sei still», sagte Joan. «Sie muß vielleicht sterben. Ich schäme mich für dich. Wirklich, ich schäme mich.»

Das saß. Seine Stimme bekam vorübergehend eine reumütige Blässe. «Na ja, ich würde mich wohl nicht so gehenlassen, wenn ich letzte Nacht ein bißchen mehr Schlaf gehabt hätte. Fünf Tage in der Woche falle ich aus dem Bett und torkle am Milchmann vorbei zur Garage, und an dem einen Tag, an dem ich nicht einmal die lieben Kinderchen zur Sonntagsschule kutschieren muß, da vereinbarst du einen Termin, und ich darf dreißig Meilen fahren, nur um mir Blut abzapfen zu lassen.»

«Ich möchte nur wissen», sagte Joan, «wer von uns beiden bis um zwei Uhr bleiben und mit Marlene Brossman Twist tanzen mußte.»

«Wir haben nicht Twist getanzt. Wir sind züchtig übers Parkett geglitten zu ‹Schlager der vierziger Jahre›. Und glaub ja nicht, daß mir dabei entgangen wäre, wie du hinter dem Klavier mit Harry Saxon geturtelt hast.»

«Wir waren nicht hinter dem Klavier, sondern saßen davor. Auf der Bank. Und er hat sich bloß mit mir unterhalten, weil ich ihm leid tat. Ich habe allen leid getan; du hättest wenigstens *einmal* einen anderen mit Marlene tanzen lassen können, wenn auch nur pro forma.»

«Pro forma», höhnte Richard. «Das ist typisch für deine Einstellung.»

«Die armen Matthews, oder wie sie heißen, haben ganz entsetzte Gesichter gemacht.»

«Matthiessons», verbesserte er. «Das ist auch so eine Sache. Warum werden solche idiotischen Leute eigentlich eingeladen? Wenn ich etwas hasse, dann Frauen, die dauernd die Hand auf ihre Perlen drücken und tief Luft holen. Ich dachte, ihr wäre was im Hals steckengeblieben.»

«Die beiden sind ein ganz reizendes junges Paar. Du ärgerst dich ja nur über sie, weil du an ihnen merkst, was aus uns geworden ist.»

«Wenn du dich so sehr zu kleinen Dicken wie Harry Saxon hingezogen fühlst, warum hast du dann keinen geheiratet?» fragte er.

«Hör mal», sagte Joan ruhig und blickte von ihm fort auf die vorbeifliegenden Tankstellen, «du tust nicht nur so – du bist heute *wirklich* gemein.»

«Du tust nicht nur so! Herrgott, wem willst du denn was vorspielen? Wenn es nicht Harry Saxon ist, dann ist es Freddie Vetter – alle diese Liliputaner. Sooft ich gestern abend zu dir hinübergesehen habe, standest du da wie eine bleiche Taukönigin, umgeben von Gartenzwergen.»

«Ach, mach dich nicht lächerlich», sagte sie. Ihre Hand, die Hand einer Dreißigerin, trocken, grün geädert und rauh von der Hausarbeit, drückte im Aschenbecher am Armaturenbrett die Zigarette aus. «Du bist so plump. Du möchtest mich ja nur mit einem anderen Mann verkuppeln, damit du dich ohne Gewissensbisse dieser Marlene widmen kannst.»

Daß sie seine Strategie so genau durchschaut hatte, trieb ihm das Blut ins Gesicht; er fühlte wieder das Kitzeln von Mrs. Brossmans Haar, als er seine Wange an die ihre preßte und den Parfumduft hinter ihrem Ohr einatmete. «Du hast ganz recht», erwiderte er. «Aber ich lege Wert darauf, dir einen Mann von deiner Größe zu beschaffen; ich bin da sehr für Gerechtigkeit.»

«Ach, laß uns nicht weiterreden», sagte sie.

Sein Versuch, die Wahrheit als einen Scherz auszugeben, war fehlgeschlagen, und mit Joans stillschweigender Duldung konnte er nicht rechnen. «Es ist diese Selbstgefälligkeit», erklärte er so gelassen, als handle es sich um ein Phänomen, für das sie sich beide leidenschaftslos interessierten. «Sie ist das wirklich Unerträgliche an dir – diese Selbstgefälligkeit. Deine Dummheit stört mich nicht. Und damit, daß dir an Sex nichts liegt, habe ich mich inzwischen abgefunden. Nur diese herrliche Selbstgefälligkeit! Typisch Neuengland. Wahrscheinlich brauchten wir sie, um das Land erst mal auf die Beine zu stellen, aber im Zeitalter der Angst geht sie einem entsetzlich auf die Nerven.»

Er hatte sie angeblickt, während er sprach, und nun wandte sie ganz unerwartet den Kopf und sah ihn an, verblüfft, aber mit einem unheimlich kristallklaren Ausdruck, als wäre ihr Gesicht von einer Sekunde zur anderen zu Porzellan geworden, einschließlich der Augenwimpern.

«Ich hatte dich gebeten, zu schweigen», sagte sie. «Jetzt hast du Dinge ausgesprochen, die ich nie wieder vergessen kann.»

Klaftertief ins Unrecht getaucht, erhitzt und mit rotem Gesicht, konzentrierte er sich verdrossen auf die Straße. Der schwache Samstagsverkehr gestattete ihm eine Stundengeschwindigkeit von sechzig Meilen, aber er war diese Straße so oft gefahren, daß ihre Entfernungen sich ihm als Zeit darstellten und sich so langsam zu bewegen schienen wie ein Minutenzeiger von einem Strich zum anderen. Strategie und Würde hätten erfordert, daß er schwieg, doch er ließ sich von der Hoffnung hinreißen, ein paar Worte würden genügen, die empfindliche Waage ins Gleichgewicht zu bringen, deren eine Schale sich mit jeder wortlosen Meile tiefer senkte. Er fragte also: «Was hattest du für einen Eindruck von Bean?» Bean war ihr Töchterchen. Sie hatten das Kind, als sie am Vorabend zu der Party gingen, mit ziemlich hohem Fieber zurückgelassen.

Joan hatte sich fest vorgenommen, nichts mehr zu sagen, aber das Schuldgefühl war stärker als der Groll, und so antwortete sie: «Das Fieber ist heruntergegangen. Ihre Nase läuft und läuft.»

«Schätzchen», platzte Richard heraus, «wird es weh tun?» Er hatte seltsamerweise noch nie Blut gespendet. Als Asthmatiker mit Untergewicht war er nicht eingezogen worden, und auf dem College wie auch jetzt im Büro war er immer um das Blutspenden herumgekommen, was allerdings weniger auf Feigheit beruhte als auf einer gewissen Scheu seitens der Werber für eine solche Aktion. Man war einfach nie auf die Idee gekommen, von ihm eine so triviale Mutprobe zu verlangen.

Der Frühling hält recht behutsam Einzug in Boston. Um die Parkuhren waren noch schmutzgesprenkelte Eiskrusten zu sehen, und die Luft, unentschlossen grau zwischen den Jahreszeiten, verlieh den Gebäuden in der Longwood Avenue eine trübselige, homogene Tönung. Während sie auf das Portal des Krankenhauses zugingen, fragte Richard, um seine Nervosität zu kaschieren, ob sie wohl den König von Saudi-Arabien zu Gesicht bekommen würden.

«Der liegt in einer eigenen Abteilung», sagte Joan. «Mit vier Ehefrauen.»

«Nur vier? Wie asketisch.» Er erkühnte sich, seiner Frau auf die Schulter zu klopfen. Es war nicht festzustellen, ob sie es durch den dicken Wintermantel fühlte.

Nachdem sie sich am Empfangsschalter gemeldet hatten, gingen sie durch einen langen, mit tabakbraunem Linoleum ausgelegten Korridor, der hinauf und hinunter führte, bald nach links, bald nach rechts, in jener geheimnisvollen, unvermittelten Art, wie sie charakteristisch für Krankenhäuser ist, die sich immer wieder durch Anbauten vergrößert haben. Richard kam sich wie Hänsel vor, der mit Gretel durch den Wald irrte; Vögel pickten die Brotkrumen hinter ihnen auf, und endlich klopften sie schüchtern an die Tür der Hexe, eine Tür, auf der BLUTSPENDESTATION stand. Ein junger Mann in weißem Kittel öffnete die Tür eine Handbreit. Über seine Schulter hinweg erspähte Richard – o Grausen! – zwei unbeschuhte weibliche Beine, die lang ausgestreckt auf einem Bett lagen. Ein Geglitzer von Nadeln und Flaschen traf seine Augen. Der junge Mann reichte ihnen durch den Türspalt zwei große Formulare heraus. Während Mr. und Mrs. Maple nebeneinander auf der Wartebank saßen und sich ihrer zweiten Vornamen und ihrer Kinderkrankheiten zu erinnern suchten, mußten sie sich gewissermaßen neu definieren. Richard unterdrückte jenen Drang zum Grinsen, Witzereißen und Lügen, der ihn stets überkam, wenn er aufgefordert wurde – wie ein Pflichtverteidiger, der in einem hoffnungslosen Fall das Plädoyer halten soll –, seine Personalien sozusagen der Ewigkeit vorzulegen. Als mildernder Umstand konnte in seinem Fall vielleicht die Tatsache gewertet werden, daß einige dieser Angaben (derzeitige Anschrift, Datum der Eheschließung) auch auf die gekränkte Seele zutrafen, die neben ihm mit seinem Kugelschreiber ihr Formular ausfüllte. Er sah ihr über die Schulter. «Ich wußte gar nicht, daß du Keuchhusten gehabt hast.»

«Meine Mutter sagt es. Ich kann mich nicht daran erinnern.»

Irgendwo fiel ein Topf scheppernd zu Boden. Irgendwo knarrte ein Aufzug. Eine Frau in mittleren Jahren, oberlastig von Schminke und Pelz, trat aus der Bluttür und schwankte einen Augenblick auf Beinen, die Richard bekannt vorkamen. Sie waren jetzt wieder mit Schuhen bekleidet. Die Absätze dieser Schuhe klickten energisch, als sich die Frau nach einem trotzig arroganten Blick auf die Maples umwandte, den Korridor entlangstöckelte und hinter einer Biegung verschwand. Der junge Mann kam heraus, eine Chirurgenzange in der

Hand. Der bemerkenswert frische Haarschnitt gab ihm das Aussehen eines Friseurlehrlings. Er klapperte mit der Zange und fragte lächelnd: «Soll ich Sie zusammen verarzten?»

«Natürlich.» Die Tatsache, daß dieses Bürschchen, dem sie ihren Lebenssaft anvertrauen sollten, so offenkundig jünger war als sie, ärgerte Richard. Kaum aber stand er in dem Zimmer, da schmolz seine Empörung, und er bekam weiche Knie. Die Entnahme der Blutprobe aus seinem Mittelfinger erschien ihm als der unangenehmste und unnötigerweise in die Länge gezogene physische Zusammenstoß, den er je mit einem anderen Menschen gehabt hatte. Gute Zahnärzte, Mechaniker und Friseure haben, wie man so sagt, den Dreh heraus, aber bei diesem Jünger der Medizin war das nicht der Fall: er fummelte zu vorsichtig und eben deshalb schmerzhaft an seinem Opfer herum. Wieder und wieder, gleich einem gräßlich ungeschickten Vampir, zerrte und drückte er an dem purpurrot gewordenen Finger. Vergebens. Die winzige gläserne Kapillarröhre blieb durchsichtig.

«Er blutet nicht gern, wie?» sagte der Assistenzarzt zu Joan, die unbeteiligt wie eine Krankenschwester neben einem Tisch mit glitzernden Instrumenten saß.

«Ich glaube, sein Blut kommt erst nach Mitternacht in Wallung», erwiderte sie.

Über diese Bemerkung mußte Richard trotz seiner Angst und Not laut lachen, und das Lachen schien dem verklemmten Blut einen Stoß zu versetzen. Rot stieg es endlich in dem durstigen Röhrchen empor wie in einem Thermometer.

Der junge Arzt brummte erleichtert. Während er die Blutproben auf die Testplatte strich, erklärte er lässig:

«Wir müßten hier unten warmes Wasser haben. Sie kommen gerade von draußen aus der Kälte. Wenn man die Hand ein Weilchen in warmes Wasser hält, schießt das Blut nur so raus.»

«Ein bezaubernder Gedanke», sagte Richard.

Aber der Arzt hatte ihn bereits als harmlosen Witzbold abgeschrieben und sprach, zu Joan gewandt, ruhig weiter: «Wir brauchten nur eine von diesen kleinen Heizplatten, die etwa sechs Dollar kosten, dann könnten wir hier auch Kaffee machen. Jetzt müssen wir, wenn ein Spender hinterher Kaffee braucht, nach oben schicken und ihm inzwischen den Kopf zwischen die Knie drücken. Glauben Sie, daß Sie Kaffee brauchen werden?»

«Nein», warf Richard ein. Es wurmte ihn, daß sich die beiden so gut zu verstehen schienen.

«Sie sind Null», sagte der Arzt zu Joan.

«Ich weiß.»

«Und er ist A positiv.»

«Oh, das ist gut, Dick!» rief sie zu ihm hinüber.

«Bin ich ein seltener Fall?» fragte er.

Der Jüngling drehte sich um und erklärte: «Null positiv und A positiv sind die am häufigsten vorkommenden Blutgruppen.» Etwas an der geduldigen Neigung des Kopfs mit dem kurzgeschnittenen Haar, dessen seitlicher Schimmer sich mit dem träge ins Zimmer fallenden Tageslicht vermischte, erinnerte Richard an die längst vergangenen Jahre, als er sich in einem Raum von etwa dieser Größe um eine Batterie von Fernschreibern gekümmert hatte. Um diese Zeit, so gegen zehn Uhr morgens, waren die ellenlangen Streifen mit Nachrichten, die um fünf Uhr aus den Maschinen herauszuticken begannen und die in großen, geringelten Haufen auf dem Boden lagen, wenn er um sieben eintraf, schon eingesammelt, geordnet, aneinandergeklebt und in der Redaktion abgeliefert, und es gab nichts weiter zu tun, als mit dem Stakkatohämmern der später eingehenden Meldungen Schritt zu halten und an so simple Dinge wie Kaffee zu denken. Jetzt wurde ihm wieder bewußt, wie angenehm und voller Geborgenheit diese Stunden gewesen waren, als er, ein junger König in einem kleinen Reich, sich seiner neuen Verantwortung erfreut hatte.

Der Arzt fragte: «Wen soll ich zuerst drannehmen?»

«Mich», sagte Joan. «Er hat es nämlich noch nie gemacht.»

«Sie heißt Joan, weil sie die amerikanische Ausgabe von Jeanne d'Arc ist», erklärte Richard, wütend über diesen untadelig selbstlosen und dabei so selbstgefälligen Verrat.

Der in seinem Element bedrohte Arzt blickte zwischen ihnen hindurch auf den Boden und sagte: «Ziehen Sie die Schuhe aus und legen Sie sich jeder auf ein Bett.» Er fügte «bitte» hinzu, und alle drei lachten, einer nach dem anderen, der Arzt als letzter.

Die Betten standen rechtwinklig zueinander an zwei Wänden. Joan legte sich hin und wirkte aus dem Blickwinkel ihres Mannes ungewöhnlich verkürzt. Er hatte sie noch nie aus dieser Perspektive gesehen: ihr sorgsam gescheiteltes Haar so ergreifend, ihr entblößter Arm so silbern und lang, ihre Zehen in den Strümpfen so kindlich, so fügsam gekrümmt. Die Betten hatten keine Kissen, und da er ganz flach lag, schien ihm, sein Kopf hänge nach unten; die Illusion des Schwebens bestärkte ihn in der Hoffnung, daß sich dieses unwirkliche Abenteuer bald auflösen würde wie ein Traum. «Alles in Ordnung?»

«Ja – bei dir auch?» Ihre Stimme drang leise aus der

Haarfülle heraus. Der Scheitel war so gerade gezogen, als hätte ihre Mutter sie gekämmt. Er beobachtete, wie sich eine lange Nadel in ihre Armbeuge senkte und ein feuchter Wattebausch ungeschickt die Stelle betupfte. Er hatte geglaubt, das Blut werde in Büchsen oder Flaschen geleitet, aber der Arzt, dessen Atemzüge jetzt das einzige Geräusch im Zimmer waren, näherte sich Joans Bett mit einem Ding, das aussah wie ein kleiner Tornister aus Plastik, aufgerollt und umwunden. Sein Körper verdeckte, was weiter geschah. Als er zurücktrat, steckte eine Plastikschnur, ein durchsichtiger dünner Schlauch, in der Beuge von Joans ausgestrecktem Arm, wo die Haut so durchscheinend war, daß sich die Adern darunter als blaßblaue Nebenflüsse abzeichneten. Es war eine zarte, verletztliche Stelle, an der sie sich in den frühen Tagen ihrer Liebe gern hatte streicheln lassen. Jetzt wurde die dort eingepflanzte bleiche Ranke ohne jeden Übergang plötzlich dunkelrot. Richard hätte aufschreien mögen.

Die sofortige Bereitschaft ihres Blutes, den Körper zu verlassen, traf ihn wie ein Stoß. Obwohl er nicht einmal geblinzelt hatte, war das Hervorschießen für sein Auge zu schnell vor sich gegangen. Er hatte ein sichtbares Zeichen des Fließens erwartet, aber der dünne gewundene Schlauch hätte, wenn man ihn so, ohne weiteres auch Blut in sie *heinein*pumpen oder ein nachträglich an einem Gemälde angebrachter Schnörkel sein können, irrelevant wie ein Schnurrbart. Die erzwungene Unbeweglichkeit seines Kopfes verlieh dem, was Richard sah, eine gewisse Flachheit.

Nun wandte sich der Arzt ihm zu, und er fühlte das feine, scharfe Pieken der Novocainspritze, dann das weniger deutlich empfundene Eindringen eines Gegenstandes, der ein Nagel von mittlerer Dicke zu sein schien. Zweimal wühlte der Äskulapjünger vergebens nach der Vene, und beim drittenmal klebte er die erfolgreich hergestellte Verbindung mit Leukoplast fest. Unterdessen bewegten sich Richards Gedanken vage zwischen den Konstellationen an der fleckigen, rissigen Zimmerdecke hin und her. Was hier mit ihm geschah, war zu gräßlich, als daß er es hätte mit ansehen mögen. Während der Arzt am Instrumententisch hantierte und dabei leise vor sich hin summte, reckte Joan den Hals, um Richard ihr Gesicht zu zeigen, dessen Lächeln, von ihm aus gesehen, also verkehrt herum, grotesk verzerrt war.

Sie lagen nicht sehr lange im rechten Winkel zueinander, aber die Zeit verrann wie etwas, was jenseits der Wände war, wie etwas, was mit dem fernen Geklapper von Schlüsseln, dem Näherkommen und Verhalten von Schritten, dem Auf- und Zugehen ungesehener Türen zu tun hatte. Richard war sich eines spitzen, schmerzlosen Pulsierens in der Armbeuge bewußt, empfand jedoch nicht den Wunsch, zu sehen, was da vorging. Er schien zu schweben und stellte sich vor, wie seine Seele frei schweben würde, wenn all sein Blut unter das Bett geflossen war. Sein Blut und Joans Blut vermischten sich auf dem Fußboden, und gemeinsam glitten ihre Geister an der Decke von Riß zu Riß, von Stern zu Stern. Einmal räusperte sie sich, und das hörte sich an wie das Knirschen eines Steins, der sich unter dem Stiefel eines Bergsteigers gelöst hat.

Die Tür wurde geöffnet. Richard wandte den Kopf und sah, wie ein kahlköpfiger alter Mann mit fahler Gesichtsfarbe hereinkam und sich auf einem Stuhl niederließ. Er war einer jener alten Männer, die innerhalb eines Gemeinwesens einen schwer definierbaren, aber geheiligten Platz einnehmen. Der junge Arzt kannte ihn offenbar gut, und die beiden unterhielten sich leise, als wollten sie die mystische Vereinigung des zu einem Opferritus hingebetteten Paares nicht stören. Sie sprachen von Personen und Ereignissen, die Richard nichts bedeuteten – von Iris, von Dr. Greenstein, von der Station D, wieder von Iris, die dem alten Herrn einen unverdienten Rüffel erteilt hatte, von dem bedauerlichen Fehlen einer Heizplatte zum Kaffeekochen, von den schwarzen Leibwächtern, die angeblich mit Krummsäbeln neben dem Bett des an einem Glaukom leidenden Königs postiert waren. Diese Themen schwebten durch Richards halbe Trance wie schillernde, massige Wolken von Eindrücken: Dr. Greenstein – spitze Nase, efeufarbene Mandelaugen, Iris – achtzig Fuß hoch und sterilisierte Zornesblitze schleudernd. So wie in gewissen theologischen Systemen die fruchtbaren Gottheiten angeblich als Kräuselwellen auf dem gesichtslosen Grund des großen Gottes existieren, so überrieselten diese wechselnden Bilder sein stetes Bewußtsein des Umstands, daß Joans Blut ebenso wie das seine verströmte. Durch einen gemeinsamen Verlust wurden sie auf keusche Weise eins; er hatte das deutliche Empfinden, daß sich die an sie beide angeschlossenen Schläuche irgendwo trafen. Um dies nachzuprüfen, blickte er nach unten: Die Plastikranke an seiner Armbeuge war tatsächlich genauso dunkelrot wie die von Joan. Er starrte zur Decke hinauf, um ein Gefühl der Schwäche zu verscheuchen.

Der junge Arzt brach das Gespräch unvermittelt ab und ging zu Joan hinüber. Man hörte das Knipsen von Klemmen. Dann trat er zurück, und sie hielt ihren nackten Arm in die Höhe, auf den sie mit der anderen Hand einen Wattebausch drückte. Der Arzt kam nun zu Richard, und wieder knipsten die Klemmen. «Na, so was», sagte er zu dem Alten. «Ich habe bei ihm zwei Minuten später angefangen als bei ihr, und trotzdem ist er zur selben Zeit fertig.»

«War es ein Wettrennen?» fragte Richard.

Der junge Arzt preßte Richards Finger unbeholfen, aber energisch auf einen Wattebausch über der Einstichwunde und hob ihm den Arm hoch. «Bitte fünf Minuten so festhalten», sagte er.

«Was passiert sonst?»

«Sie versauen sich das Hemd.» Und zu dem alten Mann gewandt: «Neulich hatte ich eine Frau hier, die war gerade im Begriff zu gehen, und auf einmal – platsch! – spritzte alles über ihr schönes Kleid. Sie wollte ins Konzert.»

«Und dann versuchen sie dem Krankenhaus die Rechnung von der Reinigung anzuhängen», murmelte der Alte.

«Warum war ich langsamer als er?» fragte Joan. Ihr aufrechter Arm schankte, als würde er schwach.

«Das ist bei Frauen meistens so», erklärte der Arzt. «In neun von zehn Fällen geht es beim Mann schneller. Er hat ein kräftigeres Herz.»

«Wirklich?»

«Ja, ja», sagte Richard. «Du kannst der medizinischen Wissenschaft ruhig glauben.»

«Oben auf der Station C liegt eine Frau», erzählte der alte Mann, «die haben sie nach einem Autounfall mühsam wieder zusammengeflickt, und jetzt höre ich, daß sie auf Schadenersatz klagt, weil ihr Gebiß nicht gefunden wurde.»

Unter solchem Plaudergeplätscher rannen die fünf Minuten dahin. Richards hochgereckter Arm begann weh zu tun. Ihm war, als hätte man Joan und ihn in ein Klassenzimmer gesperrt, in dem nie jemand von ihnen Notiz nehmen würde, oder als wirkten sie bei einer Scharade mit, die kein Mensch erraten konnte und deren Lösung ‹Zwei Silberbirken auf einer Wiese› lautete.

«Wenn Sie wollen, können Sie sich jetzt aufsetzen», sagte der Assistenzarzt. «Aber lassen Sie den Wattebausch nicht los.»

Sie richteten sich beide auf und saßen mit schwerfällig baumelnden Beinen auf dem Bettrand. Joan fragte ihren Mann: «Ist dir schwindlig?»

«Bei meinem kräftigen Herzen? Nicht anmaßend werden, bitte.»

«Meinen Sie, daß er Kaffee braucht?» erkundigte sich der Arzt bei Joan. «Dann muß ich nämlich jetzt welchen holen lassen.»

Der alte Mann rutschte auf seinem Stuhl nach vorn und machte Miene aufzustehen.

«Ich brauche *keinen* Kaffee.» Richard sprach so laut, daß er sich, eine zweite Iris, an das Firmament der gekränkten Tratschereien des alten Mannes versetzt sah. *So ein blöder Kerl da unten im Blutspendezimmer, ich will aufstehen und Kaffee holen, weil ihm schwindlig ist, und da schreit er mich doch an wie ein Feldwebel.* Um sowohl seine im Grunde humorvolle Natur wie auch seine völlig intakte geistige Verfassung zu beweisen, deutete Richard auf das Blut, das sie gespendet hatten – zwei prall gefüllte viereckige Plastikbeutel –, und sagte: «Bei uns zu Hause in West Virginia bringen die Hunde manchmal Zecken mit nach Hause, die genauso aussehen.» Die Männer starrten ihn entgeistert an.

Hatte er vielleicht nicht ganz das gesagt, was er hatte sagen wollen? Oder waren sie noch nie einem Menschen aus West Virginia begegnet?

Auch Joan deutete auf das Blut. «Ist das von uns? Diese kleinen Puppenkissen?»

«Vielleicht können wir eines für Bean mitnehmen», meinte Richard.

Der junge Arzt schien sich nicht ganz im klaren zu sein, ob das ein Witz war. «Ihr Blut wird Mrs. Henrysons Konto gutgeschrieben», stellte er in dienstlichem Ton fest.

«Wissen Sie, wie es ihr geht?» fragte Joan. «Wann wird sie . . . für wann ist die Operation angesetzt?»

«Ich glaube, für morgen. Heute nachmittag sind nur ein oder zwei offene Herzen dran, dazu brauchen wir etwa acht Liter.»

«Oh . . .» Joan war erschüttert. «Acht Liter . . . das ist das ganze Blut eines Menschen, nicht wahr?»

«Mehr», antwortete der Arzt mit jener majestätischen Handbewegung, die großzügig Gaben verteilt und bescheiden Komplimente zurückweist.

«Dürfen wir sie besuchen?» fragte Richard, um Joans willen. («Ich schäme mich für dich», hatte sie gesagt und ihn damit tief getroffen.) Er war überzeugt, daß die Antwort nein lauten würde.

«Nun, Sie können ja vorn fragen, aber vor einer größeren Operation erlaubt man es im allgemeinen nur den nächsten Angehörigen. Ich glaube, jetzt wird nichts mehr passieren.» Er meinte die Einstiche. Richards Arm wies eine kleine rote Schwellung auf; der Arzt bedeckte sie mit einem jener gepolsterten, bereitwillig klebenden lachsfarbenen Pflaster, wie man sie in Krankenhäusern verwendet. Das ist ihre Spezialität, dachte Richard – Verpacken.

Sie verpacken alles, machen menschliche Absonderungen versandfertig. Acht Liter Blut blubbern aus hübschen, einheitlich dunkelroten Puppenkissen in ein offenes Herz hinein – diese Vorstellung befriedigte für den Augenblick sein Verlangen nach kosmischer Ordnung.

Er rollte den Hemdsärmel herunter. In dem Sekundenbruchteil, bevor seine Füße den Boden berührten, stellte er verblüfft fest, daß drei Augenpaare ihn fasziniert und sensationslüstern beobachteten. Nun stand er hoch aufgerichtet, überragte sie alle. Er balancierte auf dem linken Bein, um in den rechten Schuh, dann auf dem rechten Bein, um in den linken Schuh hineinzuschlüpfen, und vollführte den kleinen Schieberschritt, das einzige, was er von dem Tanzunterricht behalten hatte, zu dem er als Siebenjähriger jeden Samstag nach dem zwölf Meilen entfernten Morgantown gefahren war. Er machte eine leichte Verbeugung vor seiner Frau, lächelte den alten Mann an und sagte zu dem Assistenzarzt: «Komisch, von mir erwartet man immer, daß ich umkippe. Keine Ahnung, warum. Ich werde nie ohnmächtig.»

Sein Jackett und der Mantel fühlten sich irgendwie seltsam an, leicht und ein bißchen glitschig, aber als er den Korridor entlangging, schienen sich die räumlichen Proportionen in beruhigender Weise ihm anzupassen. Neben ihm wahrte Joan ein fragendes, in die Schranken gewiesenes Schweigen. Sie stießen die große Glastür auf. Eine ausgezehrte Sonne nagte sich durch den Wolkenschleier. Über und hinter ihnen träumte der König von Saudi-Arabien im Dämmerschlaf von Sanddünen, und Mrs. Henryson auf ihrem Krankenbett empfing wie die komatöse Mutter von Zwillingen ihrer beider Blutspenden, die sich aufs Haar glichen. Richard drückte die wattierten

Schultern seiner Frau an sich und flüsterte ihr, während sie eng aneinandergeschmiegt weitergingen, ins Ohr: «Kindchen, ich liebe dich, Liebe liebe *liebe* dich.»

Was reizt, erregt; das ist, ganz simpel gesagt, das Neue, Ungekostete, und für die Maples war es etwas Ungewöhnliches, um elf Uhr morgens zusammen im Auto zu sitzen. Im allgemeinen kam das bei ihnen nur abends vor, also im Dunkeln. Das Oval von Joans Gesicht leuchtete hell in Richards Augenwinkel. Sie beobachtete ihn, bereit, das Steuer zu übernehmen, falls er plötzlich das Bewußtsein verlor. In dem eierschalenfarbenen Licht fühlte er sich ihr zärtlich zugetan, war gewissermaßen auf sich selbst neugierig und fragte sich, wie tief unter seiner Denkebene die schwarze Grube wohl lag. Er kam sich in keiner Weise verändert vor, aber vielleicht ließ die Eigenart des Bewußtseins keine Introspektion zu. Fest stand jedenfalls, daß man ihm etwas genommen hatte – er war einen halben Liter weniger als vorher, und es schien nicht unmöglich, daß er, ähnlich einem Trapezkünstler, den das Netz vor dem Absturz bewahrt, in der Welt des Lichtes und der Reflexion durch eine einzige Schicht miteinander verwobener Zellen in der Schwebe gehalten wurde. Dennoch blieb die Erde mit ihren Signalen und Gebäuden und Autos und Backsteinen gegenwärtig wie ein Grundton.

Als Boston hinter ihnen lag, fragte er: «Wo wollen wir essen?»

«Du meinst, wir sollen auswärts essen?»

«Ach bitte, ja. Laß dich von mir zum Lunch einladen. Wie eine Sekretärin.»

«Ich komme mir vor wie auf Abwegen. Als ob ich etwas gestohlen hätte.»

«Du auch? Was haben wir denn nur gestohlen?»

«Ich weiß es nicht. Diesen Vormittag vielleicht? Meinst du, Eve ist imstande, ihnen ihr Essen zu geben?» Eve war ihr Babysitter, ein kleines rotblondes Mädchen, das in der Nachbarschaft wohnte und, wie Richard schätzte, in genau einem Jahr ein schmerzhaft reizvolles Wesen sein würde. Babysitter hielten im allgemeinen drei Jahre vor; man bekam sie, wenn sie im zehnten Schuljahr waren, erlebte ihr Aufblühen mit, und dann, nach dem Schulabschluß, entschwanden sie wie Mitreisende, die am Ziel angelangt sind, wurden Kindergärtnerinnen oder heirateten. Und der Zug fuhr weiter, nahm andere Fahrgäste auf, wurde älter und länger. Die Maples hatten vier Kinder: Judith, Richard Junior, den armen übergroßen John mit dem Engelsgesicht und Bean.

«Sie wird's schon schaffen. Worauf hättest du Appetit? Durch dieses viele Gerede von Kaffee bin ich ganz gierig darauf geworden.»

«Im Pfannkuchenhaus kriegst du Kaffee, bevor du noch welchen bestellt hast.»

«Pfannkuchen? Jetzt? Na, du machst mir Spaß. Meinst du nicht, daß uns dann schlecht wird?»

«Hast du das Gefühl, dir könnte schlecht werden?»

«Nein, eigentlich nicht. Ich komme mir irgendwie leicht und empfindlich vor, aber das ist wahrscheinlich psychosomatisch. Ich hab's noch nicht ganz verkraftet, daß man etwas fortgibt und es trotzdem irgendwie noch hat. Was ist das – Melancholie?»

«Ich weiß nicht. Ist ein Melancholiker dasselbe wie ein Sanguiniker?»

«Mein Gott, die Temperamente habe ich total vergessen. Wie heißen doch gleich die anderen – Phlegmatiker und Choleriker?»

«Gelbe Galle und schwarze Galle spielen dabei jedenfalls eine Rolle.»

«Eines muß man dir lassen, Joan – du bist gebildet. Neuenglands Frauen sind gebildet.»

«Aber dafür an Sex nicht interessiert.»

«So ist's recht; zuerst wird man leergepumpt und dann fertiggemacht.» In seinen Worten schwang jedoch kein Zorn mit; er hatte sie an ihr früheres Gespräch erinnert, damit seine Vorwürfe auf diese Weise wieder Gestalt gewönnen und dann verdünnt und ausgelöscht würden. Es schien zu funktionieren. Das Restaurant, in dem es nur Pfannkuchen gab, war um diese frühe Stunde leer und still. Joan und Richard fühlten sich befangen; ihr Zusammensein war zu einer Begegnung zweier Menschen geworden, zwischen denen es noch wenig Gemeinsamkeit gibt, die aber immerhin so vertraut miteinander sind, daß sie die Tatsache ohne langes Hin und Her akzeptieren. Durch den Ablick der blauen Färbung gerührt, den die Heidelbeerpfannkuchen an Joans Zähnen hinterlassen hatten, sagte Richard, während er ein Streichholz an ihre Zigarette hielt: «Du, ich habe dich richtig geliebt, vorhin im Blutspendezimmer.»

«Ich möchte nur wissen, warum.»

«Weil du so tapfer warst.»

«Du doch auch.»

«Ach, bei mir wird das ja vorausgesetzt. Tapferkeit ist der Preis, den ich dafür bezahlen muß, daß ich einen Penis habe.»

«Schsch.»

«Weißt du, ich hab's gar nicht ernst gemeint, als ich sagte, dir läge nichts an Sex.»

Die Kellnerin schenkte ihnen noch einmal Kaffee ein und legte die Rechnung auf den Tisch.

«Und ich verspreche dir, daß ich mit Marlene Brossman keinen Twist, keinen Cha-cha-cha und keinen Schottischen mehr tanze.»

«Unsinn. Das ist mir doch egal.»

Sie war also zu stillschweigender Duldung bereit, aber perverserweise ärgerte ihn das. Diese verdammte Selbstgefälligkeit – warum *kämpfte* sie nicht? Angestrengt bemüht, ihre beider Frieden wiederherzustellen, griff er nach der Rechnung und sagte im protzigen Ton eines unerfahrenen, naiven Kavaliers, der seine Angebetete ausführt: «Ich bezahle.»

Als er jedoch in seine Brieftasche blickte, fand er nur einen einzigen zerknitterten Dollarschein. Er wußte nicht, warum ihn das so wütend machte – vielleicht weil es eben nur *einer* war. «So was Dummes», sagte er. «Sieh dir das an.» Er schwenkte den Schein vor ihrem Gesicht. «Da rackere ich mich die ganze Woche für dich und diese unersättlichen Bälger ab, und was bleibt mir, wenn sie herum ist? Ein armseliger, zerknitterter Dollar.»

Joans Hände griffen nach dem Täschchen, das neben ihr auf der Sitzbank lag, aber sie wandte keinen Blick von Richard. Ihr Gesicht hatte sich wieder in jene porzellanene Schale unheimlicher Beherrschtheit zurückgezogen. «Wir bezahlen beide», sagte sie.

Zweibettzimmer in Rom

Die Maples hatten schon so lange an eine Trennung gedacht und darüber geredet, daß es schien, sie würden dieses Vorhaben nie verwirklichen. Denn ihre Gespräche, die sich in zunehmendem Maße ambivalent und erbarmungslos gestalteten, weil Anklage, Widerruf, Schlag und Liebkosung miteinander wechselten und sich aufhoben, knüpften sie letztlich in einer schmerzhaften, hilflosen, demütigenden Intimität nur noch enger zusammen. Ihre körperliche Liebe blieb bestehen, gleich einem pervers robusten Kind, dem selbst die mangelhafteste Ernährung nichts anhaben kann; wenn ihre Zungen endlich schwiegen, vereinigten sich ihre Körper – gleichsam zwei stumme Armeen, die sich zusammentun, endlich erlöst von den absurden Feindseligkeiten, die zwei verrückte Könige verfügt haben. Blutend, zerfleischt, ein dutzendmal ehrerbietig zu Grabe getragen, konnte ihre Ehe doch nicht sterben. Sie brannten darauf, einander zu verlassen, und aus ehelicher Gewohnheit verließen sie ihr Heim gemeinsam. Sie reisten nach Rom.

Sie trafen nachts ein. Die Maschine hatte Verspätung, der Flughafen war verwirrend groß. Sie waren in aller Eile aufgebrochen, ohne irgendwelche Pläne zu machen, und doch, wie von ihrer Ankunft verständigt, tauchten behende, fließend englisch sprechende Italiener auf, trennten sie geschickt von ihrem Gepäck, bestellten telefonisch vom Flughafen aus ein Hotelzimmer für sie und komplimentierten sie in einen Bus. Der Bus fuhr zu ihrer Überraschung in eine ländliche Gegend hinein. Ein paar ferne Fenster hingen wie Laternen in der Dunkelheit; tief unten entblößte ein Fluß unmittelbar seine silbrige Brust; die vorüberfliegenden Silhouetten von Olivenbäumen und Pinien glichen schwarzen Federzeichnungen in einem alten lateinischen Lehrbuch. «Ich könnte ewig in diesem Bus fahren», sagte Joan, und Richard fühlte sich schmerzlich berührt, weil er daran denken mußte, daß sie ihm einmal, als sie noch glücklich miteinander gewesen waren, gestanden hatte, sie sei sexuell erregt worden, als der junge Mann an der Tankstelle, der die Windschutzscheibe mit kräftigen, kreisenden Bewegungen blank rieb, den Wagen und damit auch sie in ein leises Schaukeln versetzte. Von allem, was sie ihm je offenbart hatte, war dies in seinem Gedächtnis haftengeblieben als der tiefste, enthüllendste Einblick in die verborgene Frau, die zu erreichen ihm nie gelungen war, so daß er seine Versuche schließlich aufgegeben hatte.

Aber es freute ihn, wenn sie glücklich war. Das war seine Schwäche. Er wollte, daß sie glücklich sei, und die Tatsache, daß er, fern von ihr, nicht wissen konnte, ob sie glücklich war oder nicht, bildete die letzte Schranke, die ihm unerwartet den Weg versperrte, als alle anderen Schranken schon gefallen waren. So trocknete er gerade die Tränen, die er ihren Augen entlockt hatte, widerrief jede Beteuerung der Hoffnungslosigkeit genau in dem Augenblick, da sie bereit schien, die Hoffnung aufzugeben – und ihrer beider Qual ging weiter. «Nichts dauert ewig», sagte er jetzt.

«Kannst du mir nicht wenigstens einen Moment Ruhe gönnen?»

«Entschuldige. Ich wollte dich nicht stören.»

Sie starrte eine Zeitlang aus dem Fenster, dann drehte sie sich wieder zu ihm um. «Es kommt mir gar nicht so vor, als ob wir nach Rom fahren.»

«Wohin führt unser Weg?» Er wollte es wirklich wissen, hoffte aufrichtig, sie könnte es ihm sagen.

«Zurück zu dem, was war?»

«Nein, zurück will ich nicht. Mir scheint, wir haben einen sehr weiten Weg hinter uns und sind kurz vor einem Ziel.»

Sie blickte geraume Zeit auf die Landschaft hinaus, bevor er merkte, daß sie weinte. Er unterdrückte den Impuls, sie zu trösten, verdammte ihn innerlich als feige und grausam, doch seine Hand, als wäre sie durch eine Kraft, mächtig wie das Verlangen, von einem Zwang befreit, kroch zu ihrem Arm. Sie legte den Kopf an seine Schulter. Die Frau im Umschlagtuch auf der anderen Gangseite hielt sie für Hochzeitsreisende und wandte diskret den Blick ab.

Der Bus ließ die ländliche Gegend hinter sich. Fabriken und Wohnhäuser verengten die Straße. Plötzlich ragte ein Denkmal neben ihnen auf, eine mächtige weiße Pyramide mit einer lateinischen Inschrift, von Scheinwerfern angestrahlt. Wenig später preßten sie beide das Gesicht an die Scheibe, um das Colosseum zu bewundern, das einem zusammengefallenen Hochzeitskuchen glich. Vom Bus aus gesehen schien es sich langsam zu drehen, bevor es lautlos ihren Blicken entschwand. An der Endstation brachte eine andere lebhafte Kette von Händen und Stimmen sie wieder mit ihrem Gepäck zusammen, verfrachtete sie in ein Taxi und expedierte sie zum Hotel. Als Richard sechs Hundert-Lire-Stücke in die Hand des Fahrers fallen ließ, dünkten sie ihn die glattesten, rundesten, am taktvollsten abgewogenen Münzen, die er je ausgegeben hatte. Zur Hotelrezeption ging es eine Treppe hinauf. Der Empfangschef war ein junger, zu Scherzen aufgelegter Mann. Er sprach ihren Namen mehrmals aus und fragte, warum sie nicht lieber nach Neapel gefahren seien, dessen englischer Name – Naples – sich so schön auf ihren Namen reime. Am Flughafen hatte man ihnen gesagt, das Hotel sei «gute Mittelklasse», aber die Fußböden der Korridore waren immerhin aus rosenfarbenem Marmor. Auch ihr Zimmer hatte einen Marmorfußboden. Dies und die Geräumigkeit des Badezimmers und der kaiserliche Purpur der Vorhänge blendeten Richard so sehr, daß er erst wieder zu sich kam, als der Page, der aus Freude über das vielleicht zu reichlich bemessene Trinkgeld die Hacken zusammengeknallt hatte, schon außer Sicht war.

«Zwei Betten», sagte er. Sie hatten sonst immer ein Doppelbett gehabt.

«Willst du ihn zurückrufen?» fragte Joan.

«Legst du großen Wert darauf?»

«Ach, so wichtig ist das doch nicht. Kannst du allein schlafen?»

«Ich denke schon. Aber . . .» Es war eine heikle Angelegenheit. Er hatte das Gefühl, sie seien beleidigt worden. Solange sie sich noch nicht endgültig getrennt hatten, schien es unerhört, daß sich irgend etwas zwischen sie schob, und sei es auch nur der Raum zwischen zwei Betten. Wenn diese Reise über Sein oder Nichtsein ihrer

Ehe entscheiden sollte (und das war zum zehntenmal ihr Slogan), dann mußte das Streben nach einem positiven Ergebnis eine gewisse technische Reinheit besitzen, selbst wenn – besser gesagt, um so mehr als – Richard diesen Versuch in seinem Innern schon zum Scheitern verurteilt hatte. Außerdem war da die materielle Frage, ob er schlafen konnte, wenn er keinen warmen Körper neben sich hatte, der seinem Schlaf Form verlieh.

«Aber was?»

«Aber ich finde es irgendwie . . . traurig.»

«Richard, sei nicht traurig. Du bist lange genug traurig gewesen. Du sollst dich hier entspannen und erholen. Wir sind ja nicht auf der Hochzeitsreise oder so, wir versuchen nur, uns gegenseitig etwas Ruhe zu gönnen. Und wenn du gar nicht schlafen kannst, darfst du gern zu mir ins Bett kommen.»

«Du bist eine so nette Frau», sagte er. «Ich begreife einfach nicht, warum ich mit dir so unglücklich bin.»

Er hatte dies oder ähnliches schon so oft gesagt, daß sie, angeekelt von dem Honig-Galle-Gemisch, die Bemerkung ignorierte und mit betonter Ruhe ans Auspacken ging. Auf ihren Vorschlag hin machten sie dann noch einen Bummel durch die Stadt, obwohl es schon 10 Uhr war. Ihr Hotel lag in einer Geschäftsstraße, die um diese Zeit von heruntergelassenen Rolläden gesäumt war. In einiger Entfernung plätscherte ein beleuchteter Brunnen. Richards Füße, die ihn sonst nie schmerzten, taten auf einmal entsetzlich weh. In der weichen, feuchten Luft des römischen Winters schienen sich in seinen Schuhen heiße Wölbungen gebildet zu haben, die ihn bei jedem Schritt drückten. Er konnte sich nicht erklären, woher das kam – vielleicht war er empfindlich gegen Marmor. Seiner Füße wegen setzten sie sich in eine amerikanische Bar und bestellten Kaffee. Irgendwo im Hintergrund tönte eine betrunkene männliche amerikanische Stimme monoton durch die Rillen eines unverständlichen, aber eindeutig weiblichen Klagegeleiers; tatsächlich klang die Stimme gar nicht männlich, sondern eher wie die einer Frau, nur dunkler getönt durch eine zu langsame Umdrehungszahl des Plattenspielers. In der Hoffnung, eines wachsenden Schwindel- und Leeregefühls Herr zu werden, bestellte Richard einen ‹Hamburger›, der mehr aus Tomatensauce als aus Fleisch bestand. Auf der Straße kaufte er dann einem Händler eine Tüte gerösteter Kastanien ab. Der Mann, dessen Daumen und Fingerspitzen kohlschwarz waren, bewegte die Hand, bis 300 Lire in ihr lagen. In gewisser Hinsicht begrüßte es Richard, daß man ihn ausnahm; es verlieh ihm einen Platz in der römischen Wirtschaft. Die Maples kehrten ins Hotel zurück und fielen nebeneinander in ihren zwei Einzelbetten mühelos in tiefen Schlaf.

Das heißt, Richard nahm in den Buchführungsgewölben seines Unterbewußtseins an, daß auch Joan gut schlief. Aber als sie am nächsten Morgen aufwachten, sagte sie: «Du warst schrecklich komisch heute nacht. Ich konnte nicht einschlafen, und jedesmal, wenn ich den Arm ausstreckte und dir einen kleinen Klaps gab, damit du denken solltest, du wärst in einem Doppelbett, hast du ‹Geh weg› geknurrt und mich abgeschüttelt.»

Er lachte entzückt. «Hab ich das wirklich getan? Im Schlaf?»

«Es muß wohl im Schlaf gewesen sein. Einmal hast du so laut ‹Laß mich in Ruhe!› gerufen, daß ich dachte, du wärst wach, aber als ich dann mit dir sprechen wollte, hast du geschnarcht.»

«Na, so was! Hoffentlich habe ich dich damit nicht gekränkt.»

«Nein. Es war sehr erfrischend, dich einmal frei von der Leber weg reden zu hören.»

Er putzte sich die Zähne und aß ein paar von den übriggebliebenen, jetzt kalten Kastanien. Nach dem Frühstück im Hotel – es gab zähe Brötchen und bitteren Kaffee – gingen die Maples wieder auf Besichtigungstour. Wie am Vorabend machten Richard die drückenden Schuhe zu schaffen. Die Stadt schien zu erraten, was er am dringendsten brauchte, denn sie präsentierte sogleich mit eigenartiger, fast spöttischer Zuvorkommenheit ein Schuhgeschäft. Sie traten ein, und Richard erstand bei einem schlangenhaft anmutigen jungen Verkäufer ein Paar leichte schwarze Alligatorslipper. Sie hatten zwar eine modisch schmale Form, aber sie waren wenigstens tot – sie zwickten ihn nicht so brutal und rachsüchtig wie die anderen. Dann wanderten die Maples, sie mit dem Hachette-Reiseführer in der Hand, er mit dem Karton, der seine amerikanischen Schuhe enthielt, die Via Nazionale hinunter zum Monumento Vittorio Emanuele, einer gigantischen Treppe, die ins Nichts führte. «Was war so groß an ihm?» fragte Richard. «Hat er Italien geeint? Oder war das Cavour?»

«Ist er der komische kleine König aus Hemingways *In einem andern Land?*»

«Ich weiß nicht. Aber so groß *kann* niemand sein.»

«Verstehst du jetzt, weshalb die Italiener keine Minderwertigkeitskomplexe haben? Hier ist alles so riesenhaft.»

Sie betrachteten den Palazzo Venezia, bis sie glaubten,

Mussolini stirnrunzelnd an einem Fenster stehen zu sehen, stiegen die vielen Stufen zur Piazza del Campidoglio hinauf und kamen zu dem Reiterstandbild Marc Aurels auf dem Sockel von Michelangelo. Joan meinte, es erinnere sehr an Marino Marini, und das stimmte; ihre Intuition hatte achtzehn Jahrhunderte übersprungen. Sie war so klug. Vielleicht war es das, was ein Fortgehen von ihr als Geste in der Konzeption so köstlich und in der Ausführung so schwierig machte. Sie gingen um den Platz herum. Die Portale und Türen aller Gebäude schienen wie die Türen auf einem Bild für ewige Zeiten geschlossen zu sein. Nur eine Seitentür der Kirche Santa Maria in Aracoeli war offen, und dort traten sie ein. Sie entdeckten, daß sie über Schlafende hinwegschritten, über lebensgroße, von ungezählten Füßen fast zur Unkenntlichkeit abgewetzte Grabreliefs. Die Finger der auf steinernen Brüsten gefalteten Hände waren zu fingerförmigen Schemen geglättet. Ein Gesicht, das hinter einer Säule der Abnutzung entgangen war, schien eine lebende Seele zu sein, die sich von ihrem nahezu ausgelöschten Körper zu erheben suchte. Die Reliefs waren in einen Boden eingelassen, der einmal ein glitzernder Mosaiksee gewesen sein mußte. Nur die Maples betrachteten diese Grabmäler; die anderen Touristen drängten sich um die Kapelle, in der hinter Glas die kindergroßen grünlichen Überreste eines Papstes in Pantoffeln und Ornat aufbewahrt wurden. Joan und Richard verließen die Kirche durch die Seitentür, stiegen mehrere Stufen hinunter und lösten Eintrittskarten für das Forum Romanum. Die Renaissance hatte das Ruinenfeld als Steinbruch benutzt; überall lagen geborstene Säulen herum, mit Perspektive befrachtet wie ein Gemälde von de Chirico. Joan war entzückt, daß Vögel und Unkraut in den Ritzen und Spalten dieser Traumrelikte lebten. Ein ganz leichter Regen hatte eingesetzt. Am Ende eines Weges spähten sie durch Glastüren, und ein kleiner uniformierter Mann mit einem Besen kam herbeigehinkt und ließ sie in die leere Kirche Santa Maria Antiqua eintreten, verstohlen wie in eine Kneipe mit verbotenem Alkoholausschank. Die bleiche, gewölbte Luft wirkte frei von frommer Andacht; die Fresken aus dem 7. Jahrhundert schienen erst vor kurzem in nervöser Eile gemalt worden zu sein. Beim Hinausgehen las Richard die Frage in dem Lächeln des Mannes mit dem Besen und drückte ihm eine taktvolle Münze in die Hand. Wieder stäubte der feine Regen auf sie herab. Joan hakte sich bei ihrem Mann ein, als suche sie Schutz. Richard begann der Magen zu schmerzen – ein leichter, reibender Schmerz zunächst, kaum ausreichend, ihn von dem Brennen in seinen Füßen abzulenken. Sie gingen die Via Sacra entlang, durch heidnische Tempel ohne Dach, ausgelegt mit Grasteppichen. Der Schmerz in Richards Magen wurde heftiger. Uniformierte Wächter, alte Männer, die hier und dort im Regen standen wie hungrige Möwen, winkten ihnen, um sie auf weitere Ruinen, weitere Kirchen aufmerksam zu machen, doch Richard konnte jetzt nur noch daran denken, wie weit er von allem entfernt war, was ihm vielleicht Linderung verschaffen konnte. Er lehnte den Besuch der Basilica Constantini ab und fragte statt dessen nach einer *uscita*. Er hatte einfach nicht mehr die Kraft, zum Eingang zurückzugehen. Der Wächter, der eine Trinkgeldquelle entschwinden sah, deutete mürrisch auf ein Pförtchen in einem Drahtzaun. Die Maples öffneten das Schnappschloß, traten hinaus und standen auf der Anhöhe, von der aus man das Colosseum überblickte.

Richard ging ein Stück und lehnte sich dann an eine niedrige Mauer.

«Ist es so schlimm?» fragte Joan.

«Scheußlich», sagte er. «Entschuldige, ich weiß gar nicht, was mit mir los ist.»

«Mußt du dich übergeben?»

«Nein. Das ist es nicht.» Er sprach mühsam, abgehackt. «Es ist nur . . . eine Art Bauchgrimmen.»

«Oben oder unten?»

«In der Mitte.»

«Wovon kann das kommen? Von den Kastanien?»

«Nein. Ich glaube, es liegt einfach daran . . . daß ich hier bin, so weit fort von allem, mit dir . . . und nicht weiß . . . warum.»

«Möchtest du zurück ins Hotel?»

«Ja. Wenn ich mich hinlege . . .»

«Wollen wir ein Taxi nehmen?»

«Die hauen mich wieder . . . übers Ohr.»

«Das spielt doch jetzt keine Rolle.»

«Ich weiß . . . die Adresse nicht.»

«Wir wissen aber so ungefähr, wo es ist. Ganz in der Nähe dieses großen Brunnens. Ich sehe gleich mal im Wörterbuch nach, was Brunnen auf italienisch heißt.»

«Rom ist . . . voll von . . . Brunnen.»

«Richard, du machst das doch nicht nur meinetwegen?»

Er mußte lachen, sie war so klug. «Nicht bewußt. Es hat etwas zu tun . . . mit dem ewigen . . . Trinkgeldgeben. Ich habe wirklich Schmerzen. Es ist unglaublich.»

«Kannst du gehen?»

«Klar. Faß mich unter.»

«Soll ich dir nicht den Schuhkarton abnehmen?»

«Nein. Mach dir keine Sorgen, Schatz. Es hängt mit den

Nerven zusammen. Ich hatte es oft . . . als ich klein war. Aber damals war ich . . . tapferer.»

Eine Treppe führte zu einer Straße hinunter, auf der starker Verkehr herrschte. Die Taxis, denen sie winkten, waren alle besetzt und hielten nicht an. Sie überquerten die Via dei Fori Imperiali und versuchten, sich durch die Fahrzeugströme aus den Nebenstraßen in das Viertel mit dem Brunnen, der amerikanischen Bar, dem Schuhgeschäft und ihrem Hotel vorzuarbeiten. Dabei gerieten sie auf einen grellbunten Viktualienmarkt. Wurstgirlanden hingen von gestreiften Markisendächern herab. Haufen von Salatköpfen lagen auf der Straße. Richard ging steifbeinig, als wäre der Schmerz, den er in sich trug, eine kostbare, zerbrechliche Last; wenn er den einen Arm auf den Leib preßte, schien es ein bißchen besser zu werden. Der Regen und Joan waren in gewisser Weise die Kräfte gewesen, die den Schmerz ausgelöst hatten, und jetzt wurden sie zu den Kräften, die ihm halfen, ihn zu ertragen. Joan stützte ihn beim Gehen, und der Regen verschleierte ihn, ließ seine Gestalt für die Passanten und dadurch auch für ihn selbst verschwommen erscheinen und nahm auf diese Weise dem Schmerz die Schärfe. Die Straßen, die sie hinauf- und hinabstiegen, kamen ihm grausam steil vor. Neben der Banca d'Italia mußten sie einen langen, schmalen Bürgersteig erklimmen. Es regnete nicht mehr. Der Schmerz, der in jedem Winkel des Raumes unter den Rippen vorgedrungen war, hatte sich mit einem Messer bewaffnet und begann wild um sich zu schlagen, als wollte er die Bauchwand aufschlitzen und sich so einen Weg ins Freie bahnen. Ein paar Querstraßen vom Hotel entfernt erreichten sie die Via Nazionale. Die Läden waren jetzt geöffnet, den Brunnen hatte man abgestellt. Richard kam es vor, als lehne er sich zurück; sein Denken schien so etwas wie ein Zweig zu sein, ein Zweig, der sich von seinem Stamm entfernt hatte und lieber an dieser Stelle sitzen wollte als an jener oder doch lieber anderswo und der bei jedem Wechsel etwas dünner geworden war, bis ihm schließlich nichts anderes übrigblieb, als sich in Luft aufzulösen. Im Hotelzimmer legte Richard sich auf sein Bett, rollte sich, in den Mantel gehüllt, zusammen und schlief sofort ein.

Etwa eine Stunde später wachte er auf, und alles war anders. Er hatte keine Schmerzen mehr. Joan lag auf ihrem Bett und las in dem Hachette-Reiseführer. Er sah sie, als er sich zu ihr umdrehte, mit ganz anderen Augen: in jenem kühlen Bibliothekslicht, in dem er sie zum erstenmal gesehen hatte; nur wußte er, und es war ein ruhiger Gedanke, daß sie inzwischen zu ihm gekommen war, um sein Zimmer zu teilen. «Die Schmerzen sind weg», sagte er.

«Du machst wohl Witze. Ich war drauf und dran, nach einem Arzt zu schicken und dich ins Krankenhaus bringen zu lassen.»

«Nein, so schlimm war es nicht. Ich hab's gleich gewußt. Eine Nervensache, weiter nichts.»

«Du warst leichenblaß.»

«Es ist zu vieles auf mich eingestürmt. Ich glaube, das Forum hat sich mir auf die Seele gelegt. Die Vergangenheit wirkt da so drückend. Und gedrückt haben mich auch meine Schuhe.»

«Liebling, das ist eben Rom. Hier hast du glücklich zu sein.»

«Jetzt bin ich's ja auch. Komm, laß uns essen gehen, du bist bestimmt schon ganz schwach vor Hunger.»

«Willst du wirklich aufstehen? Fühlst du dich kräftig genug?»

«Unbedingt. Ich bin wieder ganz in Ordnung.» Und so war es auch, bis auf ein angenehm nachklingendes Grimmen, das schon beim ersten Bissen Mailänder Salami verschwand. Die Maples nahmen abermals Rom in Angriff, und in dieser Stadt der Stufen, der gleitenden, sich entfaltenden Perspektiven, der vielfenstrigen Flächen von Sepia und rosigem Ocker, der weitläufigen Gebäude, in denen man sich wie im Freien vorkam, in dieser Stadt trennten sie sich. Nicht physisch – es kam selten vor, daß sie einander aus den Augen verloren. Aber sie waren endlich getrennt worden, und sie wußten es beide. Im Umgang miteinander waren sie wie in der Zeit ihrer jungen Liebe: höflich, heiter und ruhig. Ihre Ehe löste sich gleich einer übermäßig gewachsenen Kletterpflanze, in deren halb verborgenen Stamm ein alter Gärtner im Morgengrauen seine Axt geschlagen hat. Sie gingen Arm in Arm durch scheinbar fest zusammenhängende Gebäudeblocks, die bei näherer Betrachtung in deutlich getrennte Stil- und Zeitschichten zerfielen. Einmal wandte sie sich ihm zu und sagte: «Liebling, ich weiß, was mit uns nicht gestimmt hat. Ich bin klassisch, und du bist barock.» Sie kauften ein, besichtigten, schliefen, aßen. Als Richard ihr gegenübersaß in dem letzten der Restaurants, die wie Oasen aus Tischleinen und Wein die Stützpunkte dieser ausgeglichenen elegischen Tage gewesen waren, sah er, daß sie glücklich war. Ihr von der Anspannung des Hoffens befreites Gesicht war weich und glatt geworden; ihre Gesten hatten jetzt die flirtende Ironie der Jugend; sie interessierte sich ekstatisch für alles, was um sie herum geschah; und sie sprach, als sie sich vorbeugte, um ihm eine Bemerkung über eine Frau und einen gut aussehenden Mann an einem Nachbartisch zuzuflüstern, mit schneller Stimme, als wäre sogar ihre Atemluft dünn und frei geworden. Sie war glücklich, und er, eifersüchtig auf ihr Glück, wurde wieder wankend in seinem Entschluß, sie zu verlassen.

Marsch durch Boston

Die Bürgerrechtsbewegung hatte eine wohltuende Wirkung auf Joan Maple. Spätabends kam sie, eine in der Vorstadt lebende Mutter von vier Kindern, mit leuchtenden Augen und rosigen Wangen von einer Schulungsstunde in gewaltlosem Widerstand aus Roxbury zurück, begierig, von ihrer Indoktrinierung zu berichten, während sie einen Benediktiner schlürfte. «Dieser riesige Kerl im Overall . . .»

«Ein Neger?» fragte ihr Mann.

«Natürlich. Dieser riesige Kerl, der einen *sehr* kultivierten Wortschatz hatte, sagte uns, wenn wir irgendwo marschierten, besonders im Süden, sollten wir die Neger außen marschieren lassen, weil es wichtig für ihre Selbstachtung sei, als unsere Beschützer aufzutreten. Er erzählte uns von einer Modeschöpferin aus New York, die nach Selma hinunterfuhr und sagte, sie könne selbst auf sich aufpassen. Und dann flirtete sie mit den Polizisten dort. Sie luden sie schließlich zu sich nach Hause ein.»

«Ich dachte, ihr sollt die Polizisten lieben», sagte Richard.

«Nur theoretisch. Doch nicht persönlich. Innerhalb der Bewegung darfst du *nichts* als Einzelperson tun. Durch ihr

Flirten gab sie dem Polizisten Gelegenheit, Verachtung zu empfinden.»

«Sie blockierte sozusagen seine Übertragung.»

«Zieh es nicht ins Lächerliche. Es hat alles viel mit Psychologie zu tun. Der Mann forderte uns auf – diejenigen von uns, die gern mitmarschieren möchten –, wir sollten den selbstgefälligen Motiven in uns ins Auge sehen, wie geringfügig sie auch sein mögen, und sie hinter uns lassen. Wenn du erst auf dem Marsch bist, hast du keine Identität mehr. Es ist großartig. Es ist schön.»

So hatte er sie noch nie gesehen. Es schien Richard, daß ihre Haltung sich besserte, ihre Figur sich rundete, ihre Haut klarer und sogar ihr Haar dichter und glänzender wurde. Obwohl er sich in zwölf Ehejahren in einen steten Wechsel von Gleichgültigkeit und Erneuerung gefügt hatte, mißtraute er diesem jähen Ausbruch von Schönheit.

Als sie aus Alabama zurückkehrte, war es drei Uhr morgens. Er wachte auf und hörte die Haustür hinter ihr ins Schloß fallen. Er hatte von einem Parallelogramm am Himmel geträumt, das irgendwie auch ein Meteor war, und das dunkle Haus schien viergeteilt durch die vier schlafenden Kinder, die er mit mehr als der üblichen väterlichen Zärtlichkeit zu Bett gebracht hatte. Er hatte sich dabei ertappt, daß er mit ihnen von ihrer Mommy wie von dem fernen Geist einer Verstorbenen sprach, der jetzt, unsichtbar, in den Zeitungen und im Fernsehen lebte. Seine kleine Tochter, Bean, war in Tränen ausgebrochen. Jetzt schloß der Geist der Tür, kam die Treppe herauf und in sein Schlafzimmer und ließ sich aufs Bett fallen.

Er machte das Licht an und sah ihr sonnenverbranntes Gesicht, die Blasen an ihren Füßen. Ihre Ballettschuhe waren mit orangefarbenen Lehmkrusten überzogen. Sie hatte drei Tage lang von Coke und getrockneten Aprikosen gelebt; sie war seit sechzehn Stunden nicht mehr auf der Toilette gewesen. Der Flughafen von Montgomery war ein Tollhaus gewesen – Nonnen, Sozialarbeiter, Theologiestudenten hatten sich um Plätze in den Maschinen nach Norden geprügelt. Während des Flugs hatten sie von der Sache mit Mrs. Liuzzo gehört.

Er sagte anklagend: «Das hättest du gewesen sein können.»

Sie sagte: «Ich war immer in einer Gruppe.» Aber sie fügte schuldbewußt hinzu: «Wie ging es mit den Kindern?»

«Gut. Bean hat geweint, weil sie dachte, du wärst im Fernseher.»

«Habt ihr mich gesehen?»

«Deine Eltern haben uns per Ferngespräch mitgeteilt, daß sie glaubten, dich gesehen zu haben. Ich habe dich nicht gesehen. Ich habe nur Abernathy und King gesehen und ihre Anhänger und wie sie immer wieder sagten: ‹Das ist richtig. Du sagst es, Mann, So ist es!›»

«Bist du da nicht ein bißchen gemein? Es war sehr bewegend, nur waren wir alle so müde. Diese jungen Negermädchen fielen ständig in Ohnmacht. Ein Psychiater hat mir erklärt, daß sie psychotische Pausen einlegten.»

«Was für ein Psychiater?»

«Tatsächlich waren sogar drei Psychiater dabei, das heißt, sie studieren Psychiatrie in Philadelphia. Sie nahmen mich sozusagen ins Schlepptau.»

«Das kann ich mir vorstellen. Komm bitte ins Bett. Das Muttersein hat mich sehr müde gemacht.»

Sie machte einen kurzen Besuch in den vier Ecken des

Obergeschosses, um einen Blick auf jedes schlafende Kind zu werfen, und zog sich, als sie zurückkam, im Dunkeln aus. Sie zog Unterwäsche aus, die sie siebzig Stunden getragen hatte, und stand schimmernd da; dem schläfrigen Mann im Bett kam sie wie eine göttliche Heimsuchung vor, und er fühlte das gleiche, was die Menschen früherer Zeiten gefühlt haben mußten, wenn ein Engel vor ihnen stand – Anbetung, aber auch Groll über diesen flammenden Beweis besserer Dinge.

Sie sprach im Radio, sie sprach vor Gruppen im Ort. In Garagen und Supermärkten hörte er, wie Leute einander auf ihn als ihren Mann aufmerksam machten. Sie half bei der Organisation von Versammlungen, bei denen adrette junge Neger das applaudierende Vorstadt-Publikum lächerlich machten und beschimpften. Richard wunderte sich über Joans Gelassenheit bei öffentlichen Auftritten. Ihre Schüchternheit verließ sie nicht, aber sie benutzte sie als eine Art Waffe, als ob die Lehre vom gewaltlosen Widerstand ihr Nachdruck verliehen hätte. Wenn sie bei der Kampagne für gerechtes Wohnen mit den Ausflüchte suchenden lokalen Grundstücksmaklern telefonierte, wurde ihre Stimme sonderbar fest und geradezu hartnäckig melodisch – ein Ton, den ihr Mann nie zuvor von ihr gehört hatte. Er wurde eifersüchtig und reizbar. Er hörte sich plötzlich bei Parties auf die Verfassungsmäßigkeit staatlicher Rechte pochen, auf das Mißliche an den afrikanischen Unabhängigkeitsbestrebungen, auf die wirren politischen Verhältnisse in den Südstaaten nach dem Sezessionskrieg. Und doch war es für Joan nicht schwer, ihn zu überreden, mit ihr in Boston zu marschieren.

Er versprach es, obwohl er den Sinn des Marschs nicht ganz begriff. Tatsächlich mangelte es ihm an der Fähigkeit, so als sei sie durch einen chirurgischen Eingriff aus seinem Gehirn entfernt worden, an den Menschen als Gattung zu glauben. Alle Bewegungen, sei es von Massen oder von Ideen, die angeblich von Massen verkörpert wurden, betrachtete er insgeheim als illusorisch. Während seine Frau, Tochter eines Geistlichen, von Abstraktionen lebte; ihr Blut kehrte, wenn es durch ein haarfeines Phantasieprodukt geflossen war, bereichert und belebt zum Herzen zurück. Die Glut, mit der sie sein Versprechen belohnte, beeindruckte ihn und verwundete ihn auf subtile Weise; unter seinen Händen nahm ihr Körper barocke Formen an, und ihre Haut war weich wie die Nacht.

Der Marsch fand im April statt. Als Richard an jenem Morgen erwachte, hatte er Fieber. Er hatte sich in etwas ihm Fremdes eingelassen, und sein Körper leistete Widerstand. Joan erbot sich, allein zu gehen; als stünde etwas, das für seine Würde, für ihre Ehe von grundlegender Bedeutung war, auf dem Spiel, lehnte er das Angebot ab. Der Tag, der bewölkt anbrach, war als sonnig angekündigt worden, und er trug einen Sommeranzug, der seine heiße Haut mit gleitender, gewichtloser Unwirklichkeit umgab. In einem Drugstore am Highway kauften sie Tabletten, die innerhalb von zwölf Stunden in ihm zur Detonation kommen sollten. Sie parkten in der Nähe des Hauses von Joans Tante am Louisburg Square und nahmen ein Taxi zum Quellgebiet des Marschs, einem Spielplatz in Roxbury. Der teilnahmslose Rücken des irischen Fahrers strahlte Mißbilligung aus. Der Mietwagen wurde von einem Polizisten in eine Seitenstraße umgeleitet; die Maples stiegen aus und gingen einen breiten braunen Boulevard hinunter, der gesäumt war von Friseurläden, kleinen

Flickschustereien, Pizzerien und Nachbarschaftstreffs. Auf Veranden und Treppenstufen drückten sich Neger herum; sie blinzelten einander zu und murmelten, als ob eine riesige, kraftlose Verschwörung ihnen ihre Plätze zugewiesen hätte und dann zusammengebrochen sei.

«Hübsche Architektur», sagte Joan und deutete auf eine gewundene Seitenstraße, wo ein neogeorgianischer Bogen in der weiten städtischen Trauigkeit hing.

Sie tat zwar so, als wüßte sie, wo sie sich befand, aber Richard bezweifelte, daß sie auf dem richtigen Weg waren. Doch dann sah er vorn, verstreut wie die ungewöhnlichen Gegenstände, mit denen Dali seine Perspektiven akzentuiert, entschwindende schwarze Gruppen weißer Geistlicher. In der Ferne rotierten die grellen Lichter von Polizeiautos in der hin und her wogenden Menge. Als sie näher kamen, erschienen neben ihnen farbige Mädchen, die durch ihre aufgebauschten Frisuren wie Riesinnen aussahen. Eine trug eine kirschrote Stretch-Hose und die goldenen Sandalen eines himmlischen Mundschenks und hielt sich ein Transistorradio ans Ohr, das auf WMEX eingestellt war. Auf dem dünnen Strom der Musik trieben sie alle miteinander auf einen Spielplatz zu, der von einem Kettenzaun umgeben war.

In lockeren Gruppen schwärmten sie zu Tausenden auf dem zerdrückten Gras aus. Auf und ab wippende Tafeln wiesen auf Kirchen, Bruderschaften, Schulen, Städte hin. Eis-am-Stiel-Verkäufer gaben dem Ganzen einen unerwarteten Anstrich von Karneval. Richard fühlte sich plötzlich zu Hause. Er kaufte eine Tüte Erdnüsse und sah sich nach Freunden um – als wäre dies der Spielplatz seiner Kindheit.

Aber es war Joan, die einen Bekannten entdeckte. «Lieber Gott», sagte sie, «da drüben ist mein alter Psychiater.» Am Rand einer Gruppe von Unitariern stand ein dicklicher, teigig aussehender Mann, der gequält die Augen zusammenkniff, wie ein Bäcker, der in zu viele Öfen gesehen hat. Joan schlug eine andere Richtung ein.

«Sei nicht so gehemmt», sagte Richard. «Laß uns rübergehen und freundlich und normal sein.»

«Es ist zu peinlich.»

«Aber es ist doch schon Jahre her, seit du zu ihm gegangen bist. Du bist geheilt.»

«Das verstehst du nicht. Du bist nie geheilt. Du gehst nur nicht mehr hin.»

«Okay, dann komm mit dort rüber. Ich glaube, da steht mein Dozent aus Harvard, der ‹Von Platon bis Dante› las.»

Aber sie hatte sich, noch während sie Einwände dagegen erhob, mit ihm auf ihren Psychiater zutreiben lassen, und jetzt war sein Blick auf sie gefallen. Er runzelte die Stirn und kam plattfüßig auf sie zu. Richard war ihm noch nie begegnet, und während sie sich die Hand gaben, kam er sich vor wie ein stinkender Haufen von Geschichten, von detaillierten Lüsten und Lastern. «Ich glaube, ich brauche einen Arzt», platzte er dümmlich heraus.

Sein Gegenüber brachte, wie ein Stilett aus dem Ärmel, ein hurtiges Lächeln. «Wieso das?» Jedes Wort schien kostbar zu sein.

«Ich habe Fieber.»

«Ah.» Der Psychiater wandte sich teilnahmsvoll Joan zu, und sein Gesicht drückte deutlich Mitleid aus: *Er bestraft dich also immer noch.*

Joan sagte loyal: «Es stimmt. Ich habe das Thermometer gesehen.»

«Mögen Sie eine Erdnuß?» fragte Richard. Das Angebot erschien ihm so symbolisch, so durchsichtig, daß er entsetzt war, als der Psychiater eine nahm, sie krachend knackte und ausgiebig kaute.

Joan fragte: «Sind Sie mit anderen hier? Ich habe das Bedürfnis nach der Sicherheit einer Gruppe.»

«Kommen Sie, ich mache Sie mit meiner Schwester bekannt.» Der Befehl klang Richard seltsam in den Ohren; das Wort «Schwester» kam ihm vor wie Psychologen-Chinesisch, ein Euphemismus für «Geliebte».

Aber wieder waren die Dinge einfacher, als sie schienen. Seine Schwester war offensichtlich vom gleichen Schlag. Gesund und wie Hefeteig aufgegangen, schien sie durch die Ausübung guten Willens irgendwie größer geworden zu sein und trug eine untertassengroße Rosette der Southern Christian Leadership Conference am Aufschlag ihres rauhen grünen Kostüms. Richard sah mit begehrlichen Blicken auf das Kostüm; es sah warm aus. Der Tag war immer noch bedeckt und kühl. Irgend etwas Seltsames, vielleicht die aufeinander folgenden Explosionen der Antihistamin-Tablette, spielte sich in seinem Innern ab und gab ihm das Gefühl, elegant in die Länge gezogen worden zu sein; ihm ging der illusorische Gedanke durch den Kopf, daß es ihm bestimmt sei, diese Frau zu verführen. Sie strahlte und sagte: «Meine Tochter Trudy und ihre *beste* Freundin, Carol.»

Die beiden Mädchen waren etwa sechzehn und in ihrem Knochenbau eine Nummer unter Frauengröße. Trudy hatte die teigige Textur ihrer Familie und einen pfeilschnellen finsteren Blick. Carol war hausbacken, zart und rührend; ihre oberen Zähne waren ein graues Gewirr von Klammern, und ihre Arme waren schützend vor ihrem mageren Busen verschränkt. Über einer weißen Bluse trug sie nur eine dünne blaue Strickjacke, die nicht zugeknöpft war. Richard sagte zu ihr: «Dir ist eiskalt.»

«Mir ist eiskalt», sagte sie, und auf der Grundlage dieser zögernden Wiederholung entstand eine zarte Zuneigung zwischen ihnen. Sie fügte hinzu: «Ich bin mitgekommen, weil ich ein Referat schreibe.»

Trudy sagte: «Sie schreibt eine Geschichte der Gewerkschaften», und lachte unangenehm.

Das Mädchen zitterte. «Ich dachte, es wären vielleicht die gleichen Leute. Sind die Gewerkschaften nicht früher marschiert?» Ihre Stimme, feucht durch das Vorstehen der Klammern, versprühte sanfte Mattigkeit in der rauhen grauen Luft.

Die Schwester des Psychiaters sagte: «*Wie* sie diese armen Kinder heutzutage *lernen* lassen! Diese *Bücher,* die sie lesen müssen! Ihr *Englisch*lehrer hat ihnen als Lektüre den *Wendekreis des Krebses* aufgegeben! Ich habe das Buch in die Hand genommen und *eine Seite* gelesen, und Trudy hat mir versichert: ‹Es ist in *Ordnung,* Mutter, der Lehrer sagt, er ist ein Transzendentalist!›»

Es erschien Richard jetzt weniger wahrscheinlich, daß er sie verführen würde. Sein Realitätssinn dehnte sich aus in dem Nest von Wärme, das diese Leute boten. Er bot an, für alle Eis am Stil zu kaufen. Sein Bewußtsein wagte sich hinaus und kostete die Freude über den Anblick so vieler Neger aus, den Luxus, in die polierten Schatten ihrer Haut einzutauchen. Auf der Suche nach dem Eis-am-Stiel-Verkäufer ließ er sich glücklich durch das Raster ihres versteckt-spöttischen Gejohls und ihrer verschwommenen Stimmen treiben. Die Mädchen und Trudys Mutter hatten gesagt, sie würden ein Eis essen; der Psychiater und

Joan hatten abgelehnt. Die Menge setzte sich aus hin und her gleitenden Fragmenten zusammen. Er winkte dem Pfarrer einer Gemeinde zu, in deren Kindergarten seine Kinder gegangen waren, zwinkerte vertraulich einem Folksänger zu, den er im Fernsehen gesehen hatte und der verloren aussah und tief in Gedanken versunken, setzte ein steinernes Gesicht auf, als er an einem von Polizisten bewachten langhaarigen Jugendlichen vorbeikam, der ein Schild um sich drapiert hatte, das verkündete: MARTIN LUTHER KING EIN WERKZEUG DER KOMMUNISTEN, und klopfte einem großen, kahlköpfigen Mann auf die Schulter. «Erinnern Sie sich noch an mich? Dick Maple, von Platon bis Dante, zwei plus.»

Der Dozent drehte sich um, bebrillt und blaß. Es war ein Schock; er war alt geworden.

Es dauerte lange, bis der Zug sich in Bewegung setzte. Lastwagen und Polizeiautos erschienen am Tor zum Spielplatz und verschwanden wieder. Eifrige junge Theologie-Studenten versuchten, die Menge zu formieren. Unverständliche Ankündigungen knatterten in den Lautsprechern. Martin Luther King war ein vages frommes Gerücht auf dem Spielplatzrund – bald hier, bald dort, bald tot, bald lebendig. Die Sonne zeigte sich als eine Art wunde Stelle, die durch die Wolken brannte. Carol lutschte ihr Eis am Stiel und zitterte. Richard und Joan stritten sich darüber, ob sie mit dem Psychiater unter der Fahne von Danvers marschieren sollten oder mit den Unitariern, weil Joans Vater Unitarier war. Letzten Endes spielte es keine Rolle; King setzte sich unsichtbar an ihre Spitze, ein ferner, mit singenden Frauen beladener Lastwagen fuhr schwankend an, in einer entfernten Ecke der

Menge begann man gefühlvoll zu singen: «Auf welcher Seite stehst du, Junge?» Und sie marschierten.

Auf der Columbus Avenue wurden sie in Zehnerreihen geschubst. Die Maples wurden voneinander getrennt. Joan tauchte zwischen ihrem Psychiater und einer massigen kummervollen Afrikanerin auf, die Stammesnarben, Turnschuhe und ein T-Shirt mit dem Aufdruck Harvard Athletic Association trug. Richard fand sich am Ende der Reihe davor wieder, mit Carol neben sich. Der Mann hinter ihm, ein fortschrittlich aussehender Liberaler, trat ihm auf die Ferse und brachte seinen Mokassin so aus der Form, daß Richard die drei Meilen durch Boston mit einem schlappenden Schuh und einem hinkenden Bein gehen mußte. Er war in West Virginia geboren, in der Nähe der Grenze nach Pennsylvania, und er verstand Boston nicht. Innerhalb von zehn Jahren waren ihm einige Bezirke vertraut geworden, aber es erstaunte ihn immer noch, wie rasch und geschmeidig diese Bezirke ineinander übergingen. Einige wenige Blocks lang marschierten sie zwischen jubelnden Mietshäusern, von deren oberen Fenstern Spruchbänder herabhingen mit der Forderung: BEENDET DIE DE-FACTO-RASSENTRENNUNG und TRETEN SIE ZURÜCK, MRS. HICKS. Dann bog die Kolonne nach links ab, und Richard kam an der Symphony Hall vorbei, in deren rechteckigem Gewölbe er sich oft durch Brahms saftig grüne Weiden hindurch- und Strauss' achatene Klippen hinaufgeträumt hatte. An dieser Ecke war er vom stygischen U-Bahn-Kiosk zusammen mit Joan heraufgekommen, Orpheus und Eurydike, als sie beide Studenten waren; in dem Restaurant dort hatten er und sie ein Jahrzehnt später, nach vier Drinks pro Kopf, beschlossen, sich in jener

Woche nicht scheiden zu lassen. Der neue Prudential Tower, höher und irgendwie schwächer als irgendein anderes Gebäude, verfolgte jede Windung ihres Marschs, bald vor ihnen wie eine Luftspiegelung, bald hinter ihnen wie eine Erinnerung. Ein langbeiniges, nervöses farbiges Mädchen in der orangefarbenen Feuerwehrjacke der Sicherheitstruppe führte ihren Abschnitt des Zuges mit Händeklatschen an und sang gelegentlich ein paar Takte eines Freiheitslieds. Diese Lieder kämpften sich durch den meilenlangen Zug, einander überschneidend und übertönend. «Auf welcher Seite stehst du, Junge, auf welcher Seite stehst du . . . Wie ein Bau . . . haum, der am Wa . . . hasser gepflanzt ist, werden wir nicht weichen . . . Dieses mein Licht so klein soll auf Boston scheinen, dieses mein Licht so klein . . .» Der Tag blieb kühl und schattenlos. Zeitungen, die er sich gegen die Kälte unter die Jacke gesteckt hatte, rutschten und verschoben sich. Carol neben ihm zupfte an ihrer kleinen Strickjacke und raffte sie über der Brust zusammen, war aber – wie unter einem Zauberbann – nicht fähig, sie zuzuknöpfen. Hinter ihm marschierte Joan, friedlich flankiert von ihrem Es und ihrem Über-Ich, ganz Herr der Lage, die Arme schwingend und ihre Ballettschuhe abwechselnd mit selbstsicheren, ausgreifenden Schritten nach außen werfend. «. . . laß es scheinen, laß es scheinen . . .»

Unglaublicherweise überquerten sie eine Kleeblattkreuzung, eine Hochstraßen-Betonarabeske ohne Autos. Ihre massierten Schritte wisperten; die Stadt gähnte unter ihnen. Richard konnte weder einen Anfang noch ein Ende des Zuges sehen. Das Fieber in ihm war zu einem kleinen gläsernen Kratzen an den Wänden der Höhle geworden, die die detonierenden Tabletten in ihn hineingesprengt hatten. Ein Stück Zeitung rutschte an seinen Beinen hinunter und flog in die Luft. Auf unfaßbare Art verarztet, ideal motiviert – während er die Biegung des Kleeblatts entlangschlenderte, fühlte er sich in ein unwiderstehliches Steigen einbegriffen. Er fragte Carol: «Wohin gehen wir eigentlich?»

«In den Zeitungen stand zum Park.»

«Bist du erschöpft?»

Ihre grauen Klammern machten ihr Lächeln scheu. «Hungrig.»

«Hier, iß eine Erdnuß.» Ein paar waren noch in seiner Tasche.

«Danke.» Sie nahm eine. «Sie brauchen keine väterlichen Gefühle aufzubringen.»

«Das möchte ich aber.» Er befand sich in einer sonderbar beschwingten und erregten Stimmung, als sei es ihm bestimmt, ein Kind zur Welt zu bringen. Er hätte Carol gern an seinen Gefühlen teilhaben lassen, statt dessen fragte er sie: «Hast du bei deiner Beschäftigung mit der Gewerkschaftsbewegung viel über die Molly Maguires erfahren?»*

«Nein. Waren das Schlägertrupps oder Streikbrecher?»

«Ich nehme an, es waren entweder Grubenarbeiter oder Gangster.»

«Oh. Ich habe erst mit Gompers** angefangen.»

«Ich glaube, das war klug von dir.» Er unterdrückte das Verlangen, ihr zu sagen, daß er sie liebe, und drehte sich um, um einen Blick auf Joan zu werfen. Sie war schön, im

* Mitglieder eines irischen Geheimbundes, der in den Kohlegebieten von Pennsylvania bis 1877 tätig war. (Anm. d. Übers.)

** Samuel Gompers, amerikanischer Arbeiterführer, 1850–1924, Präsident der «American Federation of Labor». (Anm. d. Übers.)

Stil eines Posters, mit in die Ferne blickenden blauen Augen und roten, zu einem Lied geöffneten Lippen.

Jetzt gingen sie am Fuße von Geschäftshäusern entlang, wo Sekretärinnen und Zahntechniker wie aufgespießte Schmetterlinge an den Scheiben klebten. Am Copley Square warteten versteinerte Käufer seit Ewigkeiten darauf, die Straße zu überqueren. In der Boylston Street hörte man irische Laute; er schirmte Carol mit seinem Körper ab. Das planlose Singen wurde herausfordernd. Im Stadtgarten fing es an zu blühen. Ehrwürdige Standbilder – Channing, Kosciusko, Cass, Phillips – zogen unter dem Schleier der Bäume vorbei. Richards trockenes Herz raschelte wie ein Buch, das aufgeschlagen wird. Der Zug bog links in die Charles Street ein und fing an, sich zu stauen, sich zu verhaken, tastend nach Liebe zu suchen. In dem Gedränge verlor er Joan aus den Augen. Dann trafen sie auf Gras, im Park, und die ersten Regentropfen, scharf wie Nadeln, fielen ihnen prickelnd auf Gesicht und Hände.

«Mußten wir uns denn jede der verdammten Reden anhören?» fragte Richard. Sie waren endlich auf dem Heimweg; er fühlte sich zu krank, um zu fahren, und saß in seinem durchnäßten glitschigen Anzug zusammengekauert da und beugte sich zur Heizung vor. Der Scheibenwischer schien *Frei-heit, Frei-heit* zu quietschen.

«Ich wollte King hören.»

«Du hast ihn in Alabama gehört.»

«Da war ich zu müde, um zuzuhören.»

«Hast du heute zugehört? Kam es dir nicht abgedroschen vor und gezwungen?»

«Ein bißchen. Aber ist das wichtig?» Ihr weißes Profil

war heiter und gelassen; sie überholte auf der rechten Fahrbahn einen Lastwagen mit Anhänger und gegen ihre Scheibe prasselte es wie Applaus.

«Und dieser Abernathy. Gott, wenn er Johannes der Täufer ist, dann bin ich Herodes. ‹Wenn die Franzosen nich zurück nach Frankreich gehn, wenn die Iren nich zurück nach Irland gehn, wenn die Mexikaner nich zurück nach . . .›»

«Hör auf.»

«Versteh mich nicht falsch. Ich habe nichts dagegen, daß sie sich wie Demagogen anhörten; was mich so gestört hat, war diese fürchterliche, langweilige, heuchlerische Imitation einer Erweckungsversammlung. ‹Das is richtig, *yessir*. Yes-*Sir!*›»

«Deine Stimme klingt heiser. Solltest du sie nicht lieber schonen?»

«Wie *konntest* du mich so quälen? Wie *konntest* du diesen elenden kranken Ehemann stundenlang im eisigen Regen stehen lassen, damit er sich langweilige idiotische Reden anhört, die du ohnehin schon gehört hattest?»

«So großartig fand ich die Reden auch nicht. Ich halte es aber für wichtig, daß sie gehalten wurden und daß die Leute sie hörten. Du warst als Zeuge dort, Richard.»

«War Zeuge, stimmt. Yes-Sir.»

«Du bist ein sehr kranker Mann.»

«Ich weiß, ich *weiß*, daß ich krank bin. Darum wollte ich ja auch weggehen. Selbst dein teigiger Psychiater ist nach Hause gegangen. Er sah aus wie ein eingetunkter Krapfen.»

«Er ist wegen der Mädchen gegangen.»

«Carol hat mir sehr gefallen. Sie hat mich akzeptiert, trotz meiner Hautfarbe.»

«Du brauchtest ja nicht mitzukommen.»

«Doch. Du hast es irgendwie zu einer Ehrensache gemacht. Es war eine sexuelle Rechtfertigung.»

«Wie dick du aufträgst.»

«Wenn die Ostdeutschen nich nach Ostdeutschland zurückgehn, wenn die Luxemburger nich wieder nach Luxemburg . . .›»

«Hör bitte auf.»

Aber er stellte fest, daß er nicht aufhören konnte, und auch als sie zu Hause waren und sie ihn ins Bett geschickt hatte, fuhr er unter den erschrockenen Blicken der Kinder fort mit dem klagenden Singsang: «Ich bin ganssin Ordn'ng, Missy, bloß 'n Anflug von doppelseit'ger Lung'nentzünd'ng, mach'n Sie sich keine Gedank'n nich, wir krieg'n die Baumwolle schon rein . . .»

«Du bringst die Kinder in Verlegenheit.»

«Ach, kümmert euch nich um mich, Kinder. Wenn ich mich hier im Schatt'n vom Wassermelonenfeld bloß 'n bißchen ausruhn kann, die alten Knoch'n ausruhn . . . Mann, das tut gut.»

«Daddy ist ein bißchen erkältet», erklärte Joan.

«Muß er sterben?» fragte Bean und brach in Tränen aus.

«Also, wenn ich«, sagte er, «durch 'n *un*vorhergesehn'n Zufall meinen Geist aufgeb'n sollte, begrabt mich unten beim Fluß, dann kann ich vielleich das Sing'n hörn und die Banjos und die Baumwollkapseln, wenn sie platz'n . . . und vielleich vergieß'n sogar die Weiß'n oben im groß'n Haus ein oder zwei Trän'n . . .» Er weinte jetzt beinahe; eine seltsame Zärtlichkeit hatte Besitz von ihm ergriffen, seit er im Bett war, so als ob er tatsächlich etwas zur Welt gebracht hätte, als ob er diese Stimme geboren hätte, eine Stimme, die aus tiefster Bedrängnis nach Aufmerksamkeit schrie. Oben im Fenster hellte sich der spätnachmittägliche Himmel auf, als der Sturm nachließ. In der Wärme seines Bettes summte Richard leise vor sich hin, und einmal fuhr er hoch und rief: «Missy! Missy! Mach'n Sie sich keine Sorg'n nich, der alte Tom wird noch'n Sonnenaufgang sehn!»

Aber Joan war unten und sprach mit fester Stimme ins Telefon.

Der Geschmack von Metall

Streng genommen hat Metall keinen Geschmack; sein Vorhandensein im Mund wird als disziplinierend empfunden, als ein *Nein* gegenüber jedem anderen Geschmack. Als Richard Maple sich nach dreißig Jahren der Schmerzen, der ausgebrochenen Ecken und gelegentlichen Extraktionen Kronen über die ihm verbleibenden Backenzähne machen ließ und Brücken über die Lücken, fühlte sich das Gold kühl an seinen Wangen an, und die glatte Oberfläche verkleidete Löcher und Unebenheiten, die eine Art Spiegel gewesen waren, in dem seine Zunge sich kennengelernt hatte. An dem Freitag, an dem alles endgültig einzementiert wurde, ging er zu einer kleinen Party. Während er eine Vielzahl von Getränken trank, die alle ziemlich gleich schmeckten, gingen seine anfänglichen leichten Minderwertigkeitsgefühle (seine eigenen Zähne waren zu Zahnstümpfen abgeschliffen worden) in leichte Selbstüberschätzung über. Der veränderte Klang, der jedesmal, wenn er Ober- und Unterkiefer aufeinanderbiß, seinen Schädel durchdrang, entsprach in etwa der erhöhten Klarheit, die den Geist nach einer religiösen Bekehrung erfüllt. Er sah die anderen Gäste mit neuer Klarsicht, mit einer Schärfe des Blicks, die wie bei einer

Kamera spezifisch und im Fokus begrenzt war. Er konnte jeweils nur eine Person sehen, und er stellte fest, daß er sich weniger auf seine Frau Joan als auf Eleanor Dennis konzentrierte, die langbeinige Ehefrau eines Verkäufers von Kommunalobligationen.

Daß er Eleanor so klar umrissen sah, hatte zum Teil mit dem juristischen Umstand zu tun, daß sie und ihr Mann «getrennt» lebten. Dazu war es erst vor kurzem gekommen; seine Abwesenheit bei der Party fiel auf. Eleanor hatte im Laufe eines Lebens, das sie als ein unablässiges quälendes Überleben beschrieb, die kaltschnäuzigen gesellschaftlichen Umgangsformen entwickelt, die private Katastrophen vor der Öffentlichkeit ins Komische kehren; aber an diesem Abend war ihre Unruhe nur unvollkommen verdeckt. Sie horchte, wie auf ein Echo, das nicht kam; und sie kreuzte nervös die Beine und stellte sie wieder nebeneinander. Ihre Beine waren hübsch und lebhaft und so lang, daß sie nach Mitternacht, als die Gesellschaftsspiele begannen, ihren kurzen Rock hochzog und der oberen Kante eines Türrahmens einen Tritt versetzte. Der Gastgeber balancierte ein Glas Wasser auf seiner Stirn. Richard führte einen Kopfstand vor, kippte versehentlich nach vorn und war entzückt über seine Weichheit, die er als ironischen Kommentar seiner neuen metallenen Zähne zum Thema Fleisch empfand. Er war ganz Sterblichkeit, ganz poröse Abnutzung, bis auf diese Sterne in seinem Kopf, unzugängliche Polarlichter im Zenit seines langsamen Wirbelns.

Seine Frau trat zu ihm mit einem Gesicht, das so gefällig und narbenlos war wie das Zifferblatt einer Uhr. Es war Zeit, sich auf den Heimweg zu machen. Und sie mußten Eleanor mitnehmen. Zu dritt gingen sie, begleitet von ihrer Gastgeberin mit den Ohrgehängen und den Kaffeeflecken auf dem Hosenrock, zur Haustür und stellten fest, daß draußen ein Schneesturm tobte. Soweit das Auge reichte, fielen Flocken in dichtem Gestöber durch die wispernde lavendelfarbene Nacht. «Gott schütze uns alle», sagte Richard.

Ihre Gastgeberin schlug vor, daß Joan fahren solle.

Richard küßte sie auf die Wange und spürte den bitteren Metallgeschmack ihres Ohrrings und setzte sich hinter das Steuer. Sein Wagen war ein funkelnagelneuer Corvair; er würde nicht im Traum daran denken, ihn jemand anders fahren zu lassen. Joan kroch auf den Rücksitz, murrend, um zu betonen, wie unbequem das sei, und Eleanor arrangierte neben ihm gelassen ihren Mantel, ihr Geldtäschchen und ihre Beine. Der Motor sprang an. Richard kam sich wie auf federnde Kissen gebettet vor: Eleanor war neben ihm, Joan hinter ihm, Gott über ihm, die Straße unter ihm. Der rasch fallende Schnee tauchte leuchtend – explosiv, chrysanthemenartig – in die Scheinwerferstrahlen des Autos ein. Auf einem kleinen Hügel drehten die Räder durch – ein lockeres, beruhigendes Geräusch, wie das Gleiten eines Regenmantels.

In der mit Knöpfen versehenen Dunkelheit, die vom grünen Lichtschein des Geschwindigkeitsmessers erhellt wurde, sprach Eleanor, die reichlich Knie zeigte, ausführlich über ihren von ihr getrennt lebenden Mann: «Ihr habt keine *Ahnung*», sagte sie, «ihr beide seid so behütet, ihr habt keine Ahnung, wozu Männer fähig sind. Ich wußte es selber nicht. Ich möchte nichts Unfreundliches sagen, ich hatte neun ganz passable Jahre mit ihm, und ich würde nicht im *Traum* daran denken, ihn mit den Besuchsregelungen für die Kinder zu strafen, wie manche Frauen es täten, aber dieser *Mann!* Wißt ihr, was er die Frechheit hatte, mir zu sagen? Er hat mir doch tatsächlich gesagt, wenn er mit einer anderen Frau zusammen ist, macht er manchmal die Augen zu und stellt sich vor, *ich* wäre es!»

«Manchmal», sagte Richard.

Seine Frau hinter ihm sagte: «Darling, hast du gemerkt, daß die Straße rutschig ist?»

«Das sieht nur im Scheinwerferlicht so aus», erklärte er ihr.

Eleanor kreuzte die Beine und stellte sie wieder nebeneinander. Ihr halber Oberschenkel leuchtete in dem intimen grünen Lichtschimmer. Sie redete weiter. «Und seine *Reisen.* Ich habe mich gefragt, warum diese eine Stadt immer wieder Kommunalobligationen ausgab. Ich hatte schon Mitleid mit dem Bürgermeister; ich dachte, sie gingen Bankrott. Wenn ich so zurückschaue, wird mit klar, wie *brav* ich gewesen bin, wie sehr in Anspruch genommen von den Kindern und dem Haus, immer am Telefon, ich habe mit der Baufirma gesprochen, mit dem Klempner, dem Gaswerk, damit die neue Küche ja rechtzeitig zum Erntedankfest, wenn seine alberne, *alberne* Mutter zu Besuch kam, fertig wäre. Mindestens einmal am Tag schärfte ich das Tranchiermesser. Gott sei Dank, daß dieser Abschnitt meines Lebens vorbei ist. Ich sprach mit seiner Mutter, vermutlich weil ich Mitleid erwartete, aber sie fragte mich nur entrüstet, was ich mit ihrem Jungen gemacht hätte! Die Kinder und ich haben allein gegessen, Thunfischbrote, und es war das erste Erntedankfest, das mir wirklich Spaß gemacht hat, ehrlich.»

«Ich habe immer Schwierigkeiten», sagte Richard zu Eleanor, «die zweite Keule zu finden.»

Joan sagte: «Darling, du weißt doch, daß gleich diese schreckliche Kurve kommt?»

«Du solltest meinen Schwiegervater beim Tranchieren sehen. Schnipp, schnapp, schnapp, schnipp. Das Blut gerinnt einem in den Adern.»

«Und an meinem Geburtstag, meinem *Geburtstag*», sagte Eleanor und versetzte versehentlich der Heizung einen Tritt, «ist der Schweinehund mit seiner Puppe essen gegangen, und dann hat er mir auch noch erzählt, hat *mir* alle Ernstes erzählt – Männer sind unglaublich –, daß er zum Nachtisch Kuchen bestellt hat. Mir zu Ehren! Die Nacht, in der er mir all dies beichtete, war für mich das Ende der Welt, aber ich mußte lachen. Ich habe ihn gefragt, ob er den Leuten im Restaurant gesagt hat, daß sie eine Kerze auf den Kuchen stecken sollen. Er sagte, er habe daran gedacht, aber er hätte sich nicht getraut.»

Richards teilnehmendes Lachen blieb in der Schwebe, als das Auto in der Kurve anfing zu schleudern. Ein dunkler senkrechter Schatten erschien mitten auf der Windschutzscheibe, und Richard wollte ihn von dort entfernen, aber der Wagen widersetzte sich dem Lenkrad und näherte sich statt dessen, wie magnetisch angezogen, einem Telegrafenmast, der an seiner Position in der Mitte der Windschutzscheibe hartnäckig festhielt. Der Mast wurde größer. Die kleinen Kerben, die die Leute vom Störungstrupp mit ihren Abstützeisen ins Holz geschlagen hatten, wurden im Scheinwerferlicht überdeutlich, und dann gab es einen dumpfen Aufprall, der erstaunlich unzweideutig war, wenn man bedachte, wie beiläufig das Ganze sich abgespielt hatte. Richard spürte die plötzliche Verweigerung von Bewegung, das *Nein,* und wußte, obwohl sein Geist tief eingebettet war in wattige Gleichgültigkeit, daß etwas geschehen war, was er in einer anderen Inkarnation bedauern würde.

«Du Idiot», sagte Joan. Ihre Stimme war an seinem Ohr. «Dein schönes neues Auto.» Sie fragte: «Eleanor, alles in Ordnung bei dir?» Und in etwas höherer Stimmlage noch einmal: «Alles in Ordnung?» Es hörte sich an wie Schimpfen.

Eleanor kicherte leise, verlegen. «Mir geht's gut», sagte sie, «nur daß ich meine Beine irgendwie nicht bewegen kann.» Die Windschutzscheibe vor ihrem Kopf war ein Gewebe aus Licht, ein explodierter Stern.

Entweder war das Radio eingeschaltet gewesen oder es hatte sich selbst eingeschaltet, denn sanfte, nachdenkliche Musik flutete aus einer zeitlosen Sphäre. Richard erkannte sie als eine von Händels Oboensonaten. Er merkte, daß seine Knie irgendwie weh taten. Eleanor war nach vorn gerutscht und schien nicht fähig, ihre übereinandergeschlagenen Beine nebeneinander zu stellen. Schrecklicherweise wimmerte sie leise vor sich hin. Joan fragte: «Liebling, hast du nicht gemerkt, daß du zu schnell fuhrst?»

«Ich bin wirklich ein Idiot», sagte er. Musik und Schnee rieselten auf sie herunter, und er bildete sich ein, wenn die Oboensonate rückwärts liefe, würden sie sich auch rückwärts vom Telegrafenmast entfernen und wieder auf dem Heimweg sein. Die kurze Entfernung von ihren Häusern, eben noch in Minuten zu messen, war eingefroren und unermeßlich geworden.

Mit Hilfe ihrer Hände stellte Eleanor ihre Beine nebeneinander und setzte sich aufrecht hin. Sie steckte sich eine Zigarette an. Richard stieg mit knackenden Knien aus dem Auto und versuchte es zurückzuschieben. Er forderte

Joan auf, nach vorn zu kommen und sich ans Steuer zu setzen. Ihre Bewegungen waren unbeholfen, als sie sich aus dem Dunkel ins Helle und wieder ins Dunkel tasteten. Die Scheinwerfer brannten noch, aber die Strahlen waren nach innen gerichtet, aufeinander zu. Der Corvair hatte vorn einen Hohlraum, der Motor befand sich hinten. Seine Vorderseite, ein leidenschaftsloses Insektengesicht, war unlösbar um den Telegrafenmast gebogen; die Stoßstange war zu geschlossenen Kinnladen geworden. Als Richard schob und Joan Gas gab, drehten die Räder jaulend im Leeren. Die sanfte, sie umzingelnde Nacht dehnte sich, über dem Schnee und jenseits des Schnees. Kein erleuchtetes Fenster hatte auf ihren Unfall reagiert.

Joan, die ein soziales Gewissen hatte, fragte: «Warum kommt niemand und hilft uns?»

Eleanor, mit der Stimme bitterer Erfahrung, antwortete: «Gegen diesen Mast knallt so oft jemand, daß es nur eine lästige Störung für die Leute ist.»

Richard verkündete: «Ich bin zu betrunken, um der Polizei entgegenzutreten.» Die Bemerkung hing mit neonheller Klarheit in der Nacht.

Ein Auto näherte sich, verlangsamte die Geschwindigkeit, hielt. Eine Scheibe wurde heruntergekurbelt, eine ängstliche männliche Stimme ertönte: «Alles in Ordnung?»

«Nicht ganz», sagte Richard. Es befriedigte ihn, daß er trotz Belastung fähig war, sich exakt auszudrücken.

«Ich könnte jemanden zum nächsten Telefon mitnehmen. Ich komme gerade von einem Poker-Abend.»

Eine Lüge, schloß Richard, warum erwähnte er es sonst? Das Gesicht des Jungen hatte die verschwommene Blässe eines sexuell Erschöpften. Darauf bedacht, jedem

Wort Gewicht zu verleihen, erklärte Richard ihm: «Einer von uns kann sich nicht bewegen; ich bleibe besser bei ihr. Wenn Sie meine Frau zu einem Telefon fahren könnten, wären wir Ihnen wirklich sehr dankbar.»

«Wo soll ich anrufen?» fragte Joan.

Richard schwankte zwischen der Party, die sie gerade verlassen hatten, ihrem Babysitter zu Hause und Eleanors Mann, der in einem Motel an der Route 128 lebte.

Der Junge antwortete für ihn: «Bei der Polizei.»

Wie Iphigenie die in eine Flaute geratene Flotte in Aulis errettete, so stieg Joan in den Wagen des Fremden, einen rostigen roten Mercury. Das Auto entschwand durch den Schnee, der jetzt nachließ. Es war nur ein kurzes Schneegestöber gewesen, eine Illusion, heraufbeschworen, um diesen einen Verweis zu erteilen. Es würde nicht einmal etwas davon in den morgigen Zeitungen stehen.

Richards Knie fühlten sich an, als ob Eiszapfen gegen den empfindlichen Punkt unter den Kniescheiben gepreßt würden, dort, wo das Hämmerchen des Arztes nach dem Reflex sucht. Er setzte sich wieder hinter das Lenkrad und schaltete die Scheinwerfer aus. Er schaltete die Zündung aus. Eleanors Zigarette glühte. Obwohl er noch von Alkohol umnebelt war, konnte er nicht ganz den Metallgeschmack in seinen Zähnen vergessen. Das eindeutige, glatte *Nein:* durch mehrere traumartige dicke Schichten hindurch hatte ihn etwas sehr Hartes berührt. Einmal, als er in der Brandung geschwommen war, hatte ihn eine große Welle verschlungen. Tonnen von jähen Wogen hatten ihn umschlossen und mit einem gnadenlosen Achselzucken tief hinunter in dichte grüne Bitterkeit gestoßen, ihn seines Gewichtes beraubt. Sein Kämpfen war vergeblich; er war ein Nichts in der Welle. Keine

Spur von Haß. Der Welle war es völlig gleichgültig gewesen.

Er versuchte, sich bei der Frau, die in der Dunkelheit neben ihm saß, zu entschuldigen.

Sie sagte: «Oh, bitte. Ich bin sicher, daß ich mir nichts gebrochen habe. Schlimmstenfalls werde ich ein paar Tage an Krücken laufen.» Sie lachte und fügte hinzu: «Dies scheint einfach kein gutes Jahr für mich zu sein.»

«Tut es weh?»

«Nein, überhaupt nicht.»

«Du hast wahrscheinlich einen Schock. Dir wird kalt sein. Ich mache die Heizung wieder an.» Richard wurde allmählich nüchtern, und unendliche Trübsal senkte sich auf ihn herab. Nie, nie wieder würde sein Auto neu sein, würde er auf seinem eigenen Zahnschmelz kauen, würde sie mit ihren lebhaften langen Beinen so hoch treten. Er schaltete die Zündung wieder ein und ließ den Motor an, wegen der Heizung. Das Radio war wieder da, immer noch Händel.

Mit einer erstaunlich kraftvollen Bewegung aus den Hüften heraus, wandte Eleanor sich ihm zu und umarmte ihn. Ihre Wangen waren naß; ihr Lippenstift schmeckte nach Chemie. Auf der Suche nach ihrer Taille, nach der kleinen Rundung ihrer Brüste kämpfte er sich ungeschickt durch dicke Schichten von Stoff hindurch. Sie lagen sich noch immer in den Armen, als das kreiselnde Blaulicht des Polizeiautos über sie hereinbrach.

Dein Liebhaber hat eben angerufen

Das Telefon klingelte, und Richard Maple, der einer Erkältung wegen an diesem Freitag zu Hause geblieben war, nahm den Hörer ab: «Hallo?» Am anderen Ende der Leitung wurde aufgelegt. Richard ging ins Schlafzimmer, wo Joan gerade das Bett machte, und sagte: «Dein Liebhaber hat eben angerufen.»

«Was hat er gesagt?»

«Nichts. Er hat aufgelegt. Er war erstaunt, daß ich zu Hause bin.»

«Vielleicht war es *deine* Geliebte.»

Trotz des Phlegmas, das seinen Kopf umwölkte, wußte er, daß da irgend etwas nicht stimmte, und er fand es heraus. «Wenn es *meine* Geliebte gewesen wäre», sagte er, «warum sollte sie dann auflegen, wenn ich doch am Apparat war?»

Joan schlug das Laken aus, so daß es ein knallendes Geräusch machte. «Vielleicht liebt sie dich ja nicht mehr.»

«Was für ein lächerliches Gespräch.»

«Du hast angefangen.»

«Und was würdest *du* denn denken, wenn du an einem Wochentag ans Telefon gehst, und der Anrufer legt auf? Er erwartete eindeutig, daß du allein zu Hause bist.»

«Also gut, wenn du jetzt Zigaretten holen gehst, rufe ich ihn an und erkläre ihm, was los ist.»

«Du denkst, daß ich jetzt denke, du willst mich auf den Arm nehmen, aber ich weiß, daß genau das passieren würde.»

«Oha, komm, Dick. Wer sollte es schon sein? Freddie Vetter?»

«Oder Harry Saxon. Oder jemand, den ich gar nicht kenne. Ein alter Freund vom College, der nach Neuengland gezogen ist. Oder vielleicht der Milchmann. Ich höre dich manchmal mit ihm reden, während ich mich rasiere.»

«Wir sind von hungrigen Kindern umgeben. Er ist fünfzig Jahre alt, und Haare sprießen ihm aus den Ohren.»

«Wie bei deinem Vater. Du hast eine Schwäche für ältere Männer. Da war doch dieser Chaucer-Spezialist, als wir uns kennenlernten. Jedenfalls hast du in der letzten Zeit immer furchtbar glücklich getan. Du lächelst vor dich hin, wenn du deine Hausarbeit machst. Siehst du, da ist es wieder, das Lächeln!»

«Ich lächle», sagte Joan, «weil du so verrückt bist. Ich habe keinen Liebhaber. Ich wüßte nicht, wo ich ihn unterbringen sollte. Meine Tage sind vollständig ausgefüllt damit, daß ich mich hingebungsvoll den Bedürfnissen meines Ehemannes und seiner zahlreichen Kinder widme.»

«Oh, dann bin ich es also, der dir all die Kinder gemacht hat? Während du dich nach einer Karriere als Modeschöpferin oder in der aufregenden Welt der Wirtschaft sehntest. In der Aeronautik vielleicht. Du hättest die erste Frau sein können, die eine Raketenspitze aus Titan entwickelte! Oder die den bisherigen Zyklus beim Weizenanbau sprengte! Joan Maple, Diplom-Landwirtin. Joan Maple, Geopolitikerin. Aber wegen des unzüchtigen Monsters, das sie irrtümlich heiratete, ist diese klarsichtige Bürgerin unserer stets so bedürftigen Republik . . .»

«Dick, hast du Fieber gemessen? Ich habe dich seit Jahren nicht so faseln hören.»

«Ich bin seit Jahren nicht so hintergegangen worden. Ich fand dieses *Klick* abscheulich. Dieses widerliche kleine Ich-kenne-deine-Frau-besser-als-du-*Klick*.»

«Es war vermutlich ein Kind. Wenn Mack heute abend zum Essen kommen soll, solltest du besser allmählich wieder gesund werden.»

«Es ist Mack, nicht? Dieser Hurensohn. Die Scheidung ist noch nicht ausgesprochen, und schon ruft er meine Frau an. Und dann schlägt er auch noch vor, sich an meinem Tisch vollzufressen, während ich leide.»

«Ich werde selber leiden. Du machst mich richtig krank.»

«Klar. Zuerst hänge ich dir Kinder an in meinem verrückten Verlangen nach Nachkommen, und dann mache ich dir Monatsbeschwerden.»

«Leg dich ins Bett. Ich bringe dir auch Orangensaft und in Streifen geschnittenen Toast, wie deine Mutter es immer gemacht hat.»

«Du bist süß.»

Während er es sich unter der Decke gemütlich machte, klingelte das Telefon wieder, und Joan nahm oben im Flur den Hörer ab. «Ja . . . nein . . . nein . . . gut», sagte sie und legte auf.

«Wer war es?» rief er.

«Jemand, der uns die *World Book Encyclopedia* verkaufen wollte», rief sie zurück.

«Hört sich sehr glaubhaft an», sagte er mit selbstgefälliger Ironie, und legte sich auf die Kissen zurück – überzeugt, daß er ungerecht war und daß es keinen Liebhaber gab.

Mack Dennis war ein schlichter, angenehmer, schüchterner Mann in ihrem Alter, dessen Ehefrau Eleanor in Wyoming auf Scheidung klagte. Er sprach von ihr mit einer beklemmenden Zärtlichkeit, wie von einer Lieblingstochter, die zum erstenmal in einem Ferienlager ist, oder wie von einem entschwundenen Engel, der gleichwohl engen elektronischen Kontakt mit der verschmähten Erde hält. «Sie sagt, sie hätten ein paar herrliche Gewitter gehabt. Die Kinder reiten jeden Morgen, abends spielen sie Karten, und um zehn sind sie im Bett. Gesundheitlich geht es allen besser denn je. Ellies Asthma ist verschwunden, und jetzt glaubt sie, die müsse allergisch gegen *mich* gewesen sein.»

«Du hättest dir alle Haare abschneiden lassen sollen und dich in Zellophan verpacken müssen», sagte Richard zu ihm.

Joan fragte ihn: «Und wie steht es mit *deiner* Gesundheit? Ißt du genug? Du siehst dünn aus, Mack.»

«An den Abenden, an denen ich nicht in Boston bleibe», sagte Mack, während er sich alle Taschen nach einem Päckchen Zigaretten abklopfte, «esse ich jetzt immer in dem Motel an der Route 33. Es ist das beste Essen in der Stadt jetzt, und du kannst den Kindern im Swimmingpool zusehen.» Er betrachtete seine leeren, nach oben gewandten Hände, als hätten sie eben noch eine Überraschung gehalten. Er vermißte seine Kinder – vielleicht war das die Überraschung.

«Ich habe auch keine Zigaretten mehr», sagte Joan.

«Ich gehe und hole welche», sagte Richard.

«Und irgend etwas mit Bitter Lemon aus dem Spirituosengeschäft.»

«Ich mixe inzwischen ein paar Martinis», sagte Mack. «Ist es nicht wunderbar, daß wir wieder Martini-Wetter haben?»

Es war die Jahreszeit, in der es am Tage spätsommerlich und abends frühherbstlich ist. Der Abend senkte sich über die Stadt herab und ließ die Neonreklamen erstrahlen, als Richard sich auf den Weg machte. Sein heiserer Hals fühlte sich an, als wäre er in ihm zusammengefaltet wie ein Geheimnis; es machte ihn irgendwie unbekümmert und fröhlich, auf zu sein und draußen, nachdem er den Nachmittag im Bett verbracht hatte. Wieder zu Hause, parkte er am hinteren Zaun und ging über den Rasen, der von gefallenen Blättern raschelte, obwohl die Bäume über ihm noch dicht belaubt waren. Die erleuchteten Fenster seines Hauses wirkten golden und idyllisch; die Zimmer der Kinder befanden sich oben (das Gesicht Judiths, seiner älteren Tochter, schwebte gedankenverloren vor einem Stück Tapete vorbei, und ihre eckige rosa Hand griff nach oben, um eine Puppe in einem Regal zurechtzusetzen) und die Küche unten. In den Küchenfenstern, deren Licht fluoreszierte, wurde eine Scharade aufgeführt. Mack hielt einen Cocktailshaker in der Hand und goß den Inhalt in ein zum Teil vom Fensterrahmen verdecktes Gefäß, das Joan ihm mit langem weißem Arm hinhielt. Sie neigte anmutig den Kopf und sprach mit dem leicht vorgeschobenen Mund, der in Richards Augen typisch für sie war, wenn sie in den Spiegel sah oder sich mit ihren älteren Verwandten unterhielt oder sonst vorteilhaft zu erscheinen versuchte. Was sie gerade sagte, brachte Mack zum Lachen, so daß seine Hand beim Eingießen zitterte (der silberne Deckel des Shakers glitzerte, ein Tropfen der grünlichen Flüssigkeit wurde verschüttet). Er stellte den Shaker hin und streckte die Hände – dieselben Hände, denen vor einer Weile eine Überraschung entwichen zu sein schien – vor, in Schulterhöhe. Joan ging auf ihn zu, immer noch mit ihrem Glas in der Hand, und ihr Hinterkopf, straff zu einem ovalen Knoten frisiert, mit feinen blonden Härchen im Nacken, verdeckte alles von Macks Gesicht mit Ausnahme der Augen, die sich schlossen. Sie küßten sich. Joans Kopf neigte sich zur einen Seite, Macks zur anderen, damit ihre Münder sich fester aufeinanderpressen konnten. Die anmutige Linie von Joans Schultern wurde weitergeführt durch die Linie ihres Armes, der das Glas sicher in der Luft hielt. Der andere Arm schlang sich um seinen Hals. Die offene Tür eines Schränkchens hinter ihnen ließ eine erstarrte Reihe aufrechter Pappschachteln sichtbar werden, deren Beschriftung Richard nicht lesen konnte, deren Farben jedoch ihren Inhalt verrieten – Cheerios, Wheat Honeys, Röstzwiebeln. Joan trat einen Schritt zurück und fuhr mit dem Zeigefinger Macks ganzen Schlips (ein sommerliches Schottenmuster) hinunter und beendete die Reise in der Nähe des Nabels mit einem leichten Stoß, der Zurückweisung oder auch Bedauern ausdrücken konnte. Sein Gesicht, blaß und schwammig im grellen vertikalen Licht, sah leicht amüsiert, aber auch entschlossen aus und bewegte sich zwei, drei Zentimeter auf das ihre zu. Die Szene hatte das faszinierende Zeitlupentempo von Unterwasserbewegungen, und zugleich etwas von der irren stummen Plötzlichkeit einer von der Straße aus wahrgenommenen Fernsehbildfolge. Judith kam ans Fenster oben, ohne ihren Vater zu bemerken, der im tiefen Schatten des Baumes stand. Sie trug ein Nachthemd aus zitronengelbem Tüll und kratzte sich unschuldig die Achselhöhle, während sie einen Nachtfalter beobachtete, der mit den Flügeln gegen ihr Fliegenfenster schlug; und auch das gab Richard das gewichtige, sein Herz bedrängende Gefühl, daß der stumme Akt des Zeugeseins ihn – wie ein Kind, das allein im Kino sitzt – dem verborgenen Wirken der Dinge gefährlich nahe gebracht hatte. In einem anderen Küchenfenster begann ein unbeachteter Teekessel zu dampfen und die Scheiben zu beschlagen. Joan sprach jetzt wieder; ihre vorgeschobenen Lippen schienen rasche kleine Brücken über eine schmaler werdende Kluft zu schlagen. Mack zögerte, zuckte mit den Schultern; sein Gesicht legte sich in Falten, als ob er französisch spräche. Joans Kopf schnellte zurück vor Lachen, und triumphierend warf sie den freien Arm nach vorn und war wieder in seiner Umarmung. Seine Hand, wie ein Stern auf ihrem schmalen Rücken ausgebreitet, schob sich nach unten, verschwand hinter der Kante der Arbeitsfläche aus Kunststoff, und lag nun vermutlich auf ihrem Hintern.

Richard schlurfte so laut wie möglich die Betonstufen hinunter und stieß mit dem Fuß die Küchentür auf, um ihnen Zeit zu geben, auseinanderzugehen, bevor er eintrat. Vom anderen Ende der Küche her, kleiner als Kinder, sahen sie ihn mit verschwommenen, leeren Gesichtern an. Joan stellte den dampfenden Kessel ab, und Mack trottete auf ihn zu, um die Zigaretten zu bezahlen. Nach der dritten Martini-Runde löste sich die Befangenheit, und Richard sagte, die anklagende Heiserkeit seiner Stimme genießend: «Stellt euch mein Unbehagen vor. Krank, wie ich bin, gehe ich in die unfreundliche Nacht hinaus, um für meine Frau und meinen Gast Zigaretten zu besorgen, damit sie die Luft verschmutzen und den ohnehin schon ernsten Zustand meiner Bronchien noch verschlimmern können, und als ich durch den Garten zurückkomme, was sehe ich da? Die beiden inszenieren das *Kamasutra* in meiner eigenen Küche. Es war, als sähe man einen Pornofilm, dessen Darsteller man kennt.»

«Wo siehst du heutzutage Pornofilme?» fragte Joan.

«Pah, Dick», sagte Mack einfältig und rieb sich die Hüften in einer schnellen, bügelnden Bewegung. «Bloß ein brüderlicher Kuß. Eine brüderliche Umarmung. Ein uneigennütziger Tribut an den Charme deiner Frau.»

«Wirklich, Dick», sagte Joan, «ich finde es schockierend und gemein von dir, draußen herumzulungern und in deine eigenen Fenster zu spähen.»

«Herumzulungern! Ich war starr vor Entsetzen. Es war ein regelrechtes Trauma. Meine erste Ur-Szene.» Ein tiefes Glücksgefühl dehnte ihn von innen her; die Reichweite seiner Worte und seines Witzes kam ihm unermeßlich vor, und die beiden anderen waren wie Puppen, wie Homunculi, die er fest in seiner Hand hatte.

«Wir haben so gut wie nichts gemacht», sagte Joan und reckte den Kopf, als sei sie über all das erhaben; die Anspannung ließ die schöne Linie ihres Unterkiefers deutlich hervortreten, ihre Lippen schmollten.

«Oh, ich bin überzeugt, daß ihr nach euren Maßstäben kaum angefangen hattet. Ihr habt den möglichen Reichtum an Koitusstellungen kaum erst ausprobiert. Habt ihr gedacht, ich würde nie zurückkommen? Habt ihr meinen Drink vergiftet, und ich bin zu zäh zum Sterben, wie Rasputin?»

«Dick», sagte Mack. «Joan liebt dich. Und wenn ich einen Mann liebe, dann dich. Joan und ich haben die Sache schon vor Jahren ausgefochten und beschlossen, nur gute Freunde zu sein.»

«Komm mir nicht irisch, Mack Dennis. ‹Wenn ich einen Mann liebe, dann dich!› Verschwende keinen Gedanken an mich, Junge. Denk lieber an die arme Eleanor da hinten, wie sie auf die Scheidung von dir wartet und Tag für Tag auf diesen Gäulen rumhopst und Karten spielt, bis sie schwarz und blau wird . . .»

«Laßt uns essen», sagte Joan. «Du hast mich so nervös gemacht, daß ich das Roastbeef wahrscheinlich zu lange gebraten habe. Wirklich, Dick, ich finde, du kannst dich nicht damit entschuldigen, daß du jetzt versuchst, es ins Lächerliche zu ziehen.»

Am nächsten Tag wachten die Maples verbittert und verkatert auf. Mack war bis zwei geblieben, um sich zu vergewissern, daß keinerlei Groll mehr bestand. Joan spielte am Sonnabendmorgen gewöhnlich mit anderen Damen Tennis, während Richard sich um die Kinder kümmerte; heute schon in weißen Shorts und Tennisschuhen, zögerte sie ihren Aufbruch hinaus, um zu streiten. «Es ist wirklich schrecklich von dir», sagte sie zu Richard, «daß du versuchst, Mack und mir etwas anzudichten. Was willst du damit vertuschen?»

«Meine liebe Mrs. Maple, ich *sah* es», sagte er, «ich *sah* durch meine eigenen Fenster, wie du eine sehr überzeugende Darstellung einer weiblichen Spinne, die sich den Unterleib kitzeln läßt, gabst. Wo hast du gelernt, so mit deinem Kopf zu flirten? Es war besser als Handpuppen.»

«Mack küßt mich immer in der Küche. Es ist eine

Angewohnheit, es hat nichts zu bedeuten. Du weißt selbst, wie sehr er Eleanor liebt.»

«So sehr, daß er sich von ihr scheiden läßt. Seine Ergebenheit grenzt an Donquichotterie.»

«Die Scheidung ist ihre Idee, das weißt du. Er ist ein armer Kerl. Er tut mir leid.»

«Ja, das habe ich gesehen. Du warst wie das Rote Kreuz bei Verdun.»

«Ich wüßte ja nur gern, warum du dich so freust.»

«Ich mich freuen? Ich bin vernichtet.»

«Du bist entzückt. Betrachte dir dein Lächeln im Spiegel.»

«Du bist so unglaublich verstockt, daß ich schon annehme, es kann nur Ironie sein.»

Das Telefon klingelte. Joan nahm den Hörer ab und sagte «Hallo», und Richard hörte das Klicken durch den ganzen Raum. Joan legte den Hörer wieder auf und sagte zu ihm: «Aha. Sie dachte, ich wäre schon fort, zum Tennisspielen.»

«Wer ist sie?»

«Das mußt du mir sagen. Deine Geliebte. Deine Liebhaberin.»

«Es war bestimmt dein Liebhaber, und irgend etwas in deiner Stimme hat ihn gewarnt.»

«Geh doch zu ihr!» schrie Joan plötzlich, in einem Ausbruch der gleichen trotzigen Energie, mit der sie an anderen verkaterten Vormittagen Berge von Hausarbeit bewältigte. «Geh zu ihr wie ein Mann und hör endlich auf, mich in etwas hineinzumanövrieren, was ich nicht verstehe! Ich habe keinen Liebhaber! Ich habe mich von Mack küssen lassen, weil er einsam und betrunken war! Hör endlich auf, mich interessanter zu machen, als ich bin!

Ich bin nur eine völlig erledigte Hausfrau, die mit ein paar anderen abgespannten Frauen Tennis spielen möchte!»

Schweigend holte Richard aus dem Sportsachenschrank ihren Tennisschläger, der vor kurzem neu mit Naturdarm bespannt worden war. Er trug ihn mit dem Mund, wie ein Hund, der einen Stock apportiert, und legte ihn vor ihrem Tennisschuh ab. Richard, ihr älterer Sohn, ein sehniger Neunjähriger, der zur Zeit wie ein Besessener Batman-Karten sammelte, kam ins Wohnzimmer, wurde Zeuge dieser Pantomime und lachte, um seine Angst zu verbergen. «Dad, kann ich meine fünf Cent fürs Leeren der Papierkörbe haben?»

«Mommy geht Tennisspielen, Dickie», sagte Richard und leckte den salzigen Geschmack des Tennisschlägers von seinen Lippen. «Wollen wir alle zusammen zum Fünf-Cent-Shop gehen und ein Batmobil kaufen?»

«Yippee», sagte der kleine Junge mit matter Stimme und sah mit großen Augen zwischen seinen Eltern hin und her, als ob der Abstand zwischen ihnen plötzlich verräterisch geworden wäre.

Richard ging mit den Kindern in den Fünf-Cent-Shop, auf den Spielplatz und mittags zu einem Kiosk, wo es Hamburger gab. Diese unschuldigen Unternehmungen verwandelten die Rückstände von Alkohol und Trägheit in wollige Mattigkeit, so rein wie der Schlaf kleiner Kinder. Höflich nickte er, als sein Sohn ihm eine unendliche Geschichte erzählte: «. . . und dann, weißt du was, Dad, dann hatte der Pinguin einen Schirm, aus dem Rauch herauskam, das war toll, und dann waren da diese beiden anderen Kerle mit den komischen Masken in der Bank und ließen sie mit Wasser vollaufen, ich weiß nicht warum, damit sie auseinanderplatzte oder so, und Robin kletterte über diese rutschigen Stapel von halben Dollars, oder was das war, um von dem Wasser wegzukommen, und dann, weißt du was, Dad . . .»

Wieder zu Hause, zerstreuten sich die Kinder in der Nachbarschaft, wobei sie der gleichen geheimnisvollen Strömung folgten, die an anderen Tagen den Garten hinter dem Haus mit unbekannten Bengeln füllte. Joan kam schweißglänzend und mit staubbedeckten Fußknöcheln vom Tennis zurück. Ihr Körper schwamm im rosigen Nachglühen der Anstrengung. Er schlug vor, sie sollten ein Mittagsschläfchen machen.

«Nur ein Schläfchen», sagte sie warnend.

«Natürlich», sagte er. «Ich habe meine Geliebte auf dem Spielplatz getroffen, und wir haben einander auf dem Abenteuerspielplatz befriedigt.»

«Marlene und ich haben Alice und Liz geschlagen. Von den dreien kann es keine gewesen sein, sie haben eine halbe Stunde auf mich gewartet.»

Im Bett – die Jalousien seltsamerweise gegen den hellen Nachmittag heruntergezogen, in einem Glas abgestandenen Wassers stiegen verstohlen Lichtblasen auf – fragte er sie: «Du glaubst, ich möchte dich interessanter machen, als du bist?»

«Natürlich. Du langweilst dich. Du hast mich und Mack absichtlich allein gelassen. Es war ganz und gar untypisch für dich, mit einer Erkältung rauszugehen.»

«Es ist traurig, dich in Gedanken ohne einen Liebhaber zu sehen.»

«Tut mir leid.»

«Du bist trotzdem ganz schön interessant. Hier, und hier, und hier.»

«Ich sagte doch: nur ein Schläfchen.»

Im oberen Flur, jenseits der geschlossenen Schlafzimmertür, klingelte das Telefon. Nach viermaligem Klingeln – eisige Speere, von fern her geschleudert – hörte es auf; niemand war an den Apparat gegangen. Es entstand eine ratlose Pause. Dann ein zögerndes, fragendes *Ping*, als ob jemand im Vorübergehen an den Tisch gestoßen wäre, dem eine entschlossene Serie folgte, schrille Töne, gebieterisch und klagend, die erst nach dem zwölftenmal aufhörten; dann wurde am anderen Ende der Leitung aufgelegt.

Wartezeit

Nach halb zehn, als er das letzte der Kinder, Judith, ins Bett gebracht und ihr einen Kuß gegeben hatte, der nun, da sie zwölf war und so breitgesichtig wie eine Erwachsene, etwas Beängstigendes hatte im Dunkeln – das Kleinkind, das sie einst gewesen war, schwebte unendlich hoch über der Frau mit den warmen Lippen, zu der sie jetzt wurde –, ging Richard nach unten und begann auf seine Frau zu warten. Seine Mutter war immer aufgeblieben, hatte immer auf ihn und auf seinen Vater gewartet und im Haus das Licht angelassen für ihre Rückkehr vom Basketballspiel, vom Schwimmtraining, von dem mitternächtlichen Abenteuer einer Autopanne. Wenn der Junge in solchen Nächten aus der Kälte ins Haus kam, war ihm seine Mutter wie der verwirrende Mittelpunkt einer festgefügten, begehrenswerten Welt vorgekommen, und er war eifersüchtig gewesen auf ihren Abend – allein, in der Wärme, mit dem Radio. Jetzt übernahm er ihre frühere Rolle, er machte sich Toast und trank ein Glas Milch und schaltete den Fernseher ein und schaltete ihn wieder aus und goß sich einen Bourbon ein und stellte fest, daß er seine Augen nicht einmal ruhig auf eine Zeitung richten konnte. Er ging ans Fenster und sah auf die Straße hinaus, wo eine absterbende Ulme das Licht einer Straßenlampe in nervöse Muster brach. Dann ging er in die Küche und starrte in die Dunkelheit des Hofs hinten, wo nach einem Aufleuchten von Scheinwerfern und dem abgeschnittenen Aufschluchzen eines Motors Joan erscheinen würde.

Als die Einladung gekommen war, hatten sie ausgemacht, daß sie bis elf bleiben würde. Aber schon gegen halb elf wurde sein Herz unruhig, begann der Bourbon so leicht wie Wasser hinunterzufließen, und er entdeckte, daß er in einem Zimmer stand, ohne sich daran erinnern zu können, durch die Tür gegangen zu sein. Der Druck von Picasso, den sie zusammen in Vallauris ausgesucht hatten. Das Durcheinander von College-Textsammlungen im Bücherregal. Das Schlachtfeld-Gewirr von Schulbüchern und Spielsachen, das die Kinder in der Hektik nach dem Abendessen hinterlassen hatten. Um 11 Uhr 5 ging er ans Telefon und legte die Hand auf den Hörer, war jedoch unfähig, die Nummer zu wählen, die wie eine Tonfolge in seinen Fingern lebte. Ihre Nummer. Beider Nummer, die Nummer der Masons. Das Haus, das seine Frau verschluckt hatte, war eines, wo auch er sich stets wohl und willkommen gefühlt hatte, ein Haus, das seinem eigenen sehr ähnlich war, in allen Details jedoch verschieden genug, um ihn zu faszinieren, und eines, dessen Hausherrin, während sie ihn dort allein erwartete, nackt oben auf der Treppe gestanden hatte. Ein verwirrendes Willkommen: ihre Schultern von der Morgensonne umhüllt, die durch das Fenster fiel, jede Faser ihres Körpers entflammt.

Er ging nach oben und sah nach jedem der schlafenden Kinder in der Hoffnung, daß darüber eine halbe Stunde der Wartezeit vergehen würde. Wieder unten in der Küche stellte er fest, daß nur fünf Minuten verstrichen waren, und vor noch mehr Bourbon zurückscheuend, da er sicher war, daß er sonst betrunken werde würde, versuchte er sich zu ärgern. Er dachte daran, das Glas zu zerschmettern, sah ein, daß außer ihm niemand da war, der wieder saubermachen würde, und stellte es leer auf der Arbeitsplatte ab. Wutausbrüche waren ihm nie leichtgefallen; schon als Kind hatte er gesehen, daß niemand da war, auf den man wütend sein konnte, nur müde Menschen, die sich Mühe gaben, zu gefallen, herzensgute Menschen, ob schlafend oder wach, umgeben von den Grenzen einer Welt, die an sich, der Schönheit ihrer Einzelheiten und ihrem ansteckenden Hauch von Freiheit nach, voller guter Absichten gewesen zu sein schien. Er versuchte statt dessen, die Zeit hinzubringen und zu weinen – brachte aber nur das lächerliche trockene Geschluchze eines Mannes, der allein ist, hervor. Womöglich weckte er noch die Kinder. Er ging nach draußen, in den Hof hinter dem Haus. Durch Büsche, die ihre Blätter abgeworfen hatten, beobachtete er Scheinwerfer, die von einer Versammlung, vom Kino, von einem Rendezvous heimwärts eilten. Er stellte sich vor, daß er heute abend die Lichter ihres Wagens erkennen würde, noch ehe sie in die Zufahrtstraße einbogen und bei der Rückkehr den Hof überfluteten. Der Hof blieb dunkel. Der Verkehr ließ nach. Er ging wieder ins Haus. Auf der Küchenuhr war es 11 Uhr 35. Er ging ans Telefon und starrte es an, verwirrt von dem Problem, das es darstellte – ein unsichtbares Schloß, das seine Finger nicht aufbrechen konnten. So entging ihm, wie Joans Scheinwerferlichter in den Hof hineinglitten. Als er hinsah, kam sie schon, unter dem Ahornbaum, von dem abgestellten Wagen her auf ihn zu. Sie hatte einen weißen Mantel an. Er öffnete die Küchentür, um sie zu begrüßen, aber sein Impuls, sie zu umarmen, sie in seiner Brust zu bergen wie ein Herz, das sich auf einer Umlaufbahn bewegt hatte und zurückgekehrt war, taugte plötzlich nichts mehr, erwies sich als übertrieben und unecht angesichts der absoluten, entwaffnenden Vertrautheit seiner Frau.

«Wie war es?» fragte er.

Sie stöhnte: «Sie hatten beide fürchterliche Schwierigkeiten, ihre Sätze zu Ende zu bringen. Es war qualvoll.»

«Arme Seelen. Arme Joan.» Er erinnerte sich an seine eigene Qual. «Du hattest versprochen, um elf zu Hause zu sein.»

In der Küche zog sie ihren Mantel aus und warf ihn über einen Stuhl. «Ich weiß, aber es wäre unhöflich gewesen, zu gehen, sie waren beide so voller Güte und Liebe. Es war *schrecklich* frustrierend – sie erlaubten mir einfach nicht, wütend zu sein.» Ihr Gesicht wirkte gerötet, ihre Augen glänzten, sahen an den seinen vorbei zu der Arbeitsplatte hin, wo der Bourbon wartete.

«Du kannst wütend auf *mich* sein», schlug er vor.

«Ich bin zu müde. Ich bin ganz durcheinander. Sie waren so nett. Er ist dir nicht böse, und sie kann sich nicht vorstellen, warum ich ihr böse sein sollte. Vielleicht bin ich verrückt. Könntest du mir einen Drink machen?»

Sie setzte sich auf den Küchenstuhl, auf ihren Mantel. «Sie sind wie meine Eltern», sagte sie. «Sie glauben an die Fähigkeit des Menschen, sich zu vervollkommnen.»

Er gab ihr den Drink und sagte wie ein Souffleur: «Sie erlaubte dir einfach nicht, wütend zu sein.»

Joan trank einen Schluck und seufzte; sie war wie eine Schauspielerin, die gerade von der Bühne kommt, die

Gesten noch durchdrungen von theatralischer Übertreibung. «Ich fragte sie, wie *sie* sich fühlen würde, und sie sagte, daß sie sich *gefreut* hätte, wenn ich mit ihm geschlafen hätte, daß es keine Frau gäbe, die sie lieber mit ihm schlafen ließe, daß ich ein Geschenk gewesen wäre, das sie aus *Liebe* gegeben hätte. Sie nannte mich dauernd ihre beste Freundin, immer wieder, mit dieser besänftigenden gleichbleibenden Stimme; ich hatte sie nie so sehr als meine beste Freundin betrachtet. Das ganze Jahr hindurch hatte ich immer diese Gezwungenheit zwischen uns gespürt, und jetzt weiß ich natürlich, warum. Das ganze Jahr über ist sie um mich herumgetanzt mit dieser leicht spöttischen Überheblichkeit, die ich nicht verstehen konnte.»

«Sie mag dich sehr gern, und wir haben viel darüber gesprochen, wie du reagieren würdest. Sie hatte Angst davor.»

«Sie forderte mich dauernd auf, wütend auf sie zu sein, und natürlich machte ihr Reden das unmöglich. Diese besänftigende, gleichbleibende Stimme. Ich glaube nicht, daß sie auch nur etwas von dem, was ich sagte, verstanden hat. Ich sah, wie sie sich konzentrierte, verstehst du, sich wirklich konzentrierte, an meinen Lippen hing, aber die ganze Zeit überlegte, was sie als nächstes sagen würde. Sie hat an diesen Reden ein ganzes Jahr gefeilt. Ich bin besoffen. Gib mir keinen Bourbon mehr.»

«Und er?»

«Ach, er. Er war verrückt. Er hat dauernd davon geredet wie von einer *Offenbarung*. Anscheinend klappt es bei ihnen großartig mit dem Sex, seit sie es ihm erzählt hat. Er gebrauchte dauernd Worte wie Verständnis und Mitgefühl, und wir müßten uns alle gegenseitig *helfen*. Es war wie in der Kirche, und du weißt ja, wie rührselig ich in der

Kirche werde, wie schnell ich anfange zu heulen. Jedesmal, wenn ich heulen wollte, küßte er mich, und dann küßte er sie: absolut unparteiisch. Küßchen hier, Küßchen da. Wir sind ein und dieselbe Person! Sie hat mir meine Persönlichkeit gestohlen!» Sie hob ihr Glas mit den Eiswürfeln in die Höhe und zog entrüstet die Augenbrauen hoch. Sogar ihr Haar schien sich von der Kopfhaut zu heben; sie hatte ihm einmal beschrieben, wie sie beim Golf ihr Haar hatte knistern hören, als es sich vor Wut sträubte, weil sie einen Schlag verpatzt hatte.

«Dir stehen die Haare zu Berge», sagte er.

«Danke. Du mußt es ja wissen. Er wollte dich dauernd anrufen. Er sagte dauernd Sachen, wie ‹Laßt uns den guten alten Richard herholen, den Hundesohn. Ich vermisse den alten Verführer.› Ich mußte ihm dauernd sagen, daß wir dich als Babysitter brauchten.»

«Ziemlich unmännlich.»

«Meiner Meinung nach hast du deine Männlichkeit einstweilen genügend bewiesen.»

«Du hättest mich sehen sollen, wie ich auf dich gewartet habe. Ich bin dauernd an alle Fenster gelaufen, wie eine Henne, die ein Küken verloren hat. Ich war außer mir deinetwegen, Liebes. Ich hätte dich nie zu diesen schrecklichen Leuten schicken sollen, damit sie dir Vorträge halten.»

«Es sind keine schrecklichen Leute. *Du* bist es, der schrecklich ist. Du kannst von Glück sagen, daß sie nichts von Krieg halten. Sie finden Empörung albern. Kindisch. Sie sind so verständnisvoll, das ist alles. Er redete dauernd von dem Guten, was dabei herauskommen würde.»

«Und du? Woran glaubst du, an Krieg oder das Gute?»

«Ich weiß nicht. Ich könnte eher an noch einen Schluck Bourbon glauben.»

Seine nächste Frage war glühend, so voll von erinnertem Feuer, daß sie seine Zunge verbrannte. «Wollte sie mich auch dabei haben?»

«Sie hat nichts gesagt. *So* taktlos ist sie nicht.»

«Ich fand sie nie taktlos», wagte er zu sagen.

Joans Haar schien von ihrem Kopf in die Höhe zu schießen; sie gestikulierte wie ein Sopran. «Warum bist du nicht mit ihr davongelaufen? Warum läufst du nicht jetzt mit ihr davon? Tu etwas! Noch so ein Love-in oder Teach-in, oder was immer das sein soll, halte ich nicht aus. Sie haben dauernd gesagt, wir müßten uns alle zusammenraufen, wir müßten alle in Verbindung bleiben. Ich will mich mit *niemand* zusammenraufen.»

«Aber du bist es doch –» begann er.

Sie unterbrach ihn: «Vergiß das Eis nicht.»

«– die ich am meisten brauche. Ich fand es furchtbar, daß du heute abend nicht zu Hause warst. Ich fand es noch furchtbarer, als ich vermutet hätte.» Er sprach sehr bedacht und blickte auf die Arbeitsfläche hinunter, während er die Gläser wieder füllte, die hart am Rand eines Abgrunds zu stehen schienen; Joans heile Rückkehr hatte ihm den schmerzlichen Verlust der anderen mit ihrer besänftigenden, gleichbleibenden Stimme deutlich gemacht.

Eros überall

Das Haus der Maples ist voller Liebe. Bean, die sechsjährige Jüngste, liebt Hecuba, den Hund. John, der acht ist, ein Schwärmer mit Engelsgesicht, der es gelassen hinnimmt, daß er weder Fahrrad fahren kann noch die Uhr kennt, liebt seine krabbelnden Kriechtiere, seine Monster-Karten, seine Dinosaurier und sein geschnitztes Rhinozeros aus Kenia. Nach der Schule beschäftigt er sich in seinem Zimmer Stunden mit diesen Sachen, ordnet sie neu, weidet sich an ihnen, summt vor sich hin. Kummer hat er nur, wenn sein älterer Bruder, Richard, höhnisch sein Zimmer betritt und seine Plazenta der Kontemplation durchbohrt. Richard liebt das Leben, liebt alles, was sich draußen abspielt, liebt Carl Yastrzemski, Babe Parelli, die Boston Bruins, die Beatles und die pfiffige Gestalt, die ihm, den Kamm in der Hand, morgens mit strahlenden Augen und einem Schnurrbart aus Zahnpasta aus dem Spiegel entgegenblickt. Er empfängt seltsame, herausfordernde Zettel von Mädchen – *Dickie Maple, hör auf mich anzustarren* –, die er mit nach Hause bringt, achtlos zusammenknüllt zwischen Diktaten und hektographierten Hinweisen auf Augen-, Zahn- und Lungenuntersuchungen. Seine Gefühle für die junge Mrs. Brice, die ihren Fünftkläßlern mit der emaillierten Pose und der wohlartikulierten Sprache einer Stewardess gegenübertritt, sucht er so sorgsam zu verbergen, daß es verdächtig ist. Er liebt mit ziemlicher Sicherheit seine ältere Schwester Judith, er hat sie immer innig geliebt. Beinahe dreizehn, ist sie jetzt schwierig zu beherrschen, selbst wenn eine inzestuöse Leidenschaft im Spiel ist. Groß und aufgeblasen, verdeckt sie ihm den Blick auf den Bildschirm, tanzt geräuschvoll einen Frug, während er die Beatles hört, stichelt, drischt um sich, wird von mächtigen Strahlen aus dem Weltraum beschossen und geschüttelt. Sie lungert stundenlang an der Ecke herum, wo Mr. Lunt, ihr Geschichtslehrer, wohnt; sie klebt sich Bilder von den Monkees an ihre Wände, küßt ihre Mutter beim Gutenachtsagen auf beide Wangen, wie die Franzosen es tun, erlebt die Schrecken der Schlaflosigkeit, läßt sich auf dem Sofa in lange, laszive Balgereien mit dem Hund ein. Hecuba, eine sterilisierte goldene Apportierhündin, rast mit flach angelegten Ohren und hängendem Schwanz, von dem Verlangen nach Liebe geplagt wie von Flöhen, von Zimmer zu Zimmer, bis sie schließlich auf die Katzen stößt, die sie nicht lieben, und läßt sich erschöpft, dankbar in ihrer Niederlage, auf den Linoleumboden der Küche fallen und schläft. Die Katzen, Esther und Esau, lecken einander das Fell und essen aus dem gleichen Napf. Sie stammen beide aus dem gleichen Wurf. Esther, die Mutter von über dreißig Jungen, die meistens ihrem Bruder ähnelten, aber mit einer beharrlichen schwarzen Minderheit, die die heulende Werbung eines Katers aus der Nachbarschaft bestätigt, ist jetzt «handlungsunfähig» geworden; Esau, dem man gefühlvollerweise erlaubt hat, «handlungsfähig» zu bleiben, muß sich nun anderswo nach den Wonnen umsehen, die er einst zu Hause gefunden hatte. Er kehrt zerkratzt und böse zugerichtet zurück. Esther leckt seine Wunden, während er benommen neben dem Kühlschrank hockt; sogar sein Schnurren klingt zerfetzt. Sie jaulen nach ihrem Abendessen und sitzen da wie zwei Buchstützen, ihre Hinterteile berühren sich diskret – ein erfahrenes altes Ehepaar, das arbeitslos ist. Man merkt wider Erwarten, daß Esau Esther noch immer liebt, während sie ihn nur akzeptiert und versteht. Sie scheint seine lediglich pflichtschuldigen Aufmerksamkeiten zu verachten. Verwirrt sie der chirurgisch herbeigeführte Mangel dessen, was ihn so drastisch anzieht? Aber es ist eher sein großer rechteckiger Katerkopf, der verwirrt scheint, und nicht ihr dreieckiger weiblicher Katzenkopf. Die Kinder empfinden einen Unterschied; beide, Bean und John, hätscheln Esau mehr, jetzt, wo Esther steril ist. Vielleicht ahnen sie dunkel, daß Esther sie eines Wunders beraubt hat, des halbjährlichen Wunders ihrer Kätzchen, tropfnasser Miniaturschweinchen, die sich aus einer schwarzen Öffnung, größer als eine Höhle, ins Leben zappeln. Wie um seine überlegene Position als Mann und sein redliches Mitgefühl zu demonstrieren, legt Richard Wert darauf, beide Katzen gleichermaßen zu streicheln. Strich für Strich. Judith behauptet, daß sie sie beide nicht ausstehen kann; es ist ihre Aufgabe, sie abends zu füttern, und sie haßt den Geruch von Pferdefleisch. Sie liebt Pferde, wenigstens theoretisch.

Mr. Maple liebt Mrs. Maple. Er macht beschwerliche Phasen durch, oft am Sonnabendnachmittag, wenn er nicht fähig ist, die Augen von ihr abzuwenden, wenn er gefangen ist von der absurden Überzeugungskraft, die die Rundung ihrer stattlichen Hüften verbirgt, einhüllt, ein unsicherer Schatz, seiner Fürsorge anvertraut. Er kann sie nicht oft genug berühren. Der Anblick ihres in einer ihrer Yoga-Übungen verzerrten Körpers in dem schwarzen, von Laufmaschen durchzogenen Elastik-Trikot dreht ihm das Herz im Leibe um, so daß er nicht atmen kann. Ihre Geste, wenn sie einen Rest Weißwein in einen Geranientopf gießt, erscheint unendlich, wie einer der Augenblicke von Vermeer, die in einem ewigen Licht von links erstarrt sind. Bei Nacht versucht er, sie in sich hineinzupressen, sich ihren schläfrigen Körper schützend an die Brust zu ziehen, wie eine Klammer, so als würde er ohne sie zerfallen. Er kann in dieser Lage nicht schlafen, und doch behält er sie bei, noch lange nachdem ihr Atem gleichmäßig und unbewußt geworden ist: läßt sich Liebe schlicht als die Weigerung zu schlafen definieren? Außerdem liebt er Penelope Vogel, eine hübsche kleine Sekretärin in seinem Büro, die sich gerade von einer unglückseligen Affäre mit einem von Antigua stammenden Mann erholt; und er liebt die Erinnerungen an sechs oder sieben andere Frauen, angefangen mit einer siebenjährigen Spielkameradin, die ihm immer seine Jagdmütze wegnahm; und irgendwie liebt er den Tod. Er scheint auch, vielleicht als einziger im Land, Präsident Johnson zu lieben, der von seiner Existenz nichts weiß. Etwa auf der gleichen Ebene bewundert Richard den Mond; er studiert begierig alle Fotos, die von seiner unwirtlichen Oberfläche zur Erde gesendet werden.

Und Joan? Wen liebt sie? Ihren Psychiater sicher. Ihren Vater zwangsläufig. Ihren Yoga-Lehrer wahrscheinlich. Sie hat einen Teilzeitjob in einem Museum und kehrt erhitzt und redselig nach Hause zurück – als käme sie aus dem Bett. Sie muß die Kinder lieben, denn sie scharen sich um sie wie Spatzen um Talg. Sie streiten sich erbittert um ein Plätzchen auf ihrem Schoß und kehren ihrem Vater den Rücken, als ob er, Quelle und Zuflucht ihres Lebens, ein grotesker Eindringling wäre, ein Schornsteinfeger in einem Schneepalast. Mit keiner seiner Rollen bei ihnen – Pfadfinder, Spielkamerad, Vertrauter, Geldgeber, Zauberkünstler, nächtlicher Bewacher – kann er sie für sich gewinnen; Bean ruft immer noch nach Mommy, wenn sie sich weh getan hat, John wendet sich an sie, wenn er Geld für noch mehr Monster-Karten braucht, Dickie verlangt, daß sie ihm als letzte gute Nacht sagt, und selbst Judith, die ganz ihm gehören sollte, küßt ihn schüchtern und spart ihre leidenschaftlich geöffneten Lippen für ihre Mutter auf. Joan schwimmt in ihrer aller Liebe wie ein Fisch im Wasser und nimmt von allen anderen Elementen keine Notiz. Liebe verlangsamt ihre Schritte, ergießt sich aus dem Radio über sie, hängt um sie herum in der Küche in Gestalt der an die Wand gepinnten Kinderzeichnungen von Häusern, Familien, Autos, Katzen, Hunden und Blumen. Ihr Mann kann sie nicht berühren, sie ist real, aber verborgen, wie die Weltbank, herrschend, aber gestaltlos wie die staatliche Rechtsprechung. Etwas Kaltes, das nicht dort hingehört, stößt gegen seine ohnmächtig herunterhängende Hand; es ist Hecubas Nase. Dicke, sterilisierte, goldäugige Hündin – wie er verabscheut sie es, ausgeschlossen zu werden und strengt sich an, ihre Wärme dem ganzen Durcheinander hinzufügen, verliebt in sie alle, verliebt in den Geruch von Essen, verliebt in den Geruch von Liebe.

Penelope Vogel gibt sich Mühe, ohne Sentimentalität zu sprechen. Fünf Jahre jünger als Richard, hat sie ein Jahrzehnt amouröser Prüfungen durchgestanden und rettet sich, mit neunundzwanzig noch ledig, in Gleichgültigkeit und in den flapsigen Ton einer noch jüngeren Generation.

«Wir hatten etwas Schönes», sagt sie von ihrem Antiguaner, «woraus eine üble Szene wurde.»

Sie geht mit ihren alten Affären buchstäblich um wie mit vertrockneten Blumen; Richard, der ihr gegenüber an einem Restauranttisch sitzt, wird ganz nervös von ihrem Zartgefühl – als ob er und eine Großmutter zusammen eine Reihe von zerbrechlichen, rätselhaften Erinnerungsstücken betrachteten. «Eine sehr unerfreuliche Szene», fügt Penelope hinzu. «Unsere große Zeit war zu viel für ihn. Er ließ sich mit der Drogen-Clique ein. Ich konnte es nicht mit ansehen.»

«Er wollte Sie heiraten?» fragt Richard schüchtern; so behauptet es der Büroklatsch.

Sie zuckt mit den Schultern, gibt zu: «Es war die Rede davon.»

«Sie vermissen ihn sicher.»

«Das stimmt. Er war der schönste Mann, den ich je gesehen habe. Seine Schultern. In der Dickinson Bay ließ er mich im Wasser die Hand auf seine Schulter legen und zog mich so schwimmend meilenweit mit. Er unterrichtete im Schnorcheln.»

«Sein Name?» Nervös, ängstlich, einen Mißton in diese Erinnerungen zu bringen, die zugleich Verhandlungen sind, verschüttet er den Rest seines Gibson und macht fahrige Zeichen, um einen neuen zu bestellen.

«Hubert», sagt Penelope. Sie wischt geduldig mit ihrer Serviette herum. «Wie eine Freundin mal zu mir gesagt hat: Laß dich nie mit einer männlichen Schönheit ein, sonst muß du um den Spiegel kämpfen.» Ihr Gesicht ist klein und sehr weiß, ihre Nase sehr lang, ihre rosa Nasenflügel sind von einer ständigen Erkältung entzündet. Nur ein Neger, denkt Richard, könnte sie schön finden; der Gedanke verleiht ihr Schönheit in dem unruhigen schattigen Licht des Lokals. Der Kellner, ein Farbiger, kommt und wechselt das Tischtuch. Penelope spricht weiter, so leise, daß Richard sich Mühe geben muß, sie zu verstehen. «Als Hubert achtzehn war, ließ eine Frau sich seinetwegen scheiden und verließ ihre Kinder. Sie kam aus einer der alten Plantagenbesitzerfamilien. Er heiratete sie nicht. Er sagte zu mir: ‹Wenn sie *ihm* das antun konnte, würde sie als nächstes mich verlassen.› Er war sehr moralisch – bis er hierherkam. Aber stellen Sie sich einen achtzehnjährigen Jungen vor, der eine solche Wirkung auf eine reife, verheiratete Frau in den Dreißigern hat.»

«Ich halte ihn wohl lieber von meiner Frau fern», scherzt Richard.

«Ja.» Sie lächelt nicht. «Sie *arbeiten* daran, wissen Sie. Diese Jungen sind *Profis*.»

Penelope ist oft auf den Westindischen Inseln gewesen. In St. Croix, so kommt es leise heraus, da war Andrew mit seinem Spitzbart und seinem Faulbehälter-Geschäft und seinen politischen Ambitionen, in Guadeloupe Ramon, ein Zollinspektor, in Trinidad Castlereigh, der in einer Westindischen Blech-Band die Alt-Instrumente spielte und auch den Limbo tanzte; er kam bis auf 23 Zentimeter vom Boden runter. Aber Hubert war der Schlimmste – oder der Beste. Er war der einzige, der ihr in den Norden gefolgt war. «Ich sollte mit ihm in diesem Hotel in Dorchester leben, aber ich traute mich nicht mal in die Nähe – alles voll von schrägen Typen, und im Fahrstuhl stank es nach Pot, zweimal habe ich Anträge von Typen bekommen, die nur dastanden und auf den Aufwärts-

Knopf drückten. Es war keine gute Atmosphäre.» Der Kellner bringt ihnen Brötchen. In seinem Schatten scheint ihr Profil fahl zu werden, und Richard sehnt sich danach, sie, die blasse Blume, von dem von ihr heraufbeschworenen Gewirr zu pflücken. «Es wurde so schlimm», sagte sie, «daß ich versucht habe, zu einem alten Freund zurückzugehen, einem furchtbar netten Kerl mit einer Mutter und einem nervösen Magen. Er ist Fachmann für Computersysteme und hängt sehr an seiner Arbeit, aber ich weiß nicht, er hat mich nie wirklich beeindruckt. Er kann nur über seine Gastritis reden – und daß sie ihm ständig sagt, er soll ausziehen und sich eine Frau suchen, aber er weiß nicht, ob sie es ernst meint. Seine Mutter.»

«Ist er . . . ein Weißer?»

Penelope blickt auf; ihr in der Luft zum Stillstand gekommenes Buttermesser blitzt. Ihre Stimme wird langsamer, dürrer. «Nein, um die Wahrheit zu sagen. Er ist das, was man einen Afro-Amerikaner nennt. Stört Sie das?»

«Nein, nein. Ich habe mich nur gewundert . . . sein nervöser Magen. Es hört sich anders an als bei den anderen.»

«Er ist nicht wie die anderen. Wie ich schon sagte, er beeindruckt mich nicht. Finden Sie nicht auch, wenn Sie *einmal* etwas gefunden haben, was funktioniert, ist es schwer, zurückzustecken?» Ihre Worte scheinen mehr ausdrücken zu wollen, als es den Anschein hat; während sie ihr dick mit Butter bestrichenes Brötchen kaut, ist ihr gleichmäßiger Blick wie eine Tangente in einer komplizierten geometrischen Aufgabe: finde den Punkt, an dem sie von weißen auf schwarze Liebhaber überwechselte.

Das Thema ändert sich für ihn; sein Herz zieht sich

zusammen, und er beugt sich hastig vor, um zu sagen: «Sehen Sie dic Frau, die gerade hereingekommen ist? Lederkostüm, Zigeuner-Ohrringe, jetzt setzt sie sich. Sie heißt Eleanor Dennis. Sie wohnt ein Stück weiter unten in unserer Straße. Sie ist geschieden.»

«Wer ist der Mann?»

«Ich habe keine Ahnung. Eleanor ist aus unserem Kreis ausgeschert. Er sieht aus wie ein richtiger Schläger.» Drüben an der anderen Wand zupft Eleanor an dem großen Ring, den sie im Ohr trägt. Ihr flüchtiger Blick inmitten der sich hin und her bewegenden Schatten huscht an seinem Tisch vorbei; er bezweifelt, daß sie ihn gesehen hat.

Penelope sagt: «Ihrem Gesichtsausdruck nach war es mehr als nur ein Kreis, der sie mit Ihnen verband.»

Er tut so, als fühlte er sich durchschaut und entwaffnet, aber in Wirklichkeit betrachtet er es als einen Akt der Vorsehung, daß eine seiner früheren Lieben auftaucht, um dem dunklen Strom von Penelopes Liebhabern entgegenzuwirken. Bis zum Ende der Mahlzeit sprechen sie jetzt über *ihn,* ihn und Eleanor und Marlene Brossman und Joan und das kleine Mädchen, das ihm immer seine Jagdmütze wegnahm. In der Eingangshalle von Penelopes Apartmenthaus, während sie auf den Fahrstuhl warten, schlägt er vor, mit ihr nach oben zu kommen.

Sie sagt vorsichtig: «Ich glaube nicht, daß Sie das möchten.»

«Doch, ich *möchte.*» Das Gebäude liegt im modernen Teil von Back Bay, die Eingangshalle ist grell erleuchtet und ausgestattet mit Plastikpflanzen, die man nie zu gießen braucht, Kunstlederstühlen, auf denen noch nie jemand gesessen hat, und mit Mosaikwandbildern, die nie jemand ansieht. Das Licht ist absolute Gegenwart, so gleichmäßig und rein wie das Licht in einem Kühlschrank, so allgegenwärtig wie die Luft oder wie die Libido, die, wie Freud sagt, uns alle von Kind auf durchdringt.

«Nein», wiederholt Penelope. «Ich habe ein gutes Gehör für Aufrichtigkeit in diesen Dingen entwickelt. Ich glaube, Sie sind zu sehr von Ihrem Zuhause in Anspruch genommen.»

«Der Hund mag mich», bekennt er und gibt ihr dort, von strahlendem Licht umhüllt, einen Gutenachtkuß. Im Gegensatz zu der dürren Stimme sind ihre Lippen bestürzend weich, weit, warm und trauernd.

«So», sagt Joan zu ihm, «du hast also mit dieser kleinen Büromaus geschlafen.» Es ist Sonnabend; der formlose erotische Schwebezustand des Nachmittags – die Tennisspiele, die Trickfilm-Vorstellungen – ist vorüber. Die Maples sind in ihrem Zimmer und ziehen sich für eine Party um, in dem aschfahlen Licht der Dämmerung und dem wässerigen Blau einer fernen Straßenlaterne.

«Hab ich nie», sagt er, womit er jedoch zugibt, daß er weiß, wen sie meint.

«Na, jedenfalls hast du sie zum Essen eingeladen.»

«Wer sagt das?»

«Mack Dennis. Eleanor hat euch beide in einem Restaurant gesehen.»

«Wann reden die überhaupt miteinander? Ich dachte, sie wären geschieden.»

«Sie sprechen dauernd miteinander. Er liebt sie immer noch. Das weiß doch jeder.»

«Okay. Und wann redet ihr miteinander, er und *du?*»

Seltsamerweise hat sie keine Antwort parat. «Oh . . .»

Sein Herz fällt durch ihr Schweigen. «Vielleicht habe ich ihn heute nachmittag in der Eisenwarenhandlung getroffen.»

«Und vielleicht auch nicht. Außerdem – warum sollte er es dir gleich auf die Nase binden? Du und er, ihr müßt sehr vertraut sein.»

Er sagt dies, um von ihr das Gegenteil zu hören; aber sie denkt stumm darüber nach, und während sie langsam zu ihrem Schrank geht, sagt sie zustimmend: «Wir verstehen uns gut.»

Es sieht ihr gar nicht ähnlich, auf diese Weise zu bluffen. «Wann will man mich gesehen haben?»

«Du meinst, es kommt öfter vor? Letzten Mittwoch, gegen halb neun. Du *mußt* mit ihr geschlafen haben.»

«Kann ich gar nicht sein. Ich war um zehn zu Hause, wie du dich vielleicht erinnerst. Du warst gerade selbst vom Museum nach Hause gekommen.»

«Was ist schiefgegangen, Liebling? Hast du sie mit deiner schrecklichen Pro-Vietnam-Einstellung vor den Kopf gestoßen?»

Im Dämmerlicht kennt er sie kaum wieder, mit ihren fahrigen Bewegungen, ihrer heftigen Stimme. Ihr silbernes Unterkleid glänzt und knistert, als sie sich in ein Cocktailkleid aus schwarzem Strickgewebe windet; in einer Art entschlossener Erregung schreitet sie um das Bett herum, zur Kommode und wieder zurück. Während sie sich bewegt, scheint ihr Körper aus den Schatten an Umfang zu gewinnen, an Umfang und dynamischer Elastizität. Er versucht sie mit einem Scheinangebot an Wahrheit zu beschwichtigen. «Nein, es zeigte sich, daß Penelope nur mit Negern geht. Ich bin ihr zu blaß.»

«Du gibst zu, daß du es versucht hast?»

Er nickt.

«Gut», sagt Joan und macht einen halben Schritt auf ihn zu, so daß er in der Annahme, sie wolle ihn schlagen, zurückzuckt. «Möchtest du wissen, mit wem *ich* am Mittwoch geschlafen habe?»

Er nickt wieder, aber das zweimalige Nicken fühlt sich beide Male anders an, so als wäre mit schrecklicher, nicht spürbarer Geschwindigkeit ein Kontinent zwischen dem ersten und dem zweiten aufgerissen worden.

Sie nennt einen Mann, den er nur flüchtig kennt, einen der Ressortleiter im Museum, der eine Krawattennadel trägt und sein graues Haar lang und in dem geckenhaften englischen Stil nach hinten gekämmt trägt. «Es hat *Spaß* gemacht», sagt Joan und kickt einen Schuh aus dem Weg. «Er findet mich *schön*. Er kümmert sich um mich auf eine Art, wie du es *nicht* tust.» Sie kickt den anderen Schuh weg. «Mir bist du auch zu blaß, Kleiner.»

Er ist so verblüfft, daß er lachen muß. «Aber wir alle finden dich schön.»

«Aber du läßt es mich nicht *fühlen*.»

«*Ich* fühle es», sagt er.

«Bei dir fühle ich mich immer wie ein häßliches Aschenputtel.» Während sie tastend versuchen, ihre neuen Positionen zu begreifen, wird ihnen klar, daß ihr, wie einer Schachspielerin, die unüberlegt ihre Dame vorgezogen hat, nur noch die Defensive bleibt. In einem verzweifelten Versuch, die Initiative nicht aus der Hand zu geben, sagt sie: «Laß dich von mir scheiden. Verprügle mich.»

Er bleibt ruhig, sachlich, bewundernswert. «Wie oft warst du mit ihm zusammen?»

«Ich weiß es nicht. Seit April, ab und zu.» Ihre Hände scheinen sie zu behindern; sie läßt sie an den Hüften herunterhängen, legt sie an ihre Wangen zusammen, auf den Bettpfosten, nimmt sie wieder weg. «Ich habe versucht, aus der Sache rauszukommen, ich hatte schreckliche Schuldgefühle, aber er hat mich nie im geringsten bedrängt, deshalb konnte ich auch nie richtig einen Streit vom Zaun brechen. Er sieht dann immer gleich so verletzt aus.»

«Willst du weitermachen mit ihm?»

«Wo du es weißt? Sei nicht albern.»

«Aber er kümmert sich um dich, auf eine Art, wie ich es nicht tue.»

«Das tun alle Liebhaber.»

«Großer Gott. Du bist anscheinend eine Expertin.»

«Kaum.»

«Und was ist mit dir und Mack?»

Sie ist erschrocken. «Vor Jahren. Nicht sehr lange.»

«Und Freddy Vetter?»

«Nein, wir wollten es nicht. Er wußte von mir und Mack.»

Liebe, eine wolkige, zähflüssige Tinte, überschwemmt ihn von innen, erfüllt seine Hände mit prickelndem Druck, als er nahe an sie herantritt. Ihr bekümmertes Gesicht ist angespannt in Erwartung eines Schlages. «Du Hure», flüstert er hingerissen. «Meine jungfräuliche Braut.» Er küßt ihre Hände; sie sind korrupt und kalt. «Wer noch?» bettelt er, als ob jeder Name ein Schatz wäre, den sie seinen gebeugten Leibeigenenschultern aufbürdet. «Nenne sie mir alle, deine Männer.»

«Ich habe sie dir genannt. Es ist eine ziemlich karge Liste. Weißt du, warum ich es dir gesagt habe? Damit du dich nicht schuldig fühlst wegen der kleinen Vogel.»

«Aber es ist nichts passiert. Bei dir passiert es.»

«Süßer, ich bin eine Frau», erklärt sie, und tatsächlich scheinen sie in dem dunkel werdenden Zimmer, über dem gedämpften Stimmengewirr vom Fernseher, zu den Fundamenten ihrer Ehe zurückgekehrt zu sein, zu den elementaren Bestandteilen. Frau. Mann. Haus.

«Und was sagt dein Psychiater zu alldem?»

«Nicht viel.» Das triumphierende Anschwellen ihrer Beichte ist vorüber; ihre verhaltene Art ist eine Vorbereitung auf Tage, Wochen, die mit seinen Fragen ausgefüllt sein werden. Sie holt die weggekickten Schuhe zurück. «Das ist einer der Gründe, warum ich zu ihm gegangen bin. Ich hatte ständig diese Affären . . .»

«*Ständig?* Du bringst mich um.»

«Unterbrich mich bitte nicht. Irgendwie war es ganz harmlos. Ich ging in seine Praxis und legte mich auf die Couch und sagte: ‹Ich bin gerade bei Mack oder Otto gewesen –› »

«Otto. Soll das ein Witz sein? Otto – von vorn und von hinten gleich . . .?»

«– und es war wunderbar oder schrecklich oder so lala, und dann sprachen wir über mein Masturbieren in der Kindheit. Es ist nicht seine Aufgabe, mir Vorwürfe zu machen; sein Job ist es, mich davon abzuhalten, mir selbst Vorwürfe zu machen.»

«Das arme Schwein, ich war die ganze Zeit eifersüchtig auf *ihn,* und er muß das schon jahrelang ertragen; *jeden* Tag mußte er zuhören. Du marschiertest rein und knalltest dich, noch warm, auf seine Couch –»

«Es war überhaupt nicht jeden Tag. Manchmal vergingen Wochen. Ich bin nicht die einzige Frau für Otto.»

Der künstliche Lärm des Fernsehers unten vermischt sich mit realem Krach, einem Schreien und Poltern, das die Treppe heraufkommt und das Aquarium bedroht, in dem die Maples schwimmen, dunkle Fische in Tinte, kaum in ihren Umrissen sichtbar, die einander nur als Wärmewirbel empfinden, als geheimnisvolle belebte Abgründe an der Oberfläche von Zeit und Raum. Da er befürchtet, daß er auf Jahre Joan nicht wieder so nahe sein wird und sie nicht so offen, fragt er hastig: «Und was ist mit dem Yoga-Lehrer?»

«Sei nicht albern», sagt Joan und schließt ihre Perlenkette im Nacken. «Er ist ein ältlicher Vegetarier.»

Die Tür geht krachend auf; das Schlafzimmer explodiert in Splitter elektrischen Lichts. Richard junior ist außer sich, er schluchzt.

«Mommy, Judy ärgert mich immer und setzt sich vor den Fernseher!»

«Tue ich nicht. Tue ich nicht.» Judith spricht sehr entschieden. «Mutter und Vater, er ist ein zurückgebliebener Lügner.»

«Sie kann nichts dafür, daß sie größer wird», sagt Richard zu seinem Sohn und malt sich aus, wie die arme Judith versucht, in dem kleinen Fernsehzimmer zwischen den aufmerksamen kindlichen Gestalten Platz für sich zu finden. Sie tut ihm leid wegen ihrer Größe, so wie ihm Johnson leid tut wegen seiner Präsidentschaft. Bean platzt ins Schlafzimmer, erschreckt von einer Gewalttätigkeit, die nicht aus dem Fernseher kommt, und Hecuba springt auf das Bett mit rollenden goldenen Augen. Judith sieht Dickie unverschämt und keineswegs reuevoll von der Seite an, und er erstickt fast an einem Übermaß von Empfindungen und läuft aus dem Zimmer. Kurz darauf ertönt vom anderen Ende des oberen Stockwerks ein gequälter Schrei, als Dickie in Johns Zimmer eindringt und seine Gemeinschaft mit den Dinosauriern unterbricht. Unten singt eine Frau, unbeachtet und einsam, in einen Kasten gesperrt, von *amore*. Bean umarmt Joans Beine, so daß Joan sich nicht rühren kann.

Judith fragt mit elterlicher Schärfe: «Worüber habt ihr beide gerade gesprochen?»

«Über nichts», sagt Richard. «Wir waren dabei, uns umzuziehen.»

«Warum waren alle Lampen aus?»

«Wir wollten Strom sparen», erklärt ihr Vater ihr.

«Warum weint Mommy?» Er blickt ungläubig zu Joan und sieht, daß ihre Wangen mit Silber bedeckt sind, daß sie tatsächlich weint.

Bei der Party, zwischen Wolken von Freunden und Rauch, widersetzt Richard sich allen Versuchen, von seiner Frau getrennt zu werden. Sie hat ihre Tränen getrocknet und geht leicht stolzierend umher, wie wenn sie am Strand ist und es wagt, einen Bikini zu tragen. Aber ihre Nacktheit existiert nur in seinen Augen. Ihr Kopf neben seiner Schulter, ihre ernsten höflichen Scherze, die mollige reuelose Spalte zwischen ihren Brüsten – all das scheint von neuem kostbar und wesentlich für seine Identität zu sein. Als betrogener Ehemann ist er größer geworden, schlanker, eleganter und menschlicher in seinen Ansichten, lebhafter und beweglicher. Als die üblichen Diskussionen über Vietnam beginnen, hört er sich wie eine Taube sprechen. Er gibt zu, daß Johnson nicht liebenswert sei. Er räumt ein, daß Asien unendlich kompliziert, unaufrichtig, undankbar, feminin ist: aber müssen wir es deshalb aufgeben? Als Mack Dennis, dick geworden, seit er Junggeselle ist, kommt und Joan zum Tanzen auffordert, fühlt Richard sich verlassen und sitzt mit so mißmutiger Miene auf dem Sofa, daß Marlene Brossman sich neben ihn setzt und zum erstenmal seit Jahren mit ihm flirtet. Er versucht, ihr durch seine Stimme, durch die bedeutungslosen Worte, die er spricht, hindurch klarzumachen, daß er sie einmal geliebt hat, daß er sie wieder lieben könnte, daß er aber im Augenblick schrecklich durcheinander sei und sie bitten müsse, ihn zu entschuldigen. Er geht zu Joan und fragt sie, ob es nicht Zeit sei zu gehen. Sie sträubt sich: «Es ist zu plötzlich.» Sie fühlt sich sicher hier, unter all den Anstandsformen, und ahnt, daß seine Erkundung des von ihr preisgegebenen Terrains sehr gründlich sein wird. Liebe ist unbarmherzig. Sie fahren um Mitternacht nach Hause, unter einem schmalen Mond, der den Fotografien von ihm nicht im mindesten ähnelt – den schattenumhüllten Canyons, den scharfkantigen Gebirgsketten, den körnigen kreisrunden Vertiefungen um die metallenen Füße des mechanischen Eindringlings, den ihm der blaue Ball am Himmel geschickt hat.

Sie kommen nicht zur Ruhe, bis er eine Welt von Einzelheiten aus ihr herausgelockt hat: Daten, Orte, Inneneinrichtungen von Motels, exakt gemischte Empfindungen. Sie schlafen miteinander, selbstkritisch. Er fordert die neue Lüsternheit, die sie ihm schuldig ist, und versucht zur Belohnung, sich kundig wie ein heruntergekommener alter Routinier zu geben. Er überzeugt sich davon, daß er eigentlich auf eine elementare Art nie ersetzt worden ist, daß sie sich seit Monaten aus dem Griff ihres Liebhabers zu befreien versucht hat, aus dem hauchdünnen Netz der Liebe, wobei Takt ihr die Flügel stutzte. Sie versichert ihm, daß sie die erste Gelegenheit zur Beichte wahrgenommen habe; sie vertraut ihm an, daß

Otto ein Haarspray benutzt und Parfum. Sie schwört weinend, daß sie nie und nirgends seiner, Richards, Leidenschaft begegnet sei, einem so wohlproportionierten Körper wie seinem und seiner zurückhaltenden Anmut, seinem erfrischenden Sadismus, seiner üppigen Männlichkeit. Warum dann . . .? Sie schläft. Ihr Atem ist unbewußt geworden. Er zieht ihren schlaffen Körper an seinen, vergeudet Vergebung an ihre körperlose Gestalt. Ein sich entfernender Lastwagen zerrt an der nächtlichen Stille. Sie hat ihn eine Spur ungesättigt zurückgelassen; ihre Beichte ist für ihn noch wie ein ungelöteter Rohrbruch. Das Mondgesicht der elektrischen Uhr zeigt drei. Er dreht sich um, schlägt sein Kissen zurecht, bewegt ruhelos seine Arme, dreht sich wieder um und scheint plötzlich die Treppe hinunterzugehen, um sich ein Glas Milch zu holen.

Zu seiner Überraschung ist die Küche hell erleuchtet, und Joan sitzt in ihrem Trikot auf dem Linoleumfußboden. Er steht verblüfft da, während sie gelassen ihre Beine in den Lotossitz bringt. Er fragt sie wieder nach dem Yoga-Lehrer.

«Also gut, ich dachte, es zählt nicht, wenn es ein Teil der Übung ist. Es geht darum, Lieber, Geist und Körper miteinander in Einklang zu bringen. Das hier ist Pranayama, kontrolliertes Atmen.» Würdevoll hält sie ein Nasenloch zu und atmet langsam ein, dann drückt sie das andere zu und atmet aus. Sie legt die Hände, Handfläche nach oben, wieder auf die Knie. Und sie lächelt. «Diese Übung macht Spaß. Sie heißt Drehsitz.» Sie nimmt eine neue Stellung ein; ihre Muskeln bewegen sich elastisch unter dem schwarzen, von Laufmaschen durchzogenen Stoff. «Oh, ich habe vergessen, dir zu erzählen, daß ich mit Harry Saxon geschlafen habe.»

«Nein, Joan! Wie oft?»

«Wenn wir Lust dazu hatten. Wir sind hinter das Spielfeld der Unter-Liga gegangen. Dieser himmlische Kleeduft!»

«Aber warum, Süße?»

Lächelnd zählt sie im stillen die Sekunden dieser Stellung. «Du weißt, warum. Er hat mich darum gebeten. Es ist nicht leicht, wenn Männer dich bitten. Du darfst ihre Männlichkeit nicht beleidigen. In allem ist Harmonie.»

«Und Freddy Vetter? Was du über Freddy gesagt hast, war gelogen, stimmt's?»

«*Diese* Übung ist wunderbar für die Halsmuskeln. Sie heißt Löwe. Lach nicht.» Sie kniet nieder, die Hinterbacken auf den Fersen und legt den Kopf nach hinten und streckt aus dem weit aufgerissenen Mund die Zunge heraus, als wollte sie die Decke berühren. Trotzdem spricht sie weiter. «Ihr liegt die Theorie zugrunde, daß wir den Kopf zu hoch tragen und daß das Blut nicht zum Gehirn gelangen kann.»

Die Brust tut ihm weh; er preßt mühsam die Bitte hervor: «Nenne sie mir alle!»

Sie rollt sich auf ihn zu und steht aufrecht auf den Schultern, das Gesicht gerötet von der Anstrengung, das Gleichgewicht zu halten, und von dem nach unten strömenden Blut. Ihre Beine öffnen und schließen sich langsam, wie eine Schere. «Manche von den Männern kennst du gar nicht», redet sie weiter. «Sie kommen an die Tür, um Faulbehälter zu verkaufen.» Ihre Stimme kommt aus dem Bauch. Schlimmer, irgend etwas summt. Er wacht erschrocken auf und setzt sich hin. Seine Brust ist klatschnaß.

Er lokalisiert das Summen als ein Geräusch, das von dem Transformator auf dem Telegrafenmast in der Nähe ihres Fensters kommt. Die ganze Nacht hindurch, während ihre Bewohner schlafen, steht die Stadt elektrisch mit sich selbst in Verbindung. Richards Schrecken hält an und nimmt noch zu, als die Realität seiner Traumvorstellungen bestätigt wird. Joans Körper wirkt klein, kaum größer als Judiths, und schmaler durch ihr Alter, doch unendlich tief, ein Abgrund an Heimlichkeit, Treulosigkeit und Willfährigkeit; Akrophobie treibt Schweiß aus seinen Handflächen. Er verläßt das Bett, als ob er sich rückwärts dem Zugriff eines Strudels entzieht. Wieder geht er nach unten; die Enthüllungen seiner Frau haben die Stufen steiler gemacht und die Wände glitschig.

Die Küche ist dunkel; er macht das Licht an. Der Fußboden ist leer. Die vertrauten Küchengeräte wirken wie enthüllt in einem schützenden Zustand der Abgenutztheit und sehen angespannt aus, als wären sie im Begriff, unter dem Druck, so getreulich sie selbst zu sein, zu bersten. Esther und Esau kommen aus dem Wohnzimmer, wo sie auf dem Sofa geschlafen haben, in die Küche getappt und betteln um etwas zu essen, dasitzend wie Buchstützen, erwartungsvoll und erfahren. Die Uhr zeigt vier. Der Wächter der Nacht. Aber auf der Suche nach Zeichen gewaltsamen Eindringens, nach Spuren seines Traums, findet Richard nichts außer den an die Wand gepinnten Zeichnungen von Häusern, Autos, Katzen und Blumen – Hinweise, die ihn in ihrer Üppigkeit verspotten –, angefertigt von eifrig um den Buntstift gepreßten Kinderfingern.

Klempnerarbeiten

Der alte Klempner beugt sich im Halbdunkel des Kellers meines neuen Hauses zärtlich vor, um mir eine kostbare alte Lötstelle zu zeigen. «So macht man das schon seit dreißig Jahren nicht mehr», erklärt er mir. Seine dünne Stimme ist wie ein durch Rost gesickertes Rinnsal. «Seit dreißig, vierzig Jahren. Als ich bei meinem Vater anfing, löteten wir so. Es ist eine alte Bleilötstelle. Man wischte das Blei auf. Man goß es heiß mit einem Gießlöffel auf die Stelle und hielt in der anderen Hand einen nassen Lappen. Sechzehn Bewegungen mußte man machen, bevor es abkühlte. Sechzehn verschiedene Bewegungen. Sonst war alles umsonst und die Lötstelle verdorben. Man mußte sie abschlagen und von vorn anfangen. So mußten wir es machen, als ich mit der Lehre anfing. Ein Junge von vielleicht fünfzehn, sechzehn Jahren. Diese Lötstelle hier kann fünfzig Jahre alt sein.»

Er kennt meine Rohrleitungen – mir gehören sie nur. Er kennt sie schon durch etliche Besitzer. Wir denken, wir sind, was wir denken und sehen, während wir in Wirklichkeit aufrecht stehende Säcke voller Eingeweide sind. Wir denken, wir haben uns Lebensraum und eine Aussicht gekauft, während wir in Wirklichkeit ein Labyrinth, eine

Geschichte, einen archäologischen Fundort von Rohren und Zwischenstücken und Klappen und Ventilen gekauft haben. Der Klempner zeigt mir ein dickes dunkles Rohr, das diagonal in die Grundmauer führt. «Sehen Sie den Streifen da unten?» Ein weißer Streifen, ein Strich an der Unterseite des dunklen Rohrs – farblose Oxydation. «Rühren Sie nicht daran. Es würde anfangen zu tropfen. Sehen Sie, man hat dieses alte Abflußrohr in zwei Hälften gegossen. Eigentlich hätte man es so montieren müssen, daß die Nahtstellen an den Seiten gewesen wären. Aber manchmal hat man die Rohre so montiert, daß die Nahtstelle unten ist.» Er demonstriert es mit hohlen Händen; seine Hände entfernen sich voneinander, so daß der Spalt zwischen ihnen größer wird. Ich gebe mir Mühe, zwischen seine dunklen Handflächen zu sehen, und werde durch seine Metapher Wasser, das das Licht sucht. «Schließlich, sehen Sie, fängt es an zu lecken.»

Mit dem Strahl seiner Taschenlampe folgt er dem verräterischen Streifen nach hinten. «Vier, fünf neue Abschnitte müßten reichen.» Er seufzt, schnauft; nach einem im Halbdunkel verbrachten Leben sind seine Augen weiter geöffnet als die anderer Menschen. Er ist ein Poet. Wo ich nur einen Defekt sehe, einen ärgerlichen Mangel, der mich Geld kosten wird, blickt er liebevoll hin, sinnt über die ewige Gegenwart von Korrosion und Fließen nach. Er schickt mir herrliche ironische Rechnungen, in denen Listen von winzigen Ersatzteilen –

1	1 ¼ × 1″ galv. Muffe	58 c
1	⅜″ Messing-Wasserhahn	90 c
3	½″ Nippel	23 c

– buchhalterisch so sorgfältig spezifiziert, daß es einem ganz verrückt vorkommt, am Ende aufgewogen und geschluckt werden von einer überwältigenden runden Summe, die einfach dem Wort «Arbeit» zugeordnet wird:

Arbeit	$ 550

Ich nehme an, daß sein zärtliches Meditieren jetzt vor mir und sogar die langen Pausen, in denen seine großen Augen blinzeln, auch Arbeit sind.

Das alte Haus, das Haus, das wir verlassen haben, eine Meile von hier, scheint erleichtert zu sein, daß es unsere Möbel los ist. Die Zimmer, in denen wir gelebt haben, in denen wir unsere Mahlzeiten und Zeremonien und Selbstdramatisierungen inszenierten und in denen einige von uns vom Kind zum Jugendlichen heranwuchsen, Zimmer und Treppen, so erfüllt von unseren täglichen Bewegungen, daß ihre Unregelmäßigkeiten uns in Fleisch und Blut übergegangen waren und wir sie im Dunkeln passieren konnten, scheinen nicht zu trauern, wie ich es eigentlich erwartet hatte. Das Haus frohlockt ob seiner plötzlichen Größe, der Weite seiner leeren Winkel. Dielenbretter, lange von Teppichen verhüllt, schimmern, als wären sie frisch gefirnißt. Die Sonne dringt ungehindert durch die gardinenlosen Fenster. Das Haus ist wieder jung. Es hatte auch ein Ich, ein Eigenleben, das eine Zeitlang von unserem Leben überschattet wurde; jetzt, bevor seine neuen Besitzer kommen, um es zu belasten, ist es frei. Nur der Mondschein läßt jetzt den Fußboden knarren. Wenn ich manchmal am Vormittag zurückkomme, um ein paar letzte Kleinigkeiten zu holen – Kaminböcke, Bilderrahmen –, grüßt mich die Weite des Hauses mit jungfräulicher Schamlosigkeit. Das Öffnen der Haustür ist, als öffnete ich dem Kater die Tür, der morgens mit der Milch ins Haus kommt, der im Vorübergehen miaut auf seinem Weg zu den Betten, die noch warm sind von unserem Schlaf – seine Gewohnheiten sind nur locker mit den unseren verbunden, durch ein einziges Miauen und ein gemeinsames Dach. Die Natur ist zäher, als die Ökologen wahrhaben wollen. Unser Haus hatte uns nach einem Tag vergessen.

Ich fühle mich schuldig, daß wir es so oberflächlich nur bewohnt haben, daß ein Trio von Umzugsleuten und die schwache Brise eines Tages uns so gänzlich daraus entfernen konnten. Als wir einzogen, vor einem Dutzend Jahren, war ich überrascht, daß es in dem Haus, obwohl seine Balken und Kamine dreihundert Jahre alt waren, nicht spukte. Das hatte ich, so alt wie es war, eigentlich erwartet. Aber eine Amateur-Hexe, die meine Frau vom College her kannte, klopfte die Schlafzimmerwände ab, schnüffelte auf dem Dachboden herum und versicherte uns – dabei fällt mir ein, daß sie, wie mein Klempner, unnatürlich weit geöffnete Augen hatte –, daß das Haus in Ordnung sei. Puritanische Heubauern hatten es gebaut. Im 19. Jahrhundert mag es als Taverne gedient haben; die zollpflichtige Straße nach Newburyport führte direkt daran vorbei. In den dreißiger Jahren unseres Jahrhunderts war es ein Mietshaus gewesen: Die jetzt so herrlich großen Räume waren mit Hilfe von Gipsplatten unterteilt, durch die Löcher gebohrt worden waren, so daß die Mieter Zucker und Mehl tauschen konnten. Ländliche Zeiten, arme Zeiten. Eine Weile lang waren im Obergeschoß Hühner gehalten worden; meine Kinder sagten in der ersten Zeit, wenn es regne, rieche es nach Federn, aber ich hielt das für die Macht der Einbildung, ein Märchen. Als wir den Garten hinter dem Haus umgruben, holten wir ein paar Zinnlöffel aus der Erde, und Scherben von Glasflaschen aus einer lange vergangenen Verpackungsära. Von uns werden andere nur ein paar Plastikgolfbälle zum Üben in den Irisrabatten finden und ein paar staubige kleine Superbälle unter den Heizkörpern. Die Geister, die wir zurückgelassen haben, sind nur für uns sichtbar.

Ich sehe einen Mann im Smoking und eine Frau in einem langen weißen Kleid an einem Ostermorgen um zwei Uhr im Garten umhergehen, in einem kalten Nieselregen, über den sie lachen müssen. Sie verstecken in Stanniolpapier gewickelte Schokoladeneier und sind betrunken. Am Morgen wird ihnen elend sein vor Kopfschmerzen und Übelkeit, und die Kinder werden sie wecken mit ihrem Kreischen und Streiten bei der Suche nach den Eiern und mit schokoladeverschmierten Mündern und Übelkeit erregendem süßen Atem ans Bett ihrer Eltern kommen; aber es ist das Erscheinen des frühen Morgens, was ich jetzt, aus der Perspektive eines klaren Bewußtseins in der Küche stehend sehe, diese zwei Partybesucher, wie sie auf Zehenspitzen durch den matschigen Garten gehen, um den Forsythienstrauch herum, zur Schaukel hinüber und wieder zurück. Osterhasen.

Ein Mann beugt sich über das Bett eines Kindes; seine Stimme und die des Kindes murmeln gemeinsam Gebete. Sie haben Schwierigkeiten, ob es «Sünden» oder «Schuld» heißt, da sie verschiedene Sonntagsschulen besucht haben. Müde, leicht asthmatisch (der Geist der Hühnerfedern?), darauf bedacht, nach unten zurückzukehren, zu einem Buch und einem Drink, geht er ins nächste Zimmer. Das

Kind dort, ein größeres Mädchen, ruft, als er Anstalten macht, mit ihr den Kopf beugen, leise: «Daddy, nein, nicht!» Das runde weiße Gesicht, undeutlich in der Abenddämmerung, scheint zu glühen vor Anspannung, Verlegenheit, Flehen. Selber verlegen, zu leicht in Verlegenheit gebracht, gibt er ihr einen Kuß, tritt zurück, schließt die Tür ihres Zimmers, überläßt sie der Dunkelheit.

In dem größten Zimmer, dessen Wände jetzt kahl sind bis auf die geisterhaften Rechtecke, wo Bücherborde standen und Bilder hingen, unterhalten sich Leute, gestikulieren dramatisch. Die Frau, die Ehefrau, wirft etwas – es wäre um ein Haar ein Aschenbecher gewesen, aber selbst in ihrem Zorn, der ihr Gesicht rosenrot färbt, ergreift sie statt dessen umsichtig ein Buch. Sie bricht in Tränen aus, vielleicht über ihre puritanische Unfähigkeit, den Aschenbecher zu werfen, und läuft in ein anderes Zimmer, wobei sie nicht vergißt, über die kleine, hochstehende Türschwelle zu hopsen, über die fremde Besucher oft stolpern. Kinder schleichen leise die Treppe hinauf und herunter, blaß, schuldbewußt, sich Vorwürfe machend in den Gewölben ihrer unschuldigen Herzen wegen des Zwischenfalls. Sogar der Hund zieht beschämt den Schwanz ein. Der Mann sitzt zusammengesunken auf einem Sofa, das nicht mehr da ist. Die Knöchel dicht nebeneinander, der Kopf gebeugt, als ob Fesseln ihn beengten. Er dramatisiert seine Vorstellung von sich als Gefangenem. Es scheint Sommer zu sein, denn ein kleiner Kohlweißling läßt sich leichtgewichtig auf dem Fliegenfenster nieder, wo Stockrosen anstoßen und anklopfen. Die Frau kommt zurück, rosa im Gesicht, nicht mehr rot, und bringt auf eine förmliche, besonnene Art Argumente vor; der Mann steht und brüllt. Sie schlägt ihn; er stößt ihren Arm weg und boxt sie in die Seite, überrascht, wie angenehm, wie schwammig sich das anfühlt. Ein Sack voller Gedärme. Sie rennen zwischen den Möbeln herum, die ihnen, Staubwolken von sich gebend, in den Weg geraten. Die Kinder schieben sich eine Stufe höher auf der Treppe. Der Hund, geduckt, als würde er verprügelt, läuft an die Fliegentür und jault, damit man ihn hinausläßt. Der Mann umarmt die Frau und murmelt etwas. Sie ist rosa und warm von Tränen. Er stellt fest, daß auch er weint; was für ein gutes Gefühl! – wie wenn man sich übergibt, wie wenn man schwitzt. Was sagen sie, worüber sprechen diese gewalttätigen, erschreckten Menschen? Sie sprechen über Veränderungen, den Lauf der Dinge, das Vergehen der Zeit, den Tod.

Schwache Geister. Sie schwinden wie Atem auf Glas. Im Gegensatz dazu erinnere ich mich an die kraftvollen, mächtigen, überirdischen Ostereier meiner Kindheit, vollgestopft mit feuchter Kokosnuß, schwer wie Metallbarren oder geräumig wie Theater, bevölkert mit Papiersilhouetten – Miniaturwelten, die ihr eigenes Sonnenlicht erzeugten. Diese Eier, in ihrem Nest aus purpurroter Holzwolle, tauchten an jenem Sonntagmorgen vor mir auf, aus dem gleichen, unmöglich zu lötenden Brunnen des Mysteriums, wo die Sterne schwärmten und alte Fotos aus der Zeit vor meiner Geburt wurden aufgenommen und Gott hörte zu. Nachts lag ich betend wie eine Nadel auf der Oberfläche dieses Abgrunds, in einem Haus, das bis in die schattigen Ecken heimgesucht wurde von Disneyschen Bedrohungen mit krallenden Fingernägeln, in einer Stadt, die sich eines Bestattungsunternehmens an ihrer Hauptkreuzung rühmte und die mitsamt ihren Außenbezirken umringt war von Scheunen, die das Kreuzzeichen schmückte. Auf dem Teppich im Besuchszimmer war ein kontinentförmiger Fleck – dort hatte ich mich als Baby einmal übergeben. Mythen über Mythen: jetzt bin ich drei oder vier, eine hungrige Seele, und esse Erde aus einem der großen Blumentöpfe im Besuchszimmer, in denen fremdartige Farne wachsen – federartige, wolkige tropische Gebilde. Eine der abergläubischen Vorstellungen meiner Großmutter ist die, daß ein Kind ein Pfund Erde im Jahr essen muß, um groß und stark zu werden. Un dann, später, mit neun oder zehn, liege ich auf derselben Stelle auf dem Bauch und lese meinem blinden Großvater die Zeitung vor – zuerst die Todesanzeigen, dann die Nachrichten aus der ländlichen Umgebung und schließlich die Schlagzeilen auf der ersten Seite über die Japse und über Roosevelt. Die Zeitung hat einen starken Geruch, nicht feucht und dumpf wie die Comic-Hefte, sondern frischer, nicht so süß wie die Doughnut-Tüten, aber würzig, ein erregender Geruch, der die Zukunft in sich birgt, der Geruch von aufgehäuften und knusprigen und noch ein wenig warmen Dingen, der Geruch des *Neuen*. Jeden Tag, stelle ich fest, kommt dieser Geruch und schwindet wieder. Und dann bin ich dreizehn und sage dem Besuchszimmer Lebewohl. Wir ziehen um. Neben dem kontinentförmigen Fleck auf dem Teppich sind die runden Flecken von den Farntöpfen. Das nicht mehr durch Gardinen gefilterte Sonnenlicht auf diesen Flecken ist eine Offenbarung. Sie sind tief eingedrückt, wie die Fußspuren von Dinosauriern.

Spürten meine Kinder die Frivolität unseres österlichen Priestertums? Die Jüngste lag immer in ihrem Bett im kleinsten der oberen Zimmer und lutschte am Daumen und starrte an mir vorbei auf irgend etwas im Dunkeln. Für sie besaß unser Haus sicherlich die Dimension der Angst, die jede Oberfläche dem Gedächtnis einprägt, die jeden Kratzer auf der Farbe zum Schlüssel für irgendeinen schrecklichen Abgrund macht. Sie war das einzige Kind, das über den Tod sprach. Morgen war ihr Geburtstag. «Ich will nicht Geburtstag haben. Ich will nicht neun werden.»

«Aber du mußt doch groß werden. Alle Menschen werden groß. Die Bäume werden groß.»

«Ich will aber nicht groß werden.»

«Möchtest du nicht ein großes Mädchen werden wie Judith?»

«Nein.»

«Dann kannst du dir die Lippen anmalen und einen BH tragen und mit deinem Fahrrad sogar auf der Central Street fahren.»

«Ich will nicht auf der Central Street fahren.»

«Warum nicht?»

«Weil ich dann eine ganz alte Frau werde und sterbe.»

Und Tränen steigen ihr in die Augen, und der Mann bei ihr ist stumm, wie alle Männer, die jemals bei ihr sind, an diesem Punkt verstummen werden, in diesem kleinen Zimmer, wo nichts von uns bleibt außer abgestoßenen Stellen und einem halb abgekratzten Snoopy-Aufkleber am Fensterrahmen. Wenn wir noch hier wohnten, wäre es jetzt Zeit, die Fliegenfenster einzuhängen.

Krokusse sind am alten Haus aufgegangen; am neuen blühen Narzissen. Die Kinder, die vor uns hier lebten, haben uns Superbälle unter den Heizkörpern hinterlassen. In den Tagen der Besichtigung und des Kaufs sahen wir diese Kinder flüchtig, wie sie sich in ihrem Haus versteckten, hinter Büschen und Treppengeländern, und uns anstarrten – die Usurpatoren ihrer Zukunft. In den Tagen, nachdem sie ausgezogen waren, aber bevor unsere Möbel gebracht wurden, spielten wir lustige Spiele in den leeren Räumen – großartige, komische Prellball- und Sprungballspiele. Die Bälle gingen bald wieder verloren. Die Zimmer waren bald überfüllt.

Zärtlich, versonnen zeigt mir der Klempner ein abgesägtes Stück von dem Rohr, das vom Brunnen zu unserem Druckbehälter führt. Der innere Durchmesser des Rohrs ist durch Ablagerungen von Mineralien auf die Dicke seines Fingers geschrumpft – ein Ring von papierdünnen Steinschichten. Es erinnert an ein von der Seite her gesehenes Buch, aber eines von jenen Büchern, die nicht zum Aufschlagen bestimmt waren, sondern die Priester wohlweislich verschlossen hielten. «Sehen Sie», sagte er, «das hat sich in vierzig, fünfzig Jahren gebildet. Ich weiß noch, wie mein Dad und ich die Pumpe eingebaut haben, aber dieses Rohr war damals schon da. Dagegen können Sie nichts machen – gegen die Minerale im Wasser. Dagegen können Sie nichts machen, außer daß Sie es ausgraben und durch ein neues Rohr von eineinviertel oder eineinhalb Zoll ersetzen.»

Ich stelle mir vor, wie mein Rasen aufgerissen wird, wie der große goldene Schaufelbagger meine Narzissen zertrampelt, wie meine Dollars davonfließen. Vergeblich protestiere ich.

Der Klempner seufzt, wie Poeten es mit einem Blick aufs Publikum tun. «Sehen Sie, wenn Sie es lassen, so wie das Stück hier, brennt nur Ihre neue Pumpe durch. Sie muß zu schwer arbeiten, um das Wasser heranzuziehen.

Lassen Sie es jetzt ersetzen, Sie werden nie wieder Ärger haben. Es wird Ihre Zeit hier überdauern.»

Mein Zeit, seine Zeit. Seine Augen öffnen sich weit angesichts der stummen Gegenwart von Korrosion und Fließen. Wir schieben uns durch den Kellerschacht hinaus; ein blendendes Stück Himmel gleitet über uns in unser Blickfeld, ausgestattet mit vergänglichen, zeitlosen Wolken. Rings um uns herum werden wir überdauert.

Die Ablenkungsmanöver-Theorie

Die Party war vorüber. Ihre Freunde waren gekommen, hatten Grüppchen gebildet, sich neu gruppiert, waren im Laufe des Abends müde geworden und hatten sich dann, papierene, nachmitternächtliche Gestalten, zur Tür hinausgezaubert. Die Maples waren wieder sich selbst überlassen – und einer Fülle von Zigarettenkippen und ausgetrunkenen Gläsern. Das Geschirr stapelte sich schmutzig in der Küche, die Kinder schliefen unschuldig im oberen Stockwerk. Von der überdrehten Nachenergie nach getaner Pflicht erfüllt, wollte das Paar noch nicht zu Bett gehen, sondern saß statt dessen im Wohnzimmer, das plötzlich leer und riesig geworden war.

«Was für unordentliche Leute», sagte Joan, die aufrecht in einem Regiestuhl aus Naturholz und grünem Leinen saß. «Chips in einen Zottelteppich zu treten. Sie sind so *nachlässig.*» Richard merkte, daß sie in ihrer richterlichen Stimmung war; ihre Äußerungen, wenn sie in dieser Stimmung war, faszinierten ihn.

«Benehmen *wir* uns nicht auch so, wenn wir ausgehen?» fragte er, hingerekelt auf das ehemals weiße Sofa, dessen Kissen von mehreren Körpern nacheinander zerknautscht worden waren. Durch die Sitzgelegenheiten, die sie gewählt hatten, saß Joan etwas höher und bot seinem Blick die bewunderswerte klare Linie ihres Kinns dar.

«Überhaupt nicht», sagte sie mit Bestimmtheit. «Wir heben auf, was wir verstreuen. Und wir gehen auch immer zusammen weg.»

«Das war eigenartig», gab Richard zu. «Was glaubst du: war Jim krank oder wütend?»

«Vielleicht war er so wütend, daß es ihn krank machte.»

«War er wütend auf *mich*?»

«Hm», sagte Joan, «du hast tatsächlich noch mit ihr getanzt, als er bereits seinen Mantel angezogen hatte.»

«Ein Mann aus der Vorstadt», lautete die gleichgültige Antwort ihres Ehemanns, der in seiner Jugend eine Anzahl von Mr. & Mrs. North-Filmen gesehen hatte, «muß das Recht haben, mit seiner Geliebten zu tanzen.»

Joans Antwort war beneidenswert fest: «Marlene ist nicht deine Geliebte. Sie ist dein Ablenkungsmanöver.»

«Mein Ablenkungsmanöver?» Die unerwartete Formulierung färbte Marlenes Haut exotisch; wieder war sie in seinen Armen, aber glatter, eine Meerjungfrau, eine schuppige, duftende Wassernixe. Sie war bis zu den Kiemen mit Parfum besprüht gewesen.

«Klar», sagte Joan. «Der richtig ausgestattete Mann aus der Vorstadt, wie du ihn nennst, hat eine Ehefrau, eine Geliebte und ein Ablenkungsmanöver. Das Ablenkungsmanöver mag seine Geliebte gewesen sein, oder sie mag es noch werden, aber im Moment schläft er nicht mit ihr. Das weiß man, weil sie sich in der Öffentlichkeit so verhalten, als ob sie es täten.»

Richard lehnte sich in ein anderes flach gedrücktes Kissen und protestierte: «Das ist zu machiavellistisch, um der Realität zu entsprechen. Das ist dekadent, Süße. Vielleicht war es ein Fehler, dich nach hier draußen zu verschleppen, wir hätten in der West 13th Street wohnen bleiben sollen. Weißt du noch, wie die Polizisten immer im Schnee vorbeigaloppierten?»

«Das war nur einmal. Vor fünfzehn Jahren. Die Schulen waren unerreichbar. Man konnte nirgendwo sein Auto parken.»

«Jesus», stimmte er zu, «weißt du noch, wie ich es einmal auf einem Bauplatz abgestellt habe und wie ein Dachdecker, der auf dem Haus daneben arbeitete, Teer über die ganze Windschutzscheibe geschüttet hat? Es macht mich noch immer wütend.» Aber die Erinnerung daran machte ihn glücklich.

«Da sind wir nun», stimmte Joan zu, «und sitzen fest.» Sie meinte die Vorstadt. «Möchtest du einen kleinen Schlummertrunk?»

«Mein Gott, nein. Wie kannst du bloß noch mehr Alkohol vertragen? Glaubst du, ich sollte Jim anrufen und mich entschuldigen?»

«Sei nicht albern. Du könntest bei etwas stören.»

«Könnte ich?» Seine parfümierte Meerjungfrau, entschuppt und in den Armen eines anderen? Der Gedanke machte ihn frösteln.

«Es ist denkbar. Marlene schien es nicht im mindesten aufzuregen, als er fortging, sie machte weiter und blieb der Mittelpunkt der Party.»

Richard legte sich wieder in das erste Kissen zurück und wechselte das Thema. «Die arme Ruth», sagte er. «Sie schien sich nicht sehr zu amüsieren.»

Joan erhob sich, königlich in ihrem hochtaillierten, bodenlangen kobaltblauen Partykleid, und griff nach der Cognacflasche, die auf dem Klavier stand; der lange Flaschenhals wurde ein Zepter in ihrer Hand. Sie nahm einen benutzten Cognacschwenker, schüttete den Rest in den Kamin, lauschte dem Zischen und goß sich einen gelbbraunen, glucksenden Schluck ein. «Die arme Ruth», wiederholte sie nachdenklich, während sie sich wieder in den Regiestuhl setzte.

«Klar», führte Richard näher aus, «warum sollte sie sich amüsieren, mit diesem Trottel als Ehemann?»

«Jerry ist gar kein solcher Trottel», sagte Joan. «Er ist ein reizender Tänzer, zum einen. Ein guter Sportler. Es gibt eine Menge, was du von ihm lernen könntest.»

«Zweifellos.» Er hielt es für besser, auf das alte Thema zurückzukommen. «Wenn Marlene nur mein Ablenkungsmanöver ist», fragte er, «warum hat sie dann so lange mit mir getanzt?»

«Vielleicht bist du das ihre. Wir können auch Ablenkungsmanöver haben, verstehst du? Frauenbewegung.»

«Mit wem trifft sich Marlene dann in Wirklichkeit?»

«Mit Jerry?»

«Ausgeschlossen.»

«Wieso bist du so sicher?»

«Weil er ein solcher Trottel ist. Er kann doch nur über Aktien reden, den Football werfen und tanzen.» Jedesmal in jenem Herbst, wenn er beim *touch football* einen von Jerrys Hand geworfenen Paß aufnahm, hatte Richard sich von Schuld verfolgt gefühlt.

Joans Lächeln drückte ein Siegel auf einen Schluck Cognac. «Ein Trottel», sagte sie, «kann ein Fisch sein.»

«Gibt es auch Fische in deinem Spiel?»

Der Cognac bewirkte Redseligkeit. «Wozu sind denn diese langweiligen, unordentlichen Parties da, außer um sich jemand zu angeln? Wenn du einen Fisch gefangen hast, gehst du hin, um ihn wiederzusehen. Oder sie. Und wenn du noch nichts geangelt hast, gehst du hin, in der Hoffnung, daß es dir diesmal gelingt. Und wenn du *nicht* angeln willst, wie die Donnelsons, gehst du aus Faszination hin, um zu sehen, wer was angelt. Und wir brauchen sie auch. Wie ein Fisch Wasser braucht, um darin zu schwimmen.»

«Wir? Wessen Fisch bist du? Du bringst es fertig, daß dieser Cognac verdammt gut aussieht.»

Joan erhob sich und brachte ihm die Flasche, da sie, wie Richard annahm, sich bei der Gelegenheit selbst noch einen kleinen Schluck eingießen konnte und weil sie wußte, daß sie stehend besser aussah in ihrem königlichen Gewand, als wenn sie saß. Im Sitzen wirkte sie schwanger. «Zunächst», antwortete sie, nachdem sie ihm eingegossen und sich wieder hingesetzt hatte, wobei das Vorderteil ihres Kleids sich in nostalgischer Nachahmung einer Schwangerschaft vorwölbte, «laß uns herausfinden, wessen Ablenkungsmanöver ich bin?»

«Du warst Macks», sagte Richard auf gut Glück, «aber das scheint nachgelassen zu haben. Heute abend war er dauernd um Elenor herum; glaubst du, sie werden wieder heiraten?»

«Und all die Anwaltsgebühren vergeuden?»

«Jerrys», versuchte er. «Du hast zweimal mit ihm getanzt, endlos.» Gereizt, da ihm die Wahrheit zu dämmern schien, setzte Richard sich auf und sagte anklagend: «Du bist das Ablenkungsmanöver von diesem Trottel!»

«Bin ich nicht», erwiderte Joan mit ruhiger Stimme. «Jerry und ich haben uns lange unterhalten, aber über dich und Ruth.»

«Oh. Und zu welchem Schluß seid ihr gekommen?»

«Daß ihr beide nicht wirklich etwas miteinander habt.»

«Wie schön.» In seine Erleichterung mischte sich Ärger über ihre selbstgefällige Unterschätzung.

«Wenn da etwas im Gange wäre», fuhr Joan fort, «hättet ihr auf der Party, schon um den Schein zu wahren, wenigstens *einmal* miteinander gesprochen. So wie es aussieht, machst du ihr nur schöne Augen. Die Frage ist, willst du auf etwas Bestimmtes hinaus? Ich glaube schon; er glaubt es nicht. Er ist sich ihrer sehr sicher.»

«Er möchte es gern sein. Was für ein Trottel.»

Sein Ton, allzu vehement, schien sie in ihrem königlichen blauen Kleid zu kränken. «Laß uns über *mich* reden», sagte Joan. «Ich bin es leid, immer über dich zu reden.»

«Was ist mir dir? Angelst du nach einem Fisch?»

«Benehme ich mich so?»

Er dachte nach. «Ich glaube», sagte er, «du flirtest gern, bist aber keine Anglerin.»

«Du glaubst, ich hätte nicht den Mut?»

«Du hast den Mut, aber nicht das . . . ja, das was? Das Durchstehvermögen. Jedesmal, wenn du das Gefühl hast, es kommt etwas auf dich zu, betäubst du dich mit einem weiteren Schluck Cognac. Wie jetzt. Das hier könnte eine nette sexy Unterhaltung sein, aber bis wir oben sind, wirst du blau sein. He, mir fällt gerade ein, warum Jim gegangen ist. Nicht weil ich mit Marlene getanzt habe – kein Mensch schert sich darum, mit wem seine Ehefrau tanzt. Sondern weil *du* so lange mit Jerry getanzt hast. Jim ist dein Fisch, und du hast ihn mit deinem Ablenkungsmanöver gereizt.»

«Paß auf, daß meine Theorie nicht mit dir durchgeht.»

«Es klingt einleuchtend. Du warst früher Macks Fisch, und jetzt bist du sein Ablenkungsmanöver, während er sich an Eleanor heranmacht, oder ist Eleanor *sein* Ablenkungsmanöver und . . . hast du bemerkt, wie lange er sich mit Linda Donnelson unterhalten hat?»

Joans Gesicht erstarrte einen winzigen Moment lang – so wie ein Windstoß plötzlich kabbeliges Wasser glättet. «Linda? Sei nicht albern. Sie haben über sozialen Wohnungsbau diskutiert.»

Warum war sie so abwehrend? War sie zu Mack zurückgekehrt? Richard bezweifelte es; ihr Verhältnis war bald nach Macks Scheidung abgekühlt. Es war die Erwähnung der Donnelsons. «Was das betrifft», sagte er, «scheinst du Sam nicht mehr so langweilig zu finden wie früher.»

«Er *ist* langweilig. Ich habe mit ihm geredet, weil ich die Gastgeberin war und niemand sonst es tat.»

«Er hat wirklich einen prächtigen Körper», gab Richard zu, als ob sie das behauptet hätte. «Wenn du einmal weiter als bis zu seinem Holzkopf vorgedrungen bist.»

«Ist er so hölzern?»

«Wie soll ich das wissen? Du bist diejenige, die daran klopft.»

«Ich klopfe an gar nichts. Ich sitze hier, sehe dich an und denke: Ich mag dich nicht sehr gern.»

«Damals, als Sam uns mitnahm zum Segeln», fuhr Richard fort, «war ich erschlagen, was für einen gewaltig muskulösen Rücken er hat, wenn er das Hemd auszieht. Warum hat er uns aufgefordert, zum Segeln mitzukommen? Er weiß, daß ich wasserscheu bin. Während du dich als regelrechte kleine Wasserratte entpupptest und hin und her flitztest wie das flatternde Vorsegel. Wie ist es in einem Boot? So ähnlich wie in einem Wasserbett? Guter Gott, Süße, du hast Nerven, bringst das Gespräch auf die Donnelsons und erzählst mir, was für unschuldiges *aqua pura* sie angeblich sind. Sam ist also dein Fisch. Ob gefangen oder nicht. Ich habe immer noch nicht herausgekriegt, wer dein Ablenkungsmanöver ist, du hast so viele.»

Ihr Schweigen machte ihm angst; er wurde wieder ein kleiner Junge, der seine Mutter anflehte, mit ihm zu reden, ihn vor dem Ertrinken in den bluttiefen Strömungen ihrer Stimmungen, ihrer Geheimnisse zu erretten. «Sag mir mehr darüber», flehte er Joan an, «warum du mich nicht magst. Es ist Musik in meinen Ohren.»

«Du bist grausam», verkündete sie. Das Cognacglas ruhte wie ein symbolischer Reichsapfel in ihrer Hand, «und du bist unersättlich.»

«Und jetzt sag mir, warum du mich magst. Sag mir, warum wir uns nicht scheiden lassen wollen.»

«Ich verabscheue deine egozentrische Art», sagte sie, «und unser Sex ist eine miese Sache, aber ich bin mit dir nie einsam gewesen. Ich habe mich nie auch nur einen Augenblick lang allein gefühlt, wenn du im Zimmer warst.» Tränen ließen sie blinzeln und verstummen.

Auch er blinzelte, aber vor Müdigkeit. «Na, das ist eine ziemlich schwache Bestätigung. Das wird nicht viel zum Verkauf des Produkts in Peoria beitragen.»

«Ist es das, was wir wollen? Das Produkt in Peoria verkaufen?»

«Hier verkauft es sich jedenfalls verdammt schlecht. Außer an Ablenkungsmanöver und armselige Fische.»

Sein Angriff verwirrte sie, scheuchte sie von ihrem Thron auf. «Du solltest nicht gleich wütend werden», sagte sie, indem sie aufstand, «wenn ich einmal zu reden versuche. Es geschieht nicht sehr oft.» Sie begann die Gläser einzusammeln und in die Küche zu tragen.

«Ich danke Gott dafür. Du bist entsetzlich!»

«Was kränkt dich denn so? Daß ich ein bißchen lebendig bin?»

«Lebendig für andere Leute, aber nicht für mich.»

«Du redest genau wie Ruth, wenn du so etwas sagst. Du hast sogar ihr Selbstmitleid übernommen. Komm schon. Hilf mir, dieses Durcheinander zu beseitigen.»

«Ein Durcheinander ist es», gab er zu. Aber all das abzuräumen, all die Gläser auf den Gestellen im Geschirrspülautomaten zu arrangieren und sie danach behutsam zurückzutragen, fleckenlos, zu ihren angestammten Plätzen im Küchenschrank, kam ihm vor wie eine andere Schicht der Unordnung, wie eine Verschleierung. Richard blieb auf dem Sofa sitzen und versuchte, den Dschungel zu durchdringen und das Licht zu erblicken. Joan war Ruth auf der Spur; dieser Freiraum war dahin. Es blieb nur *ein* möglicher Bereich, nur *ein* Weg, das System zu besiegen, und es war so einfach, daß er lächeln mußte: Schlaf mit deinem Ablenkungsmanöver.

Vergeistigung

Da Sex der einzige wunde Punkt in ihrer Ehe war, kamen die Maples überein, ihn aufzugeben – den Sex, nicht die Ehe, die achtzehn Jahre alt war und sich bis zu einem Horizont zurückerstreckte, wo selbst ihrer beider Geburtsschmerzen schmerzvoll zu verschmelzen schienen. Eine Woche verging. Am Sonnabend brachte Richard in einer kleinen Papiertüte einen großen, runden Kohlkopf mit nach Hause. Joan fragte: «Was ist *das*?»

«Wieso? Ein Kohlkopf.»

«Was soll ich denn damit *machen*?» Ihre Reizbarkeit bereitete ihm Genugtuung.

«Du brauchst gar nichts damit zu machen. Ich sah Mack Dennis ins A & P gehen und ging auch hinein, um mit ihm über die neue Umweltkommission zu sprechen, ob sie sich nicht in die Angelegenheiten des Naturschutz-Komitees einmischen, und dann mußte ich etwas kaufen, um an der Kasse durchgelassen zu werden, also habe ich diesen Kohlkopf gekauft. Es war so ein Impuls. Du weißt ja, was ein Impuls ist.» Gib's ihr. «Als ich klein war», fuhr er fort, «lag bei uns immer irgendwo ein Kohlkopf herum; man konnte sich ein Stück abschneiden und daran herumkauen, statt Süßigkeiten zu essen. Die Herzen waren das beste. Sie brannten einem richtig auf der Zunge.»

«Okay, *okay*.» Joan kehrte ihm den Rücken zu und spülte weiter Geschirr. «Ich weiß nur nicht, wo du ihn hinlegen willst; seit Judith Vegetarierin geworden ist, ist der Kühlschrank sowieso schon so voll von Gemüse, daß ich schreien könnte.»

Daß sie ihm den Rücken zukehrte, stachelte ihn an – wie es das gewöhnlich tut. Er trat näher an sie heran und hielt den Kohlkopf zwischen ihr Gesicht und den Spülstein. «*Sieh* ihn dir *an,* Darling. Ist er nicht schön? So vollkommen.» Er meinte es nur halb im Scherz; im A & P war er entzückt gewesen von der Pracht der zu einer Pyramide aufgetürmten Kohlköpfe, von der stummen und schimmernden Schönheit, die dreißig Jahre darauf gewartet hatte, daß er sie wiederentdeckte. Seit seiner Kindheit hatten seine Sinne sich nicht mehr so unschuldig weit geöffnet: die reine Kugelform, der schüchterne Kellergeruch, das handfeste Gewicht. Er wählte nicht den größten Kohlkopf, sondern den rundesten, den, der dem Ideal am nächsten kam, und trug ihn nackt und bloß in der Hand zur Kasse, wo das Mädchen ihn mit einem kurzen Aufflackern von Überraschung in einen Papierbeutel hüllte und 33 Cents forderte. Während er die eine Meile nach Hause fuhr, erschien ihm die unerforschliche Kugel neben ihm auf dem Beifahrersitz wie ein Loch, das er zurück in die Wirklichkeit gebohrt hatte. Und als er sich jetzt eine Scheibe von der einen blassen Wange abschnitt, staunte er über die Jahre hinweg über das Wunder der Wunde, über die zarte Festigkeit der Blätter, deren jedes, fest wie eine Gitarrensaite, auf seine Krümmung gestimmt war. Der Geschmack war milder als seine Kindheitserinnerung daran, aber die Textur war köstlich in seinem Mund.

Bean, ihre Jüngste, zehn, kam in die Küche. «Was ißt Daddy da?» fragte sie und suchte in der leeren Tüte nach Keksen. Sie wußte, daß ihr Vater zwischen den Mahlzeiten oft heimlich etwas aß.

«Daddy hat sich einen Kohlkopf gekauft», sagte Joan zu ihr.

Das Kind sah seinen Vater mit Augen an, in denen schon eine Bereitschaft zur Belustigung vorhanden gewesen war; es gab eine ernst zu nehmende Wärme, die von Mommy und von Tieren, besonders von Pferden ausging, und alles andere hatte die Kühle einer Komödie. «Das war albern», sagte sie.

«Überhaupt nicht», sagte Richard. «Beiß mal ab.» Er hielt ihr den Kohlkopf hin, als wäre es ein Apfel. In ihrem runden Kopf stellte er sich Blätter und noch mehr Blätter weiblicher Psychologie vor, so dicht gepackt, daß die Falten ineinandergriffen.

Bean verzog das Gesicht, als ob sie ausspucken wollte, und lachte barsch. «Das ist ja eklig», sagte sie. Kühner, mit glänzenderen Augen, flirtend: «*Du bist* eklig.» Um es auszuprobieren.

Verletzt sagte Richard zu ihr: «Ich mag dich auch nicht. Ich mag nur meinen Kohlkopf.» Und er küßte das kühle blasse feste Gemüse einmal, zweimal auf die Wange; Bean gluckste staunend.

Den Rücken immer noch abgewandt, sprach Joan vom Spülbecken aus weiter. «Ich wünschte, du hättest an Calgon gedacht, wenn du schon etwas kaufen *mußtest*. Ich spüle das Geschirr schon seit Tagen mit der Hand.»

«Denk doch selber dran», sagte er. «Wo ist die Frischhaltefolie für meinen Kohlkopf?» Aber im Laufe der Woche verwelkte der Kohlkopf; die frische, glatte Wunde von jeder abgeschnittenen Scheibe war am nächsten Tag braun und locker. Loyal bis zur Sturheit, schnitt und kaute Richard sich langsam bis zum Herzen vor, das ihm so scharf auf der Zunge brannte, daß seine Geschmacksknospen auch in ihrer erwachsenen Abgestumpftheit nicht enttäuscht waren; er erinnerte sich, wie es damals gewesen war, an dem mit einem Wachstuch bedeckten Tisch, an dem seine Großmutter Weißkohl für Sauerkraut in Streifen «schnitzelte» und ihm die übriggebliebenen Herzen zum Essen gab. Er kaufte sich keinen neuen Kohlkopf, nachdem der erste aufgegessen war – wie er auch nie zu einer Geliebten zurückkehrte, wenn Joan erst einmal von ihrer Existenz erfahren und sie lächerlich gemacht hatte. Denn es war so, daß ihrer beider Augen geheiratet hatten und zu drei Augen geworden waren, und in dem mittleren, dem, das sie beide gemeinsam hatten, würde ihre nüchterne Von-Frau-zu-Frau-Klarheit immer seine erotischen Nebelgespinste vertreiben.

Andererseits erfuhr er nie von der Existenz ihrer Liebhaber, solange sie ihre Liebhaber waren. Monate oder sogar Jahre später präsentierte sie ihm dann eine Affäre, vollständig sauber verpackt wie ein Kohlkopf – der Mann wieder verheiratet und nach Seattle gezogen, ihre eigenen Wunden heimlich geleckt und längst geheilt. So wußte er, als er eines Abends nach Hause kam und ein rosiges Nachglühen in ihrem Gesicht aufspürte, daß er nur eine neue Unschuldsfalte entdecken würde. Trotzdem fragte er: «Was hast *du* denn heute gemacht?»

«Immer die gleiche Plackerei. Nach der Schule habe ich

Judith zur Tanzstunde gefahren, Bean zur Reitschule, Dickie zum Fahr-Übungsplatz.»

«Und wo war John?»

«Er ist bei mir zu Hause geblieben und sagte, es sei langweilig. Ich habe ihm vorgeschlagen, etwas zu bauen, und nun baut er im Keller eine Guillotine; er sagt, die sechste Klasse nimmt in diesem Schuljahr die Revolution durch.»

«Was benutzt er als Fallbeil?»

«Er hat eine alte Schneeschaufel flachgeklopft und sagt, er kann sie scharf genug machen.»

Richard hörte den Jungen unten hämmern und pfeifen. «Jesus, hoffentlich hackt er sich nicht einen Finger ab.» Seine Gedanken flitzten von dem Finger zu ihm selbst, zu den ebenmäßigen weißen Zähnen seiner Frau, zu der Tatsache, daß zwei Wochen vergangen waren, seit sie den Sex aufgegeben hatten.

Beiläufig enthüllte sie ihm ihr Geheimnis. «*Etwas* Komisches ist doch passiert.»

«Du hast wieder mit Yoga angefangen.»

«Sei nicht albern; ich habe ihm nie etwas bedeutet. Nein. In der Stadt hat eine automatische Autowaschanlage aufgemacht, hinter dem Pizza-Lokal. Du steckst drei Fünfundzwanzig-Cent-Stücke rein und bleibst im Auto sitzen, und es geschieht einfach. Es ist lustig.»

«Was geschieht?»

«Ah, du weißt schon. Seife, große Bürsten, die um einen herumwirbeln. Es funktioniert wirklich gut. Hinterher ist da ein kleiner Schlauch, in den du ein Zehn-Cent-Stück steckst, dann kannst du innen staubsaugen.»

«Ich finde das ziemlich finster. Die Leute, die immer ihre Autos waschen, sind die gleichen, die unsere Jungs nach Vietnam schicken. Außerdem ist es nicht gut fürs Auto. Der Schmutz schützt die Farbe.»

«Das Auto hatte es nötig. Wir leben jetzt im Morast.»

Im letzten Jahr waren sie in ein altes Farmhaus gezogen, das von verwilderter Vegetation umgeben war. Im Frühjahr waren sie dem Durcheinander der Natur um sie herum auf unheilverkündend unterschiedliche Art und Weise zu Leibe gerückt. Joan harkte die abgestorbenen Zweige unter den Büschen weg und beschnitt ängstlich die Sträucher, als schnitte sie ihren Söhnen die Haare. Richard verachtete solche Verhätschelungen und packte das Problem bei der Wurzel oder nahe bei der Wurzel. Er zerrte Kletterpflanzen vom Scheunendach, wobei Ziegel zerbrachen und herunterflogen; er schnitt die Berberitzen bis auf kleine gelbe Stoppeln herunter; er begann, ein paar vorlaute Eiben an der Haustür zu stutzen und konnte nicht aufhören, bis jeder Zweig ein Stumpf geworden war. Die Eiben, eine seltene japanische Art, hatten rötliches weiches Holz, das aufreizend an Fleisch erinnerte. Noch Tage danach bluteten die Stümpfe Bernstein.

Die ganze Familie war entsetzt, besonders die beiden Jungen, die sich in dem Hohlraum unter den Eiben eine Festung gebaut hatten. Richard verteidigte sich: «Für mich hieß es: sie oder ich. Ich konnte ja nicht mehr in mein eigenes Haus gelangen.»

«Sie werden nie nachwachsen, Dad», sagte Dickie zu ihm. «Du hast überhaupt kein Grün stehenlassen. Es kann keine Fotosynthese mehr stattfinden.» Die Augen des Jungen waren grün; er strich sich immer wieder das Haar aus den Augen, mit der nervösen, damenhaften Geste seiner Generation.

«Gut», konstatierte Richard. Er hob die Gartenschere

hoch, die zwecks größerer Stärke ein Winkelscharnier hatte, und fragte: «Wie wär's mit einem Haarschnitt?»

Dickies Augen rundeten sich vor Entsetzen, und er wich zurück, näher zu seinem Bruder hin, der, obwohl jünger, noch längere Haare hatte. Sie sahen aus wie zwei stämmige Mädchen, die die Haustür versperrten. «Oder warum geht ihr beide nicht in den Keller und steckt eure Köpfe in die Guillotine?» schlug Richard vor. Mit wenigen, kraftvollen Bewegungen verstümmelte er einen blühenden Trompetenjasmin. Er hatte eine Vision von rechten Winkeln, sauberen Schindeln, unumwölkten Fenstern, ebenen und transparenten Räumen, die von allem Organischen – dem schamlosen, lästigen, unaufhörlich schwellenden Organischen – endgültig gesäubert waren.

«Daddy ist wegen etwas anderem aufgebracht, nicht wegen eurer Haare», sagte Joan beim Abendessen zu Dickie und John. Als der Pakt andauerte, scharte sich die Familie enger um Joan; sogar die Katzen, bemerkte Richard, zögerten, aus seiner Hand zu fressen.

«Weswegen denn?» fragte Judith, von ihrem Omelett aufblickend. Sie war sechzehn und Richards einzige Verbündete.

Joan antwortete: «Erwachsenen-Angelegenheiten.» Ihre ältere Tochter musterte sie einen Augenblick lang aufmerksam, und Richard hielt den Atem an, er dachte, sie könnte es *sehen*. Von Frau zu Frau. Die Wahrheit. Den durchscheinenden Anblick gesäuberten Raums, der wie ein kristallklarer Tunnel in Joan war.

Aber das Mädchen war zu jung, und da sie einen Gegner spürte, attackierte sie ihr verläßliches altes Ziel, Dickie. *«Du»*, sagte sie. «Ich sehe nie, daß *du* einen Versuch machst, Daddy zu helfen. Alles, was du tust, ist, daß du dich von Mommy zu Golfplätzen und Ski-Bergen fahren läßt.»

«Ach? Und was ist mir *dir*?» entgegnete er schwach, geschlagen, noch ehe er angefangen hatte. «Für dich muß Mommy ständig zwei Mahlzeiten kochen, weil du zu *rein* bist, um deine Lippen mit *tier*ischer Kost zu beschmutzen.»

«Ich versuche wenigstens zu helfen, wenn ich hier bin; ich sitze nicht bloß herum und lese Bücher über den blöden Billy Caster.»

«Casper», sagten Richard und Dickie wie aus einem Mund.

Judith erhob sich zu ihrer vollen, fülligen Höhe; ihre weit ausgestellten, die Hüften fest umspannenden Levis rutschten ein paar Zentimeter tiefer und gaben einen Streifen frei, der aus seidener Unterhose und perlweißem Bauch bestand. «Ich finde es ekelhaft, daß manche Leute, wie wir, zu viele Sträucher haben, und die Leute in den Gettos nicht mal Unkraut haben, das sie ankucken können, und auf die Dächer ihrer Häuser steigen müssen, um atmen zu können. Es ist *wahr,* Dickie, mach nicht so ein Gesicht!»

Dickie schielte peinlich berührt; er fand den Körper seiner Schwester peinlich. «Die junge Soziologin», sagte er, «stellt ihre Reize zur Schau.»

«Du weißt doch gar nicht, was ein Soziologe ist», sagte sie und warf den Kopf in den Nacken. Wellen fleischlicher Entrüstung durchliefen sie bis zu den Zehen hinunter. «Du bist ein sehr ver*wöhnter* und *selbst*süchtiger und be*schränkter* Mensch.»

«Puh, puh, die reife Frau», war alles, was ihm einfiel, dem armen kleinen Jungen, der überwältigt war von diesem blinden Blühen.

Judith war zu einer optischen Täuschung geworden, in der sie alle etwas anderes sahen: Dickie sah eine Bedrohung, Joan sah sich selbst vor 25 Jahren, Bean sah eine weitere große Wärmequelle, die, im Gegensatz zu Pferden, ihr abends, wenn sie im Bett lag, eine Geschichte vorlesen konnte. John, der Gute, sah nichts oder, nur vage, einen alten Kumpel, der sich langsam zurückzog. Richard konnte nicht hinsehen. Abends, wenn Joan die anderen zu Bett brachte, wälzte sich Judith auf dem Sofa herum, während er in dem Sessel gegenüber zu lesen versuchte. «Kuck mal, Daddy. Sieh dir mal meine Streckungsübungen an.» Er las *My Million-Dollar Shots,* von Billy Casper. Man mußte den Körper zusammenrollen und beim Rückschwung die Rückenmuskulatur und das linke Bein anspannen. Illustrationen mit Pfeilen. Der Körper auf dem Sofa drehte sich zu geschmeidigen Knoten zusammen; Judith hatte wahre Gummigelenke, und ihre Meisterschaft im Yoga war vielleicht der Grund, warum Joan damit aufgehört hatte – ihre Tochter hatte sie in den Schatten gestellt. Richard blickte auf und sah seine Tochter gewölbt wie eine Krampe; ihre Hände hielten die Knöchel umfaßt. Die schimmernde Rundung ihres biegsamen Bauchs wurde von einem Nabel gekrönt. Beim Rückschwung sollten Unterarm und der linke Handrücken eine gerade Linie bilden. Richard versuchte es; er kam sich ungeschickt vor. Seine Handgelenke hatten nie viel getaugt. Judith beobachtete, wie er nachdenklich sein Handgelenk betrachtete, und kicherte; sie kicherte immer weiter, beharrlich, flirtend, um es auszuprobieren. «Daddy, der Narziß.» Am Rand seines Blickfelds schien sie sich selbst zu kitzeln und ihr Haar in Kreisbewegungen herumzuwirbeln.

«Judith!» So scharf hatte er nicht mehr zu ihr gesprochen, seit sie mit drei Jahren Zucker über den ganzen Küchenboden verstreut hatte. Entschuldigend fügte er hinzu: «Du machst mich wahnsinnig.»

In der vierten Woche fuhr er geschäftlich nach New York. Als er zurückkam, erzählte ihm Joan bei ihrem gemeinsamen Drink in der Küche: «Heute nachmittag waren alle so schlecht gelaunt, du weg, das Wetter gräßlich – da habe ich sie einfach alle ins Auto gestopft, alle außer Judith; sie bleibt heute nacht bei Margaret Leonard . . .»

«Das hast du ihr er*laubt*? Bei der kleinen Hure und ihrer Drogen-Clique? Sind auch Jungen dabei?»

«Ich habe nicht gefragt. Ich hoffe es.»

«Leben aus zweiter Hand, ja?»

Er überlegte, ob er ihr ins Gesicht schlagen und gleichzeitig das Glas in ihrer Hand ergreifen konnte, damit es nicht zerbrach. Es gehörte zu einem Satz türkisfarbener mexikanischer Gläser, die sie auf der Hochzeitsreise gekauft hatten und von denen nur noch drei da waren. Mit ihrem gemeinsamen Auge sah sie seine Überlegungen, und ihr Gesicht versteinerte. Sich die Faust an diesem Gesicht kaputtschlagen. «Läßt du mich jetzt meine Geschichte zu Ende erzählen?»

«Sicher. *Dîtes-moi,* Scheherazade.»

«Hecuba war völlig aus dem Häuschen, sie bellte ununterbrochen und jagte die Bürsten immer wieder um das Auto herum, um uns zu verteidigen. Erst beim drittenmal merkte sie, daß sie, wenn sie in der einen Richtung verschwanden, aus der anderen wiederkamen. Wir haben alle geheult vor Lachen; wir hatten Danny Vetter mit im

Wagen, und eine von Beans Freundinnen vom Reiten, es war eine richtige Orgie.» Ihr Gesicht wurde rosig bei der Erinnerung.

«Wirklich eine abscheuliche Geschichte. Und da wir gerade von abscheulich sprechen: ich habe in New York etwas Seltsames getan.»

«Du hast mit einer Prostituierten geschlafen.»

«Beinahe. Ich bin in einen Pornofilm gegangen.»

«Wie schrecklich für dich, Lieber.»

«Ja, das war es. Am Mittwoch wachte ich früh auf und hatte erst um elf meine erste Verabredung, deshalb bummelte ich zur 42nd Street hinüber, weißt du, und alles war in dieses unschuldige Morgenlicht getaucht, und diese kleinen, schmalen Läden hatten schon auf. Also ... hältst du diese Geschichte auch aus?»

«Klar. Ich habe die ganze Woche nichts als Kinder-Gejammer gehört.»

«Ich zahlte drei Dollar und ging rein. Es war stockdunkel. Wie in der Geisterbahn auf dem Jahrmarkt. Mit Ausnahme dieses leuchtend rosa Paars auf der Leinwand. Ich konnte Menschen atmen hören, aber ich sah nichts. Jedesmal, wenn ich versuchte, mich in eine Reihe zu schieben, piekste ich irgend jemandem meinen Daumen ins Auge. Aber niemand ächzte oder protestierte. Ich mußte an diese halb erfrorenen Gestalten in irgendeinem Kreis der Hölle denken. Schließlich fand ich einen Platz und setzte mich hin, und nach einer Weile konnte ich sehen, daß es alles Männer waren, schlafende Männer. Zumindest schienen die meisten von ihnen zu schlafen. Und sie saßen so über den Raum verteilt, daß nie zwei nebeneinander waren; aber schon zu dieser Tageszeit war der Raum halb voll. Lauter regungslose Männer.» Er spürte ihre Enttäuschung; es war ihm nicht gelungen, ihr den märchenhaften Zauber der Erfahrung zu vermitteln: die völlige Dunkelheit, schwer wie Blei, das den Raum durchziehende Schnarchen, wie von einem einzigen Drachen, die ordentliche Art, wie die Männer sich in dem Raum verteilt hatten – wie Steine auf einem Damebrett. Und dann, wie er ein leeres Feld gefunden hatte, sozusagen hineingesprungen war, sich der Menschheit angeschlossen und verblüfft den Vorgang ihrer eigenen Perpetuierung miterlebt hatte.

Joan fragte: «Wie war der Film?»

«Furchtbar. Erbitternd. Du fängst an, nur noch in technischen Termini zu denken: Kamera-Einstellung, Mikrogalgen. Und die armen Nutten, Gott, wie sie sich abmühen. Offenbar muß ein Mann, um einen Job in einem Pornofilm zu kriegen, a) blond und b) impotent sein.»

«Ja», sagte Joan und wandte ihm den Rücken zu, als wollte sie ihre Gedanken verbergen. «Wir sind heute abend zum Dinner bei den neuen Dennis eingeladen.» Mack Dennis hatte wieder geheiratet, eine Frau, die Eleanor sehr ähnlich war, nur ein wenig jünger und, wie die Maples übereinstimmend fanden, nicht annähernd so nett. «Sie werden uns Ewigkeiten dabehalten. Aber vielleicht morgen», sprach Joan weiter, wie zu sich selbst, schüchtern, «wenn die Kinder eigene Wege gegangen sind, falls du Lust hast, hierzubleiben . . .»

«Nein», sagte er, und er sagte es mit Vergnügen. «Ich bin fest entschlossen, Golf zu spielen. Donnerstag nachmittag hat mich einer unserer Kunden mit nach Long Island genommen, und sogar mit geliehenen Schlägern habe ich den Ball eine Meile weit geschlagen. Ich glaube, ich bin auf dem richtigen Weg; es liegt alles hier oben.» Er zeigte ihr den Ansatz seines Rückschwungs, das linke Handgelenk gestreckt. «Ich habe sicher zwanzig Meter zusätzlich rausgeholt.» Er ließ die leeren Arme fallen und durchschwingen.

«Da siehst du», sagte Joan und machte bereitwillig seinen Triumph zu ihrem eigenen, «wie vergeistigt du schon bist.»

Im Auto, auf dem Weg zu den Dennis, fragte er sie: «Wie ist es?»

«Eigentlich ganz wunderbar, auf gewisse Weise. Es ist, als wären alle meine Sinne ständig weit aufgesperrt. Ich fühle mich völlig im Einklang mit der Natur. Die Narzissen hinter dem Schuppen blühen, und ich habe sie nur angesehen und geweint. Sie waren so schön, daß ich es nicht ertragen konnte. Ich kann einfach nicht drinnen bleiben, ich möchte immer nur harken und beschneiden und Steinhäufchen herumschieben.»

«Hör zu», sagte er streng, «der Rasen ist kein Teppich, den du ständig fegen mußt. Du mußt irgendwelche Entscheidungen treffen. Die Fliederbüsche zum Beispiel sind voller abgestorbener Zweige.»

«Sei still», wimmerte Joan und weinte, während die von Scheinwerferlichtern zerrissene Dunkelheit vorbeiströmte.

Im Bett, nach dem Abend bei den Dennis (es war fast zwei, sie waren betäubt vom Cognac. Mack hatte einen Monolog über Naturschutz gehalten, und Mrs. Dennis einen über die Inneneinrichtung «ihres» Hauses, das für die Maples immer noch Eleanors Haus war), vertraute Joan Richard an: «Ich habe ständig die Vision – sie überfällt mich überall, mitten im Sonnenschein –, ich sei tot.»

«Tot wodurch?»

«Das weiß ich nicht, ich weiß nur, daß ich tot bin und daß es nicht viel ausmacht.»

«Auch nicht den Kindern?»

«Ein oder zwei Tage lang. Aber alle richten sich ein.»

«Meine Süße.» Er unterdrückte die heftige Regung, sich umzudrehen und sie zu berühren. Er erklärte: «Das gehört dazu, wenn man sich im Einklang mit der Natur fühlt.»

«Vermutlich.»

«Bei mir ist es ganz anders. Ich habe ständig diese Beerdigungs-Phantasien. Wie voll die Kirche sein wird, was Spence in seiner Predigt über mich sagen wird, wer kommen wird.» Besonders, ob die Frauen, die er geliebt hat, kommen und mit Joan weinen werden. Wenn er sich ihren vereinten Kummer ob seiner ewigen Verweigerung ihnen gegenüber ausmalte, erblickte er flüchtig eine Befriedigung, im Verhältnis zu der die vergänglichen Befriedigungen des lebendigen Fleisches nur ein mangelhaftes und schwaches Vorspiel waren; Liebe ist nur der Rückschwung. Im Tod, so fühlte er, während er auf dem Rücken in seinem Bett dahintrieb, würde er zu seiner wahren Größe wachsen.

Joan mochte mit ihrem dritten Auge seine Gedanken gespürt haben: während sie sich gewöhnlich auf die Seite rollte und ihm den Rücken zuwandte – ob herausfordernd oder sich verweigernd, blieb seiner Entscheidung überlassen –, lag sie jetzt starr da, parallel zu ihm. «Ich nehme an», sagte sie begütigend, «es ist in gewisser Weise reinigend. Ich meine, wenn du an all die Energie denkst, die in die Kreuzzüge gesteckt wurde.»

«Ja, ich glaube auch», sagte Richard zustimmend, wenn auch nicht überzeugt, «wir sind da vielleicht auf einer Spur.»

Nacktheit

Oh, sieh mal», sagte Joan Maple mit der Stimme, mit der sie Entzücken ausdrückte. «Wir werden überfallen!»

Richard Maple hob den Kopf vom Sand.

Ein anderes Paar, jünger, wanderte den Strand entlang, wie zwei fremde Wesen, goldfarben, langhaarig, die Bewegungen würdevoll durch das unsichtbare Bemühen der beiden, ihrer Befangenheit Herr zu werden. Man mußte sehr genau hinblicken, um zu sehen, daß sie nackt waren. Ein Sommerurlaub am Nacktbadestrand, hinter der Landspitze, vom bürgerlichen Textilstrand aus gesehen, wo die Maples mit ihren Kindern und ihren Büchern und ihren Handtüchern und ihren Cremetuben lagen, hatte den Körpern dieses anderen Paars das glatte Äußere einer gleichmäßigen Sonnenbräune verliehen. Die Geschlechtsmerkmale, so übergroß in unserer inneren Mythologie, die Brüste und die Schamteile, schmolzen in der mittleren Entfernung und in der Sonne zu fast nichts zusammen. Sogar der Penis des jungen Mannes schien nebensächlich zu sein. Und die junge Frau wirkte wie eine kleinere Ausgabe des Mannes – das gleiche straffe, magnetische Schreiten, die gleiche bestürzend typische Anordnung von Gliedern, Unterleib, Oberkörper und Schädel.

Richard unterdrückte ein Brummen. Schweigen begleitete die beiden Nackten, die im Näherkommen wie kleine Wellen den festen Sand hinauf in das Reich der bekleideten Menschen vordrangen, fort von der teilnahmslosen bewegten See und ihrem nur mit sich selbst beschäftigten Geglitzer.

«Also!» Der Ausruf einer Frau wehte unter einem Sonnenschirm hervor und den Strand entlang wie ein Butterbrotpapier. Ein alter Mann, dessen dürre Beine durch eine jungenhafte Badehose aus kariertem Nylon mit einer tonnenartigen Brust verbunden waren, erhob sich streitlustig, hilflos, untergehend in diesem Angriff und machte mit hochgerecktem Arm eine Geste, die zwischen dem Heranwinken eines Taxis und einem Drohen mit der Faust lag. Richards eigene Gefühle waren, wie er feststellte, turbulent: eine gewisse politische Bewunderung kämpfte mit dem unmittelbaren Gefühl einer gesellschaftlichen Bedrohung; das Vergnügen an dem Anblick der Frau ging unter in dem Haß auf den Mann, dessen Verbündete zu sein sie sich öffentlich erklärte; das Vergnügen am Anblick des Mannes kämpfte gegen eine Scharfeinstellung auf jenes zusätzliche, knochenlose Stückchen von ihm, auf jene affenartige Fußnote zu dem göttergleichen Thorax; und Neid auf ihrer beider Jugend und Kühnheit und Schönheit verlor sich in einem Bewußtsein seines eigenen Körpers, das ihn so lebhaft überflutete, daß er sich unwillkürlich nach einem Versteck umsah.

Seine Frau, braungebrannt und vergnügt und liberal, sagte: «Sie müssen blau sein.»

Plötzlich, nachdem sie ein paar hundert Meter paradiert

waren, drehten die beiden Nackten sich plötzlich um und liefen davon. Vor allem das Mädchen wirkte jetzt lächerlich, die Hinterbacken herausgestreckt bei dem linkischen, anstrengenden Versuch, sich zurückzuziehen, das Fleisch plump auf und ab hüpfend, während sie rannte, um mit ihrem Partner Schritt zu halten. Er vergrößerte den Abstand zwischen ihnen; sein Haar hob sich wie langsam aufsteigende Gischt vor dem elektrischen Blau des Meeres.

Köpfe drehten sich wie bei einem Tennis-Match; die Zuschauer sahen, was sie zum Laufen veranlaßt hatte: ein Polizist, der wie ein Krebs vom Ende der Strandpromenade herüberkam. Seine Uniform machte auch ihn zum Vertreter einer besonderen Klasse. Doch als er vorbeiging, mit seinen schwarzen Schuhen in gemessener Verfolgung durch den Sand stapfend, sah man, daß auch er jung war, der Schnurrbart unter den trauriggeformten Spiegeln seiner Sonnenbrille golden, die Arme athletisch und braun unter den kurzen blauen Ärmeln mitschwingend. Soweit sie wußten, trug auch seine Haut unter der Uniform eine nicht unterbrochene Sonnenbräune.

«Großer Gott», sagte Richard leise. «Er ist einer von *ihnen.*»

«Ein hübscher junger Bulle», stellte Joan mit selbstgefälliger Schnelligkeit fest.

Daß sie einen Satz gefunden hatte, der ihr so gut gefiel, irritierte Richard, der nach irgendeinem Paradox gesucht hatte, nach unausgesprochener Schwermut. Die Maples waren in diesem Urlaub sehr aufeinander angewiesen. Die eine Tochter lebte mit einem Mann zusammen, der eine Sohn hatte einen Job, der andere Sohn war in einem Tennis-Camp, und ihre Jüngste, Bean, haßte ihren Spitznamen und fühlte sich mit ihren dreizehn Jahren so unbehaglich in der Gesellschaft ihrer Eltern, daß sie täglich neue Ausreden ersann, um nicht mit ihnen zusammen sein zu müssen. In ihrer reduzierten Familie waren sie einander zu sehr preisgegeben; das Kind sah sie, wie Richard befürchtete, deutlicher, als er und Joan sich selber sahen. Er schlug vor, wie er im College, als sie ineinander verliebt waren, etwa vorgeschlagen hatte, ob sie nicht lieber die Bibliothek verlassen und ins Kino gehen wollten: «Laß uns ihm nachgehen.»

Der Polizist war ein sich entfernender blauer Punkt. «Gut», stimmte Joan zu und stand sofort auf. Sand rieselte von ihr herunter. Die fröhliche Bereitwilligkeit, mit der sie seinen Vorschlag akzeptierte, klang hohl, aber ihre strahlende Körperfülle und ihr Schreiten neben ihm, dem er sich, ohne darüber nachzudenken, anpaßte, und das Gewicht der warmen Sonne auf seinen Schultern, während sie gingen, waren real genug – real genug für einen Augenblick, dachte Richard.

Der Textilstrand hinter ihnen lichtete sich. Als sie um die Landspitze kamen, sahen sie nackte Körper. Sommersprossige Rotschöpfe mit schlaffen milchigen Bäuchen. Zigeunerhafte Mädchen, hart wie Nüsse, die aufrecht standen, um ihre Gesichter näher an die Sonne zu halten. Schlafende Männer, deren Hoden verschrumpelt waren wie Fallobst. Eine Reihe von Hinterbacken, die aussahen wie die Muschelschalen auf einem Tellerdeckchen. Ein bärtiger Mann, der einen Yoga-Kopfstand machte – seine gegabelten Beine schienen den Himmel anzuflehen. Zwischen diesen Erscheinungen bewegte der Polizist sich behutsam, schwerfällig mit seinem Gürtel und seinem Revolver, flüsternd, die nackten Zuhörer fast berührend, die nickten und anfingen, einzeln und in Gruppen, ihre Sachen anzuziehen. Das Paar, das die Grenze überschritten und diese Gegeninvasion heraufbeschworen hatte, war von den zahlreichen anderen Nackten nicht zu unterscheiden; alle wurden bestraft.

Joan ging auf ein Trio zu, zwei Jungen und ein Mädchen, die sich in ihre abgetragenen Jeans zwängten, ihre langen ärmellosen Lederwesten, ihre Sandalen anzogen und ihre seltsamen weichen Hüte aufsetzten. Sie fragte sie: «Werdet ihr weggejagt?»

Die Jungen richteten sich auf und sahen sie an – ihren Bikini, ihre angenehme Rundlichkeit, ihr teilnehmendes Lächeln – und sagten nichts. Richard bemerkte, daß der Penis des einen Jungen einen Fußbreit von ihrer Hand entfernt schwer hinunterhing. Joan drehte sich um und kehrte an die Seite ihres Mannes zurück.

«Was haben sie dir gesagt?» fragte er.

«Nichts. Sie haben mich bloß angestarrt. Als ob ich bescheuert wäre.»

«Es hat in den letzten zehn Jahren zwei Revolutionen gegeben», erklärte er ihr. «Erstens haben die Frauen gelernt, ‹ficken› zu sagen. Zweitens haben die Unterdrückten gelernt, ihre Sympathisanten zu verachten.»

Um seine Worte zu mildern, fügte er hinzu: «Aber vielleicht hatten sie auch nur etwas dagegen, angesprochen zu werden, während sie sich ihre Hosen anzogen. Das ist ein heikler Augenblick für Männer.»

Paradoxerweise brachten die Nudisten mehr Kleider mit an den Strand als die braven Bürger; wenn sie über den Strand zur Landspitze gingen, unterschieden sie sich von diesen dadurch, daß sie von Kopf bis Fuß bekleidet waren, in Baumwolldrillich und Filz, als kämen sie aus dem städtischen Kern der Subkultur. Jetzt bückten sie sich, als der junge Polizist wie ein schmerzensreicher Engel zwischen ihnen hindurchging, und drängten sich in den unterwürfigen Posen des Wieder-Anziehens näher aneinander.

«Mein Gott», sagte Joan, «es ist wie Masaccios *Vertreibung aus dem Garten Eden.*» Und Richard fühlte, wie ihr Herz in dem fetten Gehäuse ihres Körpers prall wurde, erfreut über dieses Bindeglied, zufrieden, sich selbst wieder einmal die Bedeutung einer humanistischen Bildung für moderne Erfahrungen bewiesen zu haben.

Den ganzen Nachmittag über, während er nach der Rückkehr vom Strand den störrischen Rasenmäher durch das drahtige Gras um ihr gemietetes Haus schob, dachte Richard über Nacktheit nach. Er dachte an Adam und Eva («Wer hat dir gesagt, daß du nackt seist?») und an Noah, dessen Blöße Ham sah, und an Susanna und die Ältesten. Er dachte an sich selbst, wie er als Kind auf der Veranda im zweiten Stock ein Sonnenbad nahm, zusammen mit seiner Mutter, die auf ihre provinzielle Art avantgardistisch, eine Gesundheitsfanatikerin gewesen war. Wespen kamen zu Besuch, so warm war es auf der Veranda. Eine Stunde schien ewig zu dauern; seine Verlegenheit durchdrang und verlängerte jede Minute. Die Haut seiner Mutter war eine blasse Landschaft am Rande seines Gesichtsfelds; er sah nicht hin, so wenig wie er sich die Mühe gab, zu den Bergen rings um ihre kleine Stadt in West Virginia zu blicken, die er, wie er annahm, nie verlassen würde.

Er erinnerte sich an eine Äußerung Rodins, eine sich entkleidende Frau sei wie die zwischen Wolken hervorkommende Sonne. Die nachmittags zunehmende Bewölkung ließ Schatten über den Rasen gleiten und brünierte das drahtige Gras. Er hatte einmal eine Frau geliebt, die neben einem Spiegel geschlafen hatte. Zum erstenmal in ihrem Bett, blickte er nach rechts und war bestürzt, als er sie beide sah, nackt im Spiegelbild. Seine und ihre Beine wirkten ungeheuer lang, wie sie da parallel lagen. Sie mußte gespürt haben, daß seine Aufmerksamkeit von ihr abgelenkt wurde, denn sie drehte den Kopf: im Spiegel verdoppelt, erschien ihr Gesicht unter dem Doppel des seinen. Der Spiegel war eine Armlänge vom Bett entfernt. Was ihn faszinierte war nicht ihr Körper, sondern sein eigener – seine Länge, sein Schimmern, sein Haar, seine parallelen Zehen, so wunderbar weit entfernt von dem kleinen, verblüfften, dümmlichen Kopf.

Er erinnerte sich, daß von unten ein Geräusch heraufgedrungen war. Sie hatten einander mit großen Augen angesehen; der Spiegel war vergessen. Er flüsterte: «Was kann das sein?» Milchmann, Postbote, der Hund, der Heizofen.

Sie meinte: «Der Wind?»

«Es hörte sich an, als ginge eine Tür auf.»

Während sie wieder horchten, fächelte ihr Atem seinen Mund. Dann hörte man unten deutlich einen Schritt. Im gleichen Augenblick, als Richard an der Decke zerrte, um sie über ihre Köpfe zu ziehen, schleuderte sie sie heftig zur Seite. Sie machte sich von ihm frei und hob ihr Bein wie die im Vordergrund stehende Gestalt von Renoirs *Badende Frauen*. Er war allein im Spiegel; der Spiegel war ein schreiender Zeuge dafür geworden, war, wo er nicht sein sollte («Schmutz ist Materie am falschen Platz», hatte seine Mutter immer gesagt) und daß er nicht in der Verfassung war zu fliehen. Er war auf ihre Glasveranda hinausgegangen, seine zusammengerafften Kleider an sich gepreßt.

Jetzt hockte er sich nieder, um die widerborstigen Büschel am Bootsschuppen mit der Gartenschere zu schneiden, und erinnerte sich verschwommen an einen Ausspruch von einem der japanischen Shunga-Meister, der besagte, daß der Phallus auf diesen Bildern übertrieben groß sei, da er, in seiner natürlichen Größe dargestellt, zu unbedeutend sei.

Sie war zurückgekommen, seine Geliebte, noch immer nackt, und hatte gesagt: «Nichts.» Sie war nackt durchs Erdgeschoß ihres Hauses gegangen, eine Sünderin aus dem Garten Eden, vorbei an Stühlen und Drucken und Lampen, ihren Schatten auf sie fallenlassend, ohne Angst, auf einen Einbrecher, einen Milchmann, einen Ehemann zu stoßen; und ihre Nacktheit war, als sie zurückkehrte, ruhig und offen gewesen wie die von Tizians Venus und hatte ihn von innen wie eine hinuntergeschluckte Sonne überflutet.

Er dachte an Tizians Venus, wie sie ihr Haar mit zwei festen Händen wringt. Er dachte an Manets Olympia, an Goyas Maja. An Schamlosigkeit. Er dachte an Edna Pontellier, Kate Chophins Heldin, wie sie im letzten Jahr des zugeknöpftesten aller Jahrhunderte zum Golf hinunterging und all ihre Kleider ablegte, bevor sie in den Tod schwamm. «Wie seltsam und schrecklich es schien, nackt unter dem Himmel zu stehen! Wie köstlich!»

Er erinnerte sich daran, wie er vor einem Monat zu eben diesem Haus gekommen war, diesem Haus, in dessen lichtlosen feuchten Keller er jetzt, Stufe für Stufe, vorsichtig den störrischen Rasenmäher hinunterließ, der seine Pflicht getan hatte. Er hatte sich erboten, allein hierher zu kommen und das Haus zu öffnen, es auszuprobieren; sie hatten es zum erstenmal gemietet. Joan hatte ohne weiteres zugestimmt; es war etwas in ihr, in diesen Tagen, das auch allein sein wollte. Die Hälfte der Geschäfte auf der Insel waren noch nicht geöffnet für den Sommer. Er kaufte für ein paar Tage Lebensmittel ein und wohnte in Zimmern, in denen tiefe Keuschheit und Stille herrschten. Eines Morgens war er eine Meile weit durch Heidelbeeren und wilden Wein bis zu einem Teich gegangen. Das schmale Ufer war kaum einen Schritt breit gewesen; nur der Kot und die abgeworfenen Federn von wilden Schwänen zeugten von anderen Lebewesen. Die Schwäne, die in dem sonnendurchleuchteten Dunst auf der Oberfläche des Teichs schwebten, erschienen ihm wie Götter, vollkommen und unendlich weit entfernt. Nicht ein Haus, nicht ein Auto blickten hinunter von den Hügeln aus Sand und Buschwerk, die den Teich umgaben. Eine so reine Leere unter dem Himmel schien eine Gelegenheit, die zu versäumen ein Frevel gewesen wäre. Richard zog seine Kleider aus, alle; er setzte sich auf einen rauhen, warmen Felsen. Die Pose des Denkers war ermüdend. Er stand auf und wurde am Ufer des Teichs ein Prophet, ein Täufer; Wellen von Licht wurden vom Wasser auf seine Beine gespiegelt. Er sehnte sich danach, etwas Transzendentes zu tun, etwas Obszönes; er streckte die Arme aus und konnte den Himmel nicht berühren. Die Sonne brannte heftiger. Als sie den Dunst von der Wasseroberfläche des Teichs brannte, regten sich die Schwäne und schlugen in fernem olympischem Aufruhr mit den Flügeln. Einen Moment lang fiel aller Sex von ihm ab und er schien wirklich der göttlich geformte Mittelpunkt einer schalenförmigen Schöpfung; sogar seine Haut fühlte sich schön an – nein, er fühlte Schönheit in kleinen Wellen auf sie hinunterrieseln, als ob diese Leere ihn liebte, ihn leckte. Dann, im nächsten Augenblick, als er nach unten blickte, sah er, daß seine Einsamkeit nicht ganz so erhaben war, denn Dutzende von emsigen rötlichen Wesen, Zecken, krochen durch die Haare an seinen Beinen herauf und fühlten sich in seiner Gigantenwärme so wohl, wie er sich in der Wärme der Sonne fühlte.

Der Himmel war jetzt gleichmäßig grau, verwittertes Silber wie die Schindeln auf dieser Insel. Als er in das Haus ging, um sich mit einem Drink zu belohnen, erinnerte er sich an eine Stelle in einem alten Soziologiebuch, wo ein amerikanischer Farmer aus dem 19. Jahrhundert damit prahlt, daß er, obwohl er elf Kinder gezeugt habe, den Körper seiner Frau nie nackt gesehen hätte. Und an die Behauptung in einem anderen Buch, vielleicht von John Gunther, daß ein bestimmter Hafen in Westafrika die letzte Stadt an der Küste sei, in der eine junge Frau nackt die Hauptstraße hinuntergehen könne, ohne Aufmerksamkeit zu erregen. Und an eine alte *Time*-Besprechung, Jahre zurück, Revolutionen zurück, von einem Brigitte Bardot-Film, der sie in einigen Szenen von Kopf bis Fuß nackt zeigte: *Time* hatte gewitzelt, zwar sei in dem Film eine nackte Frau zu sehen, doch in den meisten amerikanischen Häusern sei das, gegen elf Uhr abends, auch der Fall.

Elf Uhr. Die Maples haben außerhalb zu Abend gegessen; ihr einsames Kind übernachtet bei einer Freundin. Ihr Schlafzimmer in diesem Haus ist weiß und luftig, sogar die Kommoden und Stühle sind weiß, und die Decke ist so niedrig, daß die Schatten, die sie werfen, auf ihren Körpern zu ruhen scheinen.

Joan steht am Fußende des Bettes und kickt ihre Schuhe von den Füßen. Ihr Gesicht, verkürzt durch das Nach-unten-Blicken, scheint zu schmollen, als sie die Haken an ihrem Rock aufmacht und der geöffnete Reißverschluß ein weißes V ihres Unterrocks freigibt. Sie läßt ihren Rock fallen, angelt ihn wieder mit dem Fuß und legt ihn in eine Schublade. Dann hebt sich der Pullover, enthauptet sie und rafft ihr Haar zu einer Wolke, einer Faust, die auseinanderfällt, als ihr Gesicht, abwesend, wieder zum Vorschein kommt. Ein Ruck des Kopfes, im Profil. Autoscheinwerferstrahlen von der Straße streicheln das Haus und vergessen es dann. Eine unerwartete Sequenz: Joan zieht mit einer schnellen flatternden Bewegung ihre Unterhose aus, bevor sie – mit zwei Händen und gekreuzten Armen – ihren Unterrock hochzieht. Über ihre Taille bleibt das zusammengebauschte Nylon hängen; sie verharrt in der Pose des Sklaven von Michelangelo, der Madonna von Munch, der Urnenträgerin von Ingres, von vorn gesehen, unfrisiert. Der Unterrock entwirrt sich, die Schlangenhaut gleitet wieder, der Vorgang geht weiter. Mit vor Anstrengung zusammengekniffenen Augen hakt sie die Verschlüsse an ihrem Rücken auf und wirft den BH in Richtung des Wäschekorbs im Flur. Ihre Brüste hüpfen. Zum Bett hin sagt sie, Mißfallen in der Stimme: «Hast du nichts Besseres zu tun? Als mich zu beobachten?»

Richard hat halb bekleidet auf dem Bett gelegen, ein Ein-Mann-Publikum, und seinen Beifall zurückgehalten. Er antwortet wahrheitsgetreu: «Nein.»

Er springt auf und zieht sich fertig aus; sein Schatten wirbelt über seinem Kopf. Die beiden stehen nahe beieinander, so nahe wie am Strand, als sie, abgewiesen von den jungen Männern, zurückgekommen war und er sie verspottet hatte. Sie sind wieder am Strand; sie erinnert sich. Und wieder fühlt er, wie ihr Herz in dem fetten Gehäuse ihres Körpers prall wird vor Vergnügen. Sie sieht ihn an, ihre Augen blau wie das morgendliche Meer, und lächelt. *«Nein»,* sagt Joan in selbstgefälliger Verweigerung. Richard fühlt sich erregt, überfallen. Diese Nacktheit ist neu für sie beide.

Trennung

Der Tag war schön. Strahlend. Den ganzen Juni über hatte das Wetter das innere Elend der Maples mit beständigem Sonnenschein verhöhnt – goldene Strahlen und Kaskaden von Grün, durch die sich ihre Gespräche blind hindurchschlängelten, ihre traurigen, flüsternden Ichs der einzige Makel in der Natur. Gewöhnlich waren sie um diese Jahreszeit schon sonnengebräunt; aber als sie ihre ältere Tochter, die nach einem Jahr aus England zurückkehrte, vom Flugzeug abholten, waren sie beinahe so blaß wie Judith, die jedoch zu verwirrt war von dem sonnigen üppigen Wirrwarr ihres Geburtslandes, um es zu bemerken. Sie wollten ihr die Heimkehr nicht dadurch verderben, daß sie es ihr gleich erzählten. Warten wir ein paar Tage, lassen wir sie sich von der Zeitverschiebung erholen – das waren ihre Formulierungen gewesen, in jener Kette grauer Zwiegespräche bei Kaffee, bei Cocktails, bei Cointreau, die die Strategie ihrer Trennung prägten, während die Erde jenseits ihrer geschlossenen Fenster unbemerkt das Kunststück ihrer jährlichen Erneuerung vollführte. Richard hatte daran gedacht, Ostern auszuziehen; Joan hatte darauf bestanden, daß sie warteten, bis alle vier Kinder wieder zusammen seien, alle Prüfungen bestanden, alle Feiern besucht, und das muntere Treiben des Sommers sie trösten könnte. So hatte er sich abgerackert, in Liebe, in Furcht, Fliegengitter repariert, den Rasenmäher geschärft, ihren neuen Tennisplatz ausgebessert und gewalzt.

Der Tennisplatz, Lehmboden, hatte Schäden in seinem ersten Winter davongetragen, und der Wind hatte den roten Belag weggeblasen. In früheren Jahren hatten die Maples beobachtet, wie unter ihren Freunden oftmals der Scheidung eine Zeit hektischer häuslicher Verbesserungen vorausgegangen war, als ob die Ehe eine letzte heftige Kraftanstrengung machte, zu überleben; ihre eigene schlimmste Krise war zwischen Mörtelstaub und freigelegten Rohrleitungen bei einer Küchenrenovierung ausgebrochen. Doch als im Sommer davor kanariengelbe Planierraupen einen grasbewachsenen, mit Gänseblümchen gepunkteten kleinen Hügel fröhlich in ein schlammiges Plateau verwandelten und eine Gruppe bezopfter junger Männer Lehm zu einer ebenen Fläche verteilte und feststampfte, erschien ihnen diese Verwandlung nicht unheilvoll, sondern festlich in ihrer Frechheit: ihre Ehe konnte, nur zum Vergnügen, die Erde spalten. Im folgenden Frühjahr, als er jeden Tag bei Morgengrauen mit einem gleitenden Gefühl aufwachte, als würde das Bett seitwärts gekippt, empfand Richard den kahlen Tennisplatz – das Netz und die Markierungsbänder lagen noch aufgerollt im Schuppen – als eine Umgebung, die seiner Stimmung entschlossener Trostlosigkeit entsprach, und das Zerbröckeln von Lehm in Risse und Löcher (während einer Tauwetterperiode hatten Hunde auf dem Platz herumgetollt; aus Rinnsalen hatten sich Gräben entwickelt) als einen angemessen elementaren und unendlichen Vorgang. In seinem versiegelten Herzen hoffte er, der Tag würde nie kommen.

Jetzt war er da. Ein Freitag. Judith hatte sich wieder akklimatisiert; alle vier Kinder waren zu Hause, bevor Jobs und Ferienlager und Besuche sie wieder zerstreuten. Joan meinte, sie sollten es jedem einzeln mitteilen. Richard war dafür, es bei Tisch zu verkünden. Sie sagte: «Ich finde, es einfach nur zu verkünden ist feige. Sie werden anfangen zu streiten und einander zu ärgern, statt sich zu konzentrieren. Sie sind Individuen, verstehst du, nicht einfach nur ein kollektives Hindernis, das deiner Freiheit im Wege steht.»

«Okay, okay, ich bin einverstanden.» Joan hatte einen genauen Plan. An diesem Abend sollte es ein verspätetes Willkommen-daheim-Essen für Judith geben, mit Hummer und Champagner. Dann, nach dem Essen, würden sie beide mit Judith, die sie vor neunzehn Jahren im Kinderwagen von der Fifth Avenue zum Washington Square geschoben hatten, einen Spaziergang zur Brücke über den Salt Creek machen und es ihr sagen – und sie zum Schweigen verpflichten. Danach würden sie es Richard jr. sagen, der direkt von der Arbeit zu einem Rock-Konzert in Boston fahren wollte, entweder spät am Abend, wenn er mit dem Zug zurückkam, oder früh am Samstagmorgen, bevor er zu seinem Job aus dem Haus ging; er war siebzehn und gehörte einer Crew an, die einen Golfplatz instandhielt. Danach könnten, im Verlauf des Vormittags, die beiden jüngeren Kinder, John und Margaret, unterrichtet werden.

«Abgefertigt werden, sozusagen», sagte Richard.

«Hast du einen besseren Plan? Dann bleibt dir der Rest vom Sonnabend, um irgendwelche Fragen zu beantworten, zu packen und deinen wunderschönen Abgang zu inszenieren.»

«Nein», sagte er und meinte damit, daß er keinen besseren Plan habe und mit ihrem einverstanden sei, obwohl er ihm irgendwie einen Haken zu enthalten schien, eine falsche Ordnung, eine geheime Bitte um Überprüfung – wie Joans lange Listen der zu erledigenden Aufgaben und ihrer Ausgaben und, in der Zeit, als er sie kennenlernte, ihre allzu weitschweifigen Notizen in den Vorlesungen. Ihr Plan machte für ihn aus einer Hürde vier – vier messerscharfe Mauern, und hinter jeder ein jäher Sturz ins Leere.

Das ganze Frühjahr über hatte er sich durch eine Welt von Innen- und Außenseiten, von Schranken und Trennwänden bewegt. Er und Joan standen als dünne Schranke zwischen den Kindern und der Wahrheit. Jeder Augenblick war eine Trennwand, mit der Vergangenheit auf der einen Seite und der Zukunft auf der anderen, einer Zukunft, die dieses unvorstellbare *Jetzt* enthielt. Jenseits der vier messerähnlichen Mauern wartete verschwommen ein neues Leben auf ihn. Sein Schädel umschloß ein Geheimnis, ein weißes Gesicht, ein Gesicht, erschreckt und zugleich besänftigend, fremd und zugleich vertraut, das er vor Tränen schützen wollte, die er überall um sich herum spürte, so gegenwärtig wie das Sonnenlicht. So gequält, war er besessen von dem Gedanken, das Haus gegen seine Abwesenheit zu befestigen, Fliegengitter und die Gurte an den Schiebefenstern, Scharniere und Schnappschlösser zu ersetzen – ein Houdini, der alles für sein Entweichen vorbereitet.

Das Schloß. Er mußte noch ein Schloß an einer der Türen der Veranda auswechseln. Das Vorhaben erwies sich, wie meistens in solchen Fällen, als schwieriger, als er erwartet hatte. Das alte Schloß aus Aluminium, durch Korrosion unbeweglich geworden, war von den Herstellern absichtlich altmodisch gestaltet worden. Drei Eisenwarengeschäfte hatten nichts, was auch nur annähernd in das ausgestemmte Loch paßte, das die (überraschend einfache) Entfernung des alten Schlosses zurückgelassen hatte. Ein neues Loch mußte ausgestemmt werden, mit zu kleinen Bohrern und zu großen Sägen, und in das alte Loch mußte ein Stück Holz gefügt werden, die Stemmeisen waren stumpf, die Säge rostig, seine Finger geschwollen vor Mangel an Schlaf. Die Sonne strömte herab, draußen vor der Veranda , auf eine vernachlässigte Welt. Die Sträucher mußten endlich beschnitten werden, an der Wetterseite des Hauses lösten sich Placken von Farbe, wo Regen eindringen würde, wenn er fort war, Insekten, Fäulnis, Tod. Seine Familie, all jene, die er verlieren würde, drangen allmählich durch die Ränder seines Bewußtseins, während er mit Schraubenlöchern, Splittern, unverständlichen Gebrauchsanweisungen, kleinen Metallteilchen kämpfte.

Judith saß auf der Veranda, eine aus dem Exil zurückgekehrte Prinzessin. Sie ergötzte sie mit Geschichten von Brennstoffknappheit, von Bombenalarm in der Untergrundbahn, von pakistanischen Arbeitern, die ihr mit lauter Stimme begehrliche Bemerkungen nachgerufen hatten, als sie auf dem Weg zur Tanzstunde an ihnen vorbeiging. Joan kam und ging, aus dem Haus heraus und wieder hinein, ruhiger, als sie hätte sein sollen, und lobte seine Mühen mit dem Schloß, als ob dies eine unter vielen und nicht die letzte einer langen Kette gemeinsamer Aufgaben wäre. Der jüngere seiner Söhne, John, jetzt, mit fünfzehn, plötzlich und unwissentlich ein hübscher Junge, hielt ein paar Minuten lang die wacklige Fliegengittertür, während sein Vater ungeschickt hämmerte und meißelte; jeder Schlag klang Richard wie ein Schluchzer in den Ohren. Seine jüngere Tochter, die auf einer Teenager-Party mit Übernachtung gewesen war, schlief trotz all dem Lärm in der Hängematte auf der Veranda, träge und rosa, vertrauensvoll und verlassen. Die Zeit ging, wie der Sonnenschein, unbarmherzig weiter; die Sonne neigte sich langsam. Heute war einer der längsten Tage. Das Schloß klickte, funktionierte. Er war fertig. Er holte sich einen Drink; er trank ihn auf der Veranda, hörte seiner Tochter zu. «Es war so süß», sagte sie gerade, «wie auch, als es am schlimmsten war, die Schlachter und Bäcker ihre Läden bei Kerzenlicht offen hielten. Sie sind alle so beherzt und nett. In den Zeitungen klang es so, als ob es hier viel schlimmer wäre – als ob die Leute beim Schlangestehen vor Tankstellen aufeinander geschossen hätten und als ob alle gefroren hätten.»

Richard fragte sie: «Möchtest du auch jetzt noch für immer in England leben?» *Für immer:* der Gedanke, jetzt für ihn eine Realität, war wie ein Druck und ein Kratzen hinten im Hals.

«Nein», gestand Judith und wandte ihm ihr ovales Gesicht zu, in dem die Augen noch kindlich weit auseinanderstanden, die Lippen aber fest geschlossen waren, wie über etwas Kraftvollem und Befriedigendem. «Ich war ganz begierig, nach Hause zu kommen. Ich bin eine Amerikanerin.» Sie war eine Frau. Sie hatten sie großgezogen; er und Joan hatten zusammen ausgeharrt, um sie großzuziehen, sie allein von den vieren. Bei den anderen fehlte noch ein Stück, bis sie großgezogen waren. Und doch war es der Gedanke, es Judith zu sagen – die Vorstellung, wie sie mit ihr, ihrem ersten Kind, Arm in Arm zur Brücke gingen , der ihn zerbrach. Die Trennwand zwischen seinem Gesicht und den Tränen zerbrach. Richard setzte sich zu dem feierlichen Mahl mit schmerzender Kehle an den Tisch; der Champagner, der Hummer schienen Phasen von Sonnenschein; er sah sie und schmeckte sie durch Tränen hindurch. Er blinzelte, schluckte, krächzte scherzend etwas von Heuschnupfen. Die Tränen wollten nicht aufhören zu sickern; sie kamen nicht durch ein Loch, daß sich zustopfen ließ, sondern durch eine durchlässige Stelle in einer Membrane, stetig, rein, endlos, ergiebig. Sie wurden, seine Tränen, zu einem Schutzschild für ihn gegen diese anderen – ihre Gesichter, die Tatsache, daß sie sich, ein letztes Mal als Unschuldige, an einem Tisch versammelten, an dem er zum letztenmal als Haupt der Familie saß. Tränen tropften von seiner Nase, als er den Rücken des Hummers aufbrach, Salz würzte seinen Champagner, als er davon trank, der rauhe Würgegriff an seiner Kehle war köstlich. Er konnte es nicht ändern.

Die Kinder versuchten, seine Tränen zu ignorieren. Judith, zu seiner Rechten, zündete sich eine Zigarette an und blickte nach oben, ihrem zu energisch, zu gekünstelt ausgestoßenen Rauch nach; an ihrer anderen Seite widmete John sich mit ernst geneigtem Gesicht dem Aushöhlen der letzten Teilchen – Beine und Schwanzstücke – des scharlachroten Leichnams. Joan sah ihn vom entgegengesetzten Ende des Tischs her überrascht an, verdrängte den Vorwurf durch eine flüchtige Grimasse der Vergebung, oder der Hochachtung vor seiner überlegenen strategischen Begabung. Zwischen ihnen blickte Margaret, die nicht mehr Bean genannt wurde, dreizehn und groß für ihr Alter, von der anderen Seite durch seine Tränenscheibe hindurch wie in ein Schaufenster, auf etwas, was sie gern hätte – ihren Vater, einen kristallenen Haufen aus Splittern und Erinnerungen. Es war jedoch nicht sie, sondern John, der in der Küche, als sie die Teller und Hummerschalen wegräumten, Joan die Frage stellte: *«Warum weint Daddy?»*

Richard hörte die Frage, nicht aber die geflüsterte Antwort. Dann hörte er Bean rufen: «Oh, nei . . . n!» – der leicht dramatisierte Ausruf eines Menschen, der etwas lange erwartet hatte.

John kam mit einer Schüssel Salat an den Tisch zurück. Er nickte seinem Vater kurz zu, und seine Lippen formten die verschwörerischen Worte: «Sie hat es gesagt.»

«Was gesagt?» fragte Richard laut, wie von Sinnen.

Der Junge setzte sich, als wollte er seines Vaters Verwirrung durch das Beispiel seines eigenen guten Benehmens rügen. Er sagte ruhig: «Von der Trennung.»

Joan und Margaret kehrten zurück; das Kind kam Richard, in seiner verzerrten Sicht, kleiner vor, und erleichtert, erleichtert, daß der Butzemann nun endlich Gestalt angenommen hatte. Er rief ihr zu – die Entfernungen am Tisch waren riesig geworden: «Du hast es gewußt, du hast es immer gewußt», aber der Würgegriff an seiner Kehle hinderte ihn daran, den Worten einen Sinn zu geben. Von fern her hörte er Joan sprechen, ruhig, vernünftig, rezitierend, was sie vorbereitet hatten: es sei eine Trennung für den Sommer, ein Experiment. Sie und Daddy seien übereingekommen, es würde gut für sie sein; sie brauchten Raum und Zeit zum Nachdenken; sie hätten einander gern, machten einander aber nicht glücklich genug.

Judith, den sachlichen Ton ihrer Mutter nachahmend,

aber auf Grund ihrer Jugend zu schrill, zu kühl, sagte: «Ich finde das albern. Ihr solltet entweder zusammen leben oder euch scheiden lassen.»

Richards Weinen war, wie eine Welle, die sich aufbäumt und bricht, laut geworden; aber es wurde von einem anderen lauten Geräusch übertönt, denn John, der immer so zurückhaltend gewesen war, wurde jetzt immer größer am Tisch. Vielleicht setzte es ihm zu, daß man seiner jüngeren Schwester zutraute, es gewußt zu haben. «Warum habt ihr es uns nicht *gesagt?*» fragte er mit einer tönenden, vollen Stimme, die man nicht an ihm kannte. «Ihr hättet uns *sagen* sollen, daß ihr nicht miteinander auskommt.»

Richard war so verblüfft, daß er versuchte, Worte durch seine Tränen hindurch zu zwingen. «Wir *kommen* ja miteinander aus, das ist ja das Problem, deshalb ist nicht einmal uns klar –» *Daß wir einander nicht lieben*, war der Rest des Satzes; er konnte ihn nicht zu Ende sprechen.

Joan beendete den Satz für ihn, in ihrem Stil. «Und wir haben immer *und ganz besonders* unsere Kinder geliebt.»

John war nicht besänftigt. «Was schert ihr euch schon um *uns*?» dröhnte er. «Wir sind bloß kleine Dinger, die ihr mal *gekriegt* habt.» Das Lachen seiner Schwestern entlockte auch ihm ein Lachen, dem er jedoch einen harten, parodistischen Ton gab: «Ha ha *ha*.» Richard und Joan erkannten gleichzeitig, daß der Junge betrunken war, von Judiths Willkommen-daheim-Champagner, John, der sich verpflichtet fühlte, weiter im Mittelpunkt zu bleiben, nahm eine Zigarette aus Judiths Schachtel, schob sie sich in den Mund, ließ sie von der Unterlippe hinunterhängen und kniff die Augen zusammen wie ein Gangster.

«Ihr seid keine kleinen Dinger, die wir mal gekriegt

haben», rief Richard ihm zu. «Ihr seid das, worum sich alles dreht. Aber ihr seid erwachsen. Oder fast.»

Der Junge zündete Streichhölzer an. Statt sie an seine Zigarette zu halten (denn sie hatten ihn noch nie rauchen sehen; das «Brav»-Sein war seine Art gewesen, sich abzusondern), hielt er sie seiner Mutter vors Gesicht, immer näher, damit sie sie ausblies. Dann zündete er das ganze Heftchen an – ein Zischen und dann eine Fackel, die er seiner Mutter vors Gesicht hielt. Durch seine Tränen in Prismen verwandelt, nahm die Flamme Richards ganzes Gesichtsfeld ein; er wußte nicht, wie sie gelöscht wurde. Er hörte Margaret sagen: «Oh, hör doch mit der Angeberei auf», und sah, wie John zur Antwort die Zigarette in zwei Teile brach, die Stücke in seinem Mund verschwinden ließ und kaute und dann die Zunge herausstreckte, um seiner Schwester die Krümel zu zeigen.

Joan sprach mit ihm, versuchte, vernünftig mit ihm zu reden, ein Springbrunnen der Vernunft, unverständlich. «. . . schon seit Jahren davon gesprochen . . . unsere Kinder müssen uns helfen . . . Daddy und ich möchten beide . . .» Während der Junge zuhörte, wickelte er bedächtig eine Papierserviette in seine Salatblätter, formte aus Papier und Salat einen Ball, stopfte ihn in seinen Mund und sah sich am Tisch nach dem erwarteten Gelächter um. Es kam keines. Judith sagte: «Sei nicht so kindisch», und stieß eine Rauchwolke aus.

Richard erhob sich von dem Tisch, an dem er erstickte, und ging mit dem Jungen nach draußen. Obwohl es im Haus schon dämmerig war, war draußen noch alles von Licht erfüllt, dem lieblichen verschwendeten Licht des Hochsommers. Beide lachten, während er aufpaßte, wie John den Salat und das Papier und den Tabak in die

Buchsbaumhecke spuckte. Er ergriff Johns Hand – eine eckige, feste Hand, doch bei aller Weichheit eine Männerhand. Trotzdem ließ sie nicht los. Sie liefen zusammen hinauf in das Feld, vorbei am Tennisplatz. Der nackte Erdwall, den die Planierraupen zurückgelassen hatten, war mit Gänseblümchen getüpfelt. Hinter dem Tennisplatz und einem ebenen Stück Erde, wo sie oft Familien-Baseball gespielt hatten, erhob sich eine sanfte grüne Anhöhe strahlend in der Sonne, jedes Kraut und jede Grasart so deutlich und klar wie eine Illustration auf Pergament. «Es tut mir leid, so leid», rief Richard. «Du warst der einzige, der versucht hat, mir bei all den verdammten Arbeiten hier zu helfen.»

Schluchzend, im Schutze seiner Tränen und des Champagners, erklärte John: «Es ist nicht nur die Trennung, es ist das ganze miese Jahr. Ich *hasse* diese Schule, man findet keine Freunde, und der Geschichtslehrer ist ein Widerling.»

Sie saßen auf dem Kamm der Anhöhe, bebend und warm von ihren Tränen, aber ihre Stimmen waren lockerer, und Richard versuchte, sich das traurige Jahr seines Kindes vorzustellen – die langen Wochentage mit den Hausaufgaben, die Wochenenden, die er mit Modellflugzeugen in seinem Zimmer verbrachte, während unten seine Eltern murmelten und den Gedanken an ihre Trennung hätschelten. Wie egoistisch, wie blind, dachte Richard; seine Augen fühlten sich wie gescheuert an. Er sagte zu seinem Sohn: «Wir werden überlegen, ob wir dich umschulen lassen. Das Leben ist so kurz, da sollte man sich nicht elend fühlen.»

Sie hatten gesagt, was sie sagen konnten, wollten aber nicht, daß der Augenblick aufhörte, und redeten weiter, über die Schule, über den Tennisplatz – ob er jemals wieder so gut sein würde, wie er im ersten Sommer gewesen war. Sie gingen hin, um ihn zu inspizieren, und drückten ein paar Markierungsbänder fester an. Etwas gespreizt, vielleicht weil er jetzt versuchte, zu viel aus dem Augenblick zu machen, führte Richard den Jungen zu dem Punkt im Feld, wo man die beste Aussicht hatte: auf den metallisch blauen Fluß, das smaragdgrüne Marschland, die verstreuten Inseln, samtig vor Schatten im niedrigen Licht, und auf die weißen Stückchen Strand in der Ferne. «Siehst du», sagte er. «Das bleibt weiter schön. Es wird auch morgen noch da sein.»

«Ich weiß», antwortete John ungeduldig. Der Augenblick war vorüber.

Als sie wieder ins Haus kamen, hatten die anderen eine Flasche Weißwein geöffnet, da der Champagner ausgetrunken war, und saßen noch am Tisch, die drei weiblichen Wesen, und schwatzten. Der Platz, wo Joan saß, war jetzt das Kopfende des Tischs geworden. Sie drehte sich um, zeigte ihm ein tränenloses Gesicht und fragte: «Alles in Ordnung?»

«Uns geht's gut», sagte er, grollend, jedoch zugleich erleichtert, daß die Party auch ohne ihn weiterging.

Im Bett sagte sie erklärend: «Ich konnte nicht weinen, ich nehme an, weil ich im Frühjahr so viel geweint habe. Es war wirklich nicht fair. Es ist deine Idee, und du hast dich so verhalten, daß es aussieht, als ob ich dich rauswürfe.»

«Es tut mir leid», sagte er. «Ich konnte nicht aufhören. Ich wollte aufhören, aber ich konnte es nicht.»

«Du wolltest *nicht* aufhören. Du hast es genossen. Du

hast deinen Kopf durchgesetzt, deine Idee, es allen gemeinsam zu verkünden.»

«Ich bin froh, daß ich es hinter mir habe», gestand er. «Gott, waren die Kinder großartig. So tapfer und komisch.» John hatte sich, nachdem er ins Haus zurückgekommen war, in seinem Zimmer an ein Modellflugzeug gesetzt und ihnen von oben ständig zugebrüllt: «Ich bin okay. Keine Bange.»

«Und die Art», fuhr Richard fort, redselig vor Erleichterung, «wie sie die Gründe, die wir nannten, überhaupt nicht in Frage stellten. Keines kam auf den Gedanken, es könnte eine dritte Person beteiligt sein, nicht einmal Judith.»

«Das war wirklich rührend», sagte Joan.

Er umarmte sie. «Du warst auch großartig. Du hast auf alle so beruhigend gewirkt. Ich danke dir.» Schuldbewußt wurde ihm klar, daß er sich gar nicht wie getrennt vorkam.

«Du hast noch Dickie vor dir», sagte sie zu ihm. Diese Worte stellten einen schwarzen Berg vor ihn in die Dunkelheit, dessen kalter Atem, dessen nahes Gewicht sich ihm auf die Brust legte. Von den vier Kindern war sein ältester Sohn am ehesten so etwas wie ein Gewissen. Es wäre nicht nötig gewesen, daß Joan hinzufügte: «Das ist ein Stück von deiner schmutzigen Arbeit, das ich dir nicht abnehmen werde.»

«Ich weiß. Ich werde es tun. Schlaf du nur.»

Innerhalb weniger Minuten wurde ihr Atem langsamer, dann unbewußt und schwer. Es war Viertel vor zwölf. Dickies Zug, mit dem er von dem Konzert zurückkehrte, kam um 1 Uhr 14 an. Richard stellte den Wecker auf eins. Er schlief seit Wochen scheußlich schlecht. Aber jedesmal, wenn er die Lider schloß, war da ein Bild aus den letzten Stunden, das sie versengte: Judith, wie sie in einer Art Abneigung den Rauch zur Decke hin ausatmete, Beans stummes Starren, das sonnenüberflutete Wachstum des Feldes, auf dem er und John gesessen hatten. Der Berg vor ihm kam näher, bewegte sich in ihm; er war riesig, bedeutungsschwer. Die Schmerzen hinten in seiner Kehle fühlten sich schal an. Seine Frau schlief wie erschlagen neben ihm. Als er sich, erbittert über seine heißen Lider, sein bedrängtes Herz, vom Bett erhob und anzog, wurde sie so weit wach, daß sie sich umdrehte. Da sagte er zu ihr: «Joan, wenn ich es alles rückgängig machen könnte, ich würde es tun.»

«Wo würdest du anfangen?» fragte sie. Es gab keine bestimmte Stelle. Sie machte ihm Mut, sie machte ihm immer Mut. Er zog sich im Dunkeln seine Schuhe an, ohne Socken. Die Kinder atmeten in ihren Zimmern, unten war alles leer. In ihrer Verwirrung hatten sie die Lampen brennen lassen. Er machte sie alle aus, bis auf eine, die Deckenbeleuchtung in der Küche. Der Wagen sprang an. Er hatte gehofft, er würde es nicht tun. Auf der Landstraße begegnete er nur dem Mondschein, einem durchsichtigen Begleiter, wie es schien, der zwischen den Blättern am Straßenrand flimmerte, wie ein Verfolger in seinem Rückspiegel auftauchte, im Licht seiner Scheinwerfer schmolz. Das Zentrum der Stadt, noch nicht ganz menschenleer, war unheimlich um diese Zeit. Ein junger Polizist in Uniform leistete einer Gruppe Jugendlicher in T-Shirts auf den Stufen einer Bank Gesellschaft. Gegenüber dem Bahnhof waren noch mehrere Bars geöffnet. Kunden, meistens junge Leute, kamen und gingen in der warmen Nacht und genossen die Neuheit des Sommers.

Stimmen tönten aus vorüberfahrenden Autos; eine unendliche Unterhaltung schien im Gange zu sein. Richard parkte und legte in seiner Müdigkeit den Kopf auf den Beifahrersitz – heraus aus dem Trubel und dem Wirbel der Lichter. Es war, wie wenn im Film ein Mörder mitten im Gedränge eines Karnevals verbissen seinen Auftrag ausführte – nur daß der Film den steilen, greifbaren Abhang nicht zeigen kann, an den du dich klammerst. Du kannst nicht wieder hinunterklettern, du kannst nur fallen. Das synthetische Gewebe des Autositzes, von seiner Wange angewärmt, vermittelte ihm einen uralten, fernen Vanilleduft.

Das Pfeifen eines Zugs veranlaßte ihn, den Kopf zu heben. Der Zug war pünktlich; er hatte gehofft, daß er Verspätung haben würde. Die schmalen Schranken gingen herunter. Die Ankunftsglocke klingelte fröhlich. Das große Metallgebilde, horizontal gerillt, kam schaukelnd zum Stillstand, und müde Teenager stiegen aus, unter ihnen sein Sohn. Dickie zeigte sich nicht überrascht, daß sein Vater ihn zu dieser schrecklichen Zeit abholte. Er kam zum Auto geschlendert, mit zwei Freunden, die beide größer waren als er. Er sagte «Hi» zu seinem Vater und ließ sich mit einer erschöpften Promptheit, die Dankbarkeit ausdrückte, auf den Beifahrersitz fallen. Die Freunde stiegen hinten ein, und Richard war dankbar; indem er sie nach Hause fuhr, gewann er ein paar weitere Minuten Aufschub.

Er fragte: «Wie war das Konzert?»

«Toll», sagte einer der Jungen vom Rücksitz her.

«Ätzend», sagte der andere.

«Es war okay», sagte Dickie, der von Natur aus maßvoll war, und so vernünftig, daß ihm in seiner Kindheit die Unvernunft der Welt Kopfschmerzen, Bauchschmerzen,

Übelkeit verursacht hatte. Als der zweite Freund vor dem dunklen Haus, in dem er wohnte, abgesetzt worden war, platzte es aus dem Jungen heraus: «Dad, meine Augen bringen mich um vor Heuschnupfen! Ich muß da draußen den ganzen Tag das verdammte Gras mähen!»

«Haben wir noch von den Tropfen?»

«Letzten Sommer haben sie nicht geholfen.»

«Vielleicht helfen sie in diesem.» Richard wendete auf der leeren Straße. Die Fahrt nach Hause dauerte nur wenige Minuten. Der Berg war da, in seinem Hals. «Richard», sagte er und spürte, wie der Junge, der in sich zusammengesunken dasaß und sich die Augen rieb, bei seinem Ton erstarrte. «Ich habe dich nicht abgeholt, nur um dir das Leben leichter zu machen. Ich bin gekommen, weil deine Mutter und ich dir etwas mitzuteilen haben, und du bist in der letzten Zeit nicht leicht zu erwischen. Es sind keine erfreulichen Neuigkeiten.»

«Ist schon okay.» Die beruhigenden Worte kamen leise, aber schnell, wie vom Ende einer Feder in die Luft geschleudert.

Richard hatte befürchtet, daß die Tränen wieder kommen und ihn würgen würden, aber das männliche Verhalten seines Sohnes setzte ein Beispiel, und seine Stimme kam fest und nüchtern heraus. «Es sind traurige Neuigkeiten, aber sie müssen nicht unbedingt tragisch sein, jedenfalls nicht für dich. Sie sollten ohne praktische Auswirkungen auf dein Leben sein, wenn sie auch sicher nicht ohne gefühlsmäßige Auswirkungen bleiben. Du wirst deinen Job weitermachen und im September wieder zur Schule gehen. Deine Mutter und ich sind wirklich stolz auf das, was du aus deinem Leben machst, und wir möchten auf keinen Fall, daß sich da irgend etwas ändert.»

«Ja», sagte der Junge leichthin, während er gleichzeitig einatmete, und hielt sich gerade. Sie bogen um die Ecke; die Kirche, in die sie immer gingen, ragte empor wie ein ausgeplündertes Fort. Das Haus der Frau, die zu heiraten Richard hoffte, stand auf der anderen Seite der Grünanlagen. Das Licht in ihrem Schlafzimmer brannte.

«Deine Mutter und ich», sagte er, «haben beschlossen, uns zu trennen. Für den Sommer. Nichts Juristisches, noch keine Scheidung. Wir möchten sehen, wie das geht. Wir haben schon seit einigen Jahren nicht mehr genug füreinander getan, einander nicht so glücklich gemacht, wie wir es sollten. Hast du das gespürt?»

«Nein», sagte der Junge. Es war eine ehrliche, nüchterne Antwort: richtig oder falsch in einem Quiz.

Froh über diese sachliche Basis, erging sich Richard, geradezu geschwätzig, in den Einzelheiten. Sein Apartment auf der anderen Seite der Stadt, das jederzeit erreichbar sei, die Vereinbarung über eine Aufteilung der Ferien, die Vorteile für die Kinder, größere Beweglichkeit und mehr Abwechslung im Sommer. Dickie hörte zu, alles in sich aufnehmend. «Wissen es die anderen schon?»

«Ja.»

«Wie haben sie es aufgenommen?»

«Die Mädchen ziemlich gelassen. John ist ausgeflippt; er hat gebrüllt und eine Zigarette gegessen und Salat aus seiner Serviette gemacht und uns gesagt, wie sehr er die Schule verabscheut.»

Sein Bruder kicherte. «Tatsächlich?»

«Ja. Die Sache mit der Schule hat ihn mehr aufgeregt, als das mit Mom und mir. Er schien sich besser zu fühlen, nachdem er sich Luft gemacht hatte.»

«Tatsächlich?» Die Wiederholung war das erste Anzeichen dafür, wie sehr es ihn getroffen hatte.

«Ja. Dickie, ich möchte dir etwas sagen. Die letzte Stunde, jetzt, als ich auf deinen Zug wartete, ist so ungefähr die schlimmste Stunde meines Lebens gewesen. Ich kann dies alles nicht ausstehen. Nicht ausstehen. Mein Vater wäre lieber gestorben, ehe er mir so etwas angetan hätte.» Er fühlte sich ungeheuer erleichtert, als er das sagte. Er hatte den Berg auf den Jungen gewälzt. Sie waren zu Hause. Schnell wie ein Schatten war Dickie aus dem Auto, durch die hell erleuchtete Küche. Richard rief ihm nach: «Möchtest du noch ein Glas Milch oder irgend etwas?»

«Nein, danke.»

«Sollen wir morgen beim Golfplatz anrufen und sagen, du fühlst dich nicht wohl und kannst nicht zur Arbeit kommen?»

«Nein, das geht schon in Ordnung.» Die Antwort kam matt, von der Tür zu seinem Zimmer; Richard wartete auf das Zuknallen der Tür, das zu einem Wutanfall gehörte. Die Tür schloß sich normal, behutsam. Es war ein beklemmendes Geräusch.

Joan war in das erste tiefe Tal des Schlafs gesunken, und es dauerte lange, bis sie aufwachte. Richard mußte wiederholen: «Ich habe es ihm gesagt.»

«Was hat er gesagt?»

«Nicht viel. Könntest du ihm noch gute Nacht sagen? Bitte.»

Sie ging aus dem Zimmer, ohne sich einen Bademantel anzuziehen. Er zog sich schwerfällig wieder seinen Pyjama an und ging den Flur hinunter. Dickie lag schon im

Bett, Joan saß neben ihm, und aus dem Radiowecker auf dem Nachttisch des Jungen tönte leise Musik. Als Joan aufstand, ließ ein unerklärliches Licht – der Mond? die Umrisse ihres Körpers durch das Nachthemd hindurch erkennen. Richard setzte sich auf die warme Delle, die sie auf der schmalen Matratze des Jungen hinterlassen hatte. Er fragte ihn: «Möchtest du das Radio anlassen?»

«Es ist immer an.»

«Stört es dich nicht beim Einschlafen? Mich würde es stören.»

«Nein.»

«Bist du müde?»

«Ja.»

«Gut. Willst du wirklich morgen früh aufstehen und arbeiten gehen? Es war ein langer Abend für dich.»

«Ja, ich will arbeiten.»

In der Schule, fort von zu Hause, hatte er im letzten Winter zum erstenmal die Erfahrung gemacht, daß man zu wenig schlafen und trotzdem leben kann. Als kleines Kind hatte er mit einer regungslosen, schwitzenden Intensität geschlafen, die seine Babysitter beunruhigt hatte. Als Heranwachsender war er oft als erstes der vier Kinder zu Bett gegangen. Noch jetzt sank er manchmal mitten während einer Fernsehsendung in sich zusammen, die Beine haarig und braun von sich gestreckt. «Okay. Mein lieber Junge. Hör zu, Dickie. Ich habe dich sehr lieb. Bis jetzt wußte ich nie wie sehr. Einerlei wie sich alles entwickelt, ich werde immer bei dir sein. Wirklich.»

Richard beugte sich hinunter, um ein abgewandtes Gesicht zu küssen, aber sein Sohn drehte sich geschmeidig um und, umarmte ihn mit nassen Wangen und gab ihm einen Kuß auf die Lippen, leidenschaftlich wie eine Frau.

Ins Ohr seines Vaters stöhnte er ein einziges Wort, das entscheidende, kluge Wort: «Warum?»

Warum. Es war das Pfeifen des Windes in einem Spalt, ein gestoßenes Messer, ein ins Leere aufgesperrtes Fenster. Das weiße Gesicht war verschwunden, die Dunkelheit ohne Konturen. Richard hatte vergessen, warum.

Gesten

Sie sagte es ihm mit einer kleinen Geste, die er noch nie bei ihr gesehen hatte. Joan hatte vom Bahnhof aus angerufen – nachdem sie mit ihrem Liebhaber geluncht hatte, wie Richard annahm. Er war zum Kinderhüten dagewesen, und Dickie, der inzwischen Auto fahren konnte, hatte das Kabriolett seines Vaters genommen. Joans Volvo war neu und widersetzte sich mehrere Minuten lang Richards Bemühungen, den ersten Gang einzulegen. Als er das Zentrum der Stadt erreicht hatte, war Joan bereits die Hauptstraße hinuntergegangen und den kleinen Hügel zur Grünanlage hinauf. Es war September, laubreich und warm, und doch lag eine kristallene Kühle auf den Dingen, eine nicht ganz geheure Klarheit. Schon aus der Ferne lächelten sie einander zu. Sie öffnete die Tür, stieg ein und legte sich den Gurt um, um sein tadelndes Summen zum Schweigen zu bringen. Ihr Gesicht war rosig von ihrem Spaziergang, in ihrer Stadtkleidung sah sie wie kostümiert aus; sie trug ein oder zwei kleine Pakete, Beweis, daß sie «einkaufen» gewesen war. Richard versuchte, auf der schmalen Straße zu wenden, und in dem langen Augenblick, in dem er hielt und nach dem Rückwärtsgang suchte, sagte sie es ihm. «Lieber», sagte sie und klopfte auf eine merkwürdige, zögernde, geräuschlose Art mit den Fingern der einen Hand in die Handfläche der anderen, eine Geste, zwischen dem entzückten Händeklatschen eines Kindes und dem Aufmerksamkeit heischenden Signal eines Erwachsenen. «Ich habe beschlossen, dich rauszuschmeißen. Ich wollte dich bitten, die Stadt zu verlassen.»

Sein Herz, plötzlich übervoll, begann zu klopfen; es war das, was er gewünscht hatte. «Okay», sagte er vorsichtig. «Wenn du glaubst, daß du zurechtkommst.» Er spähte von der Seite her in ihr Gesicht, um zu sehen, ob sie es meinte; er konnte es sich nicht vorstellen. Ein rot-weißblaues Postauto, das hinter ihnen gebremst hatte, hupte kurz, mehr um sich in Erinnerung zu bringen als rügend; die Maples waren in der Stadt bekannt. Sie hatten die meiste Zeit ihrer Ehe hier gelebt.

Richard fand den Rückwärtsgang, setzte den Wagen ein Stück zurück, vollendete die Wendung, und sie fuhren heimwärts, gleitend. Der Wagen, so neu und steif, fühlte sich in Bewegung luftig und leicht an, als wäre auch er gerade durch ihr kleines, verspieltes Händeklatschen in Dunst aufgelöst worden. «Alles stagniert», erklärte sie, «ist steckengeblieben; so kommen wir nicht weiter.»

«Ich werde nicht Schluß mit ihr machen», warf er ein.

«Das brauchst du mir nicht zu sagen; du hast es bereits gesagt.»

«Und ich glaube auch nicht, daß du mit ihm Schluß machen würdest.»

«Ich würde es tun, wenn du mich darum bätest. Bittest du mich?»

«Nein. Schreckliche Vorstellung. Er ist alles, was ich habe.»

«Also gut. Geh, wohin du willst. Ich glaube, Boston würde den Kindern am meisten Spaß machen, wenn sie dich besuchen. Und für dich wäre es am wenigsten langweilig.»

«Einverstanden. Wann, meinst du, soll das stattfinden?» Ihr Profil, am Rand seines Blickfelds, kam ihm spröde vor, drauf und dran zu zerbrechen, wenn er nur ein falsches Wort sagte, ein zu hartes Wort. Er hielt den Atem an, versuchte, sich aufrechtzuhalten, luftig und leicht; wie das Auto. Sie fuhren über den Höcker diesseits der Brücke; Zigarettenrauch löste sich zitternd von Joans Gesicht.

«Sobald du eine Wohnung gefunden hast», sagte sie. «Nächste Woche. Ist das zu früh?»

«Wahrscheinlich.»

«Ist es zu traurig? Komme ich dir brutal vor?»

«Nein, du kommst mir wunderbar vor, sehr freundlich und gerecht, wie immer. Es ist richtig. Nur ist es etwas, was ich nicht selbst tun konnte. Wie kannst du, ohne daß ich in der Stadt bin, überhaupt leben?»

Am Rande seines Blickfelds drehte sich ihr Gesicht; er drehte den Kopf, um sie anzusehen, und ihr Gesicht war schelmisch, tapfer, gerötet. Wahrscheinlich hatten sie zum Lunch Wein getrunken. «Mühelos», sagte Joan. Er wußte, daß sie bluffte – eine tapfere Geste; sie bat um Aufschub. Aber er blieb stumm, er weigerte sich zu diskutieren. Auf diese Weise hatte er ihren Stolz auf seiner Seite.

Die Biegungen der Straße flossen vorbei, Briefkästen, Bäume, einige schon verfärbt vom Wechsel der Jahreszeit. Er fragte: «Ist das deine Idee oder seine?»

«Meine. Sie kam mir im Zug. Andy sagte nur, daß ich dich offenbar ständig füttere.» In den Wochen seit ihren getrennten Sommerferien hatte Richard in einer geliehenen Hütte am Meer, zwei Meilen von ihrem Haus entfernt, übernachtet; er versuchte, dort zu kochen, aber mit jedem Abend, als die Nächte kürzer wurden, schien es ihm einfacher und den Kindern gegenüber netter, das Essen zu essen, das Joan gekocht hatte. Er war an ihre Kost gewöhnt; tatsächlich setzte sich sein ganzer Körper, jede einzelne Zelle, aus ihrer Kost zusammen. Das Abendessen führte gewöhnlich zu einem Drink nach dem Dinner, während die Kinder (zwei waren fort in der Schule, zwei waren noch zu Hause) sich durch ihre Hausaufgaben mühten oder auf den Fernseher starrten, und das Trinken führte gewöhnlich zu Gesprächen, Geständnissen, harten Worten, rührseligen Tränen und gelegentlich zu einem gutehelichen Rückfall nach oben, ins Bett. Sie hatte recht: es war nicht gesund, und es brachte sie nicht weiter. Die zwanzig Jahre, in denen es angebracht gewesen wäre, einander zu lieben, waren vorüber.

Er fand das Apartment in Boston am zweiten Tag der Suche. Die Vertreterin des Maklers hatte rotes Haar, einen runden Hintern und eine Maske aus Make-up, die sie trug, als wollte sie ihre Jugend verbergen. Richard war glücklich und erschreckt, als er hinter ihr Treppen hinauf- und hinunterging. Seiner mehr überdrüssig, als er ihrer, schob sie den Schlüssel in das Schloß, stieß die Tür mit der Schulter auf und machte mit offener Hand ihre kleine Geste hilflosen Zurschaustellens.

Der Fußboden war weder mit Teppich noch mit Parkett ausgelegt, sondern bestand aus schwarzen und weißen Fliesen, wie der Fußboden in einem Vermeer; er blickte zum Fenster, sah den Wolkenkratzer und wußte, dies würde ihm genügen. Der Wolkenkratzer, der seit Jahren in einem berühmten Zustand der Nicht-Vollendung schwebte, war eine wunderschöne Katastrophe, berühmt, weil er eine Katastrophe war (ständig fiel Glas herunter), und katastrophal, weil er wunderschön war: der Architekt hatte eine Vision gehabt. Er hatte von einem unsichtbaren und doch riesigen Gebäude geträumt; das Glas sollte den Himmel reflektieren und die alte niedrige Backsteinsilhouette von Boston und mit dem Himmel verschmelzen. Statt dessen fielen ständig die Fenster aus spiegelndem Glas auf die Straße und wurden durch häßliche Undurchsichtigkeiten aus schwarzem Sperrholz ersetzt. Dennoch blieb genug reflektierende Oberfläche, um, durch das flimmerige alte Fenster dieser unerwarteten Wohnung hindurch, den Eindruck einer gewaltigen Bläue, eines vertikalen Vetters der gewaltigen horizontalen Bläue des Meeres zu vermitteln, die Richard jeden Morgen beim Erwachen in der jetzt bis in die Knochen gehenden Morgenkühle seiner ungeheizten Hütte sah. Er sagte zu dem Rotkopf: «Gut», und ihre Kohlestift-Augenbrauen hoben sich. Seine Hände zitterten, als er den Mietvertrag unterschrieb, nachdem er in die Spalte Familienstand «getr.» eingetragen hatte. Von einem Drugstore aus teilte er die Neuigkeit telefonisch nicht seiner Frau, die es traurig machen würde, sondern seiner Geliebten mit, die ebenso weit weg war. «Also», sagte er in anklagendem Ton, «ich habe eine gefunden. Ich habe den Mietvertrag unterschrieben. Unglaublich. Mitten zwischen all dem Kleingedruckten stand der schlichte Satz: ‹Wasserbetten sind nicht gestattet.›»

«Du hörst dich so zitterig an.»

«Ich habe das Gefühl, ich habe ein schwarzes Loch geboren.»

«Laß es doch, wenn du es nicht willst.» Aus der Art, wie

Ruths Stimme innehielt und verklang, schloß er, daß sie nach einer Zigarette oder einem Aschenbecher griff, um sich auf eine längere Sitzung des Liebhaber-Tröstens einzurichten.

«Ich will es ja. Sie will auch, daß ich es tue. Wir alle wollen, daß ich es tue. Sogar die Kinder sind scharf darauf. Oder behaupten es jedenfalls.»

Sie ignorierte das «behaupten». «Beschreib mir die Wohnung.»

Er konnte sich nur an den Fußboden erinnern, und an den Ausblick auf die blaue Katastrophe mit den sich spiegelnden Wolken, die an der Fassade vorbeizogen. Und an den Rotkopf. Sie hatte ihm gesagt, wo er Lebensmittel einkaufen, wo er seine Wäsche waschen konnte. Würde er Wäsche haben?

«Klingt nett», war Ruths ferne Antwort, als er gesagt hatte, was er sagen konnte. Zwei Leute, der eine ein schwitzender schwarzer Postbote, warteten darauf, die Telefonzelle zu benutzen. Er haßte die Stadt jetzt schon, ihr Gedränge, ihren Hunger.

«Was klingt denn nett daran?» fragte er unwirsch.

«Bist du so durcheinander? Laß es doch, wenn du es nicht willst.»

«Hör auf, das zu sagen.» Es war eine ermüdende Formalität, die sie beide befolgten, die Vorspiegelung, daß es ihnen freistand, innerhalb ihrer beider Ehen zu tun, was sie wollten. Vermeidung von Schuldgefühlen war das Spiel, und Ruth war eine Expertin darin geworden. Ihre Worte schienen oft keine wirklichen Wörter, sondern leere Gegenreden, Floskeln einer verurteilten Etikette. Wogegen die Worte seiner Frau immer offen und in ihrer Bedeutung durchsichtig waren.

«Was könnte ich sonst sagen», fragte Ruth, «außer daß ich dich liebe?» Und am anderen Ende seufzte das Telefon tief auf. Er konnte sich die Geste vorstellen: sie hatte das Gesicht von der Sprechmuschel abgewandt und atmete kraftvoll aus, so wie es ihre Art war – Ausdruck von Erbitterung, auch wenn sie keine empfand –, auszuatmen und gleichzeitig eine nicht einmal halb gerauchte Zigarette auszudrücken, so daß sie unter ihren ungeduldigen Fingern zerbröckelte wie eine zornige Bemerkung, die man besser unterdrückt. Ihre augenfällige verschwenderische Art quälte ihn. Jede Verschwendung peinigte ihn. Er hatte plötzlich den Wunsch aufzulegen, betrachtete aber auch das als eine verschwenderische leere Geste und legte nicht auf.

Allein in seiner Wohnung lebend, stellte er fest, daß er ein ordentlicher und sparsamer Haushälter war. Wenn eine Frau fortging, machte er sich immer sofort daran, seine Junggesellen-Ordnung wiederherzustellen. Er leerte die Aschenbecher, die, wenn Ruth die Besucherin gewesen war, bis zum Rand gefüllt waren mit langen, blassen, vorzeitig ausgelöschten Leichen und, wenn Joan dagewesen war, mit Kippen, die kaum länger waren als die Filter. Keine der beiden Frauen machte, wie er mit Befriedigung feststellte, je mehr als eine Geste, wenn es ums Aufräumen ging – das Bett ein Wrack, das Geschirr schmutzig, jeder seiner drei Aschenbecher (einer aus Glas, einer aus Keramik und einer der Deckel einer Keksdose) systematisch benutzt, wie die Male beim Baseball. Wenn er sie leerte, lächelte er, entweder über Ruths unordentliches Leichenhaus oder über Joans Filternest, verschwiegen wie weiße Kieselsteine in einer Schale mit Narzissen. Wenn er Ruth dafür tadelte, daß sie Zigaretten ausdrückte, die noch so lang waren, wies sie natürlich mit der ihr eigenen, schönen, von keinen Zweifeln gequälten Überzeugung von ihrer eigenen Wichtigkeit darauf hin, wieviel besser es für *sie*, für ihre Lunge sei, die Zigarette früh auszumachen, und sie hatte natürlich recht: besser anderes zerstören als sich selbst. Ruth war Liebe, sie war Leben, darum liebte er sie. Doch Joans zwanghafte Sparsamkeit, ihr heimlicher Todeswunsch, waren ihm ebenso innig vertraut wie ihre winzige gehemmte Handschrift und ihr dicht gekräuseltes Schamhaar – deshalb lächelte Richard auch beim Leeren ihrer Aschenbecher. Sein Lächeln war eine Geste ohne Publikum. Er, der seine Auftritte zuerst unter Eltern und Großeltern, Geschwistern und Haustieren erprobt, und sie dann für eine Öffentlichkeit aus Schulkameraden und Lehrern weiterentwickelt hatte und von der sie vor dem anfänglich entzückten Publikum seiner Kinder zu neuen Höhen geführt hatte, konnte in der Einsamkeit nicht aufhören, Theater zu spielen. Er hatte sich so etwas wie einen Gefährten geschaffen, einen einzigen erhabenen Zuschauer – den blauen Wolkenkratzer. Er hatte das Gefühl, er sei ständig bei ihm.

Sein Blau zeigte sich grüner als der Himmel. Eine Zeitlang zerbrach sich Richard den Kopf, warum die Wolken, die sich in dem Wolkenkratzer spiegelten, in die gleiche Richtung zogen wie die Wolken dahinter. Erst als er seine räumliche Vorstellungskraft bemühte, erkannte er, daß ein Spiegel nicht die Richtung unserer Bewegungen umkehrt, wenn er auch unsere Ohren transponiert und unseren Mündern einen anderen Zug gibt, so daß das Gesicht selbst einer geliebten Person im Spiegel unvertraut und häßlich aussieht, so wie sie – welch seltsamer

Gedanke! – sich immer sieht. Er erkannte, daß ein in ihrer Mitte postierter Spiegel die Bewegung einer Armee nicht beeinflussen würde; und häufig paßte die Hälfte einer gespiegelten Wolke zu der Hälfte einer anderen hinter dem Gebäude, sie bewegten sich beide wie eine Wolke, durchbohrt vom Kondensstreifen einer Düsenmaschine wie von Amors Pfeil. Die Katastrophe lag leicht auf dem Herzen der Stadt. Bei Nacht zeigte sie sich als blasse Reihe kleiner Lichter, als glitte ein schlankes Schiff am Himmel dahin, und bei Regen oder Nebel verschwand sie vollständig, während Backsteinschornsteine und Turmspitzen aus Eisenstein im Vordergrund vor Richards Fenster schwärzlich ihre Substanz verstärkten. Auch ungesehen war der Wolkenkratzer immer da; so wie Richard selbst, seine Seele, immer da war. Er versuchte herauszufinden, nach welcher Logik die Fensterscheiben ersetzt wurden, und zwar an Hand der Muster, die Lücken und Glas bildeten. Er fand keine Logik, sah nur die Zeitlupenarbeit unsichtbarer Handwerker, die mit der Hirnlosigkeit von Bienen Zellen aus Glas leerten und füllten. Wenn er viele Minuten lang hinsah, sah er vielleicht, wie – gleich der Kondensation eines Tautropfens – eine leere Stelle gläsern wurde und reflektierend und grünblau. Tage vergingen, bevor er bemerkte, daß in das alte Glas vor seiner Nase, in die flimmrigen Scheiben seines Fensters, geisterhafte frühere Mieter mit Diamanten Initialen, Namen, Daten eingeritzt hatten, und am tiefsten und am weißesten von allem war das rührende, komische Ehegelübde in zwei dreisilbigen Zeilen eingeschnitten:

With this ring
I thee wed

Welch eine durchsichtige Fülle früherer Leben lag über der gegenwärtigen Freude einer Stadt! Als er die Straßen durchwanderte, überraschte ihn sein Glücksgefühl. Er hatte erwartet, traurig, schuldbewußt, gelangweilt zu sein. Statt dessen waren seine Tage behaglich ausgefüllt mit seinen Einkaufslisten, seiner Suche nach Lebensmitteln und Eisenwaren, seinen Begegnungen mit einem so problematischen Ehefrauenersatz wie dem Waschsalon, wo Studenten über Hesse brüteten und sich am Kinn zupften, während ihre Wäsche in ewigem kreisförmigem Fall durcheinandergewirbelt wurde, und wo junge schwarze Hausfrauen vor sich hin summten, während sie weiße Bettwäsche zusammenlegten. Was für ein unerwartetes Vergnügen, im Dunkeln nach Hause zu gehen, und saubere Wäsche an sich zu drücken, warm wie frisches Brot, vorbei an den wie Schaukästen leuchtenden Erkerfenstern von Back Bay. Er fühlte sich nüchtern und heiter und gerechtfertigt zu einer Zeit, da er in den Vororten, durcheinandergeschüttelt vom Pendelzug, gerade bei seinem zweiten hastigen Drink vor dem Abendessen angelangt wäre. Ihm gefiel das Nachhausebringen von Lebensmitteln, die tautologische Befriedigung, eine Mahlzeit zu kochen und dann alles zu essen, während das Radio seine Ohren mit Bach oder Bechet fütterte und ihm ein aufgeschlagenes Buch von dem Lesepult, das er sich gekauft hatte, entgegenblickte; ihm gefiel das seltsame ordentliche Spiel, Lebensmittel zu verzehren, bevor sie verdarben, und Milch zu trinken, bevor sie sauer wurde. Es gefiel ihm, wie Flugzeuge den braunen Nachthimmel durchstreiften, eine zweite, substanzlosere Stadt, die diese Stadt überlagerte, und wie Polizeisirenen heulten und irgendeine Katastrophe aufdeckten, die nicht seine

Katastrophe war. Es konnte nicht von Dauer sein, ein solches Glücksgefühl. Es war ein Zwischenspiel, ein Urlaub. Aber ein merkwürdig sauberer und gerechter Urlaub, geradlinig, würdevoll, wenn auch beeinträchtigt durch Abgründe plötzlicher Angst und Desorientierung. Jede Stunde mußte geplant werden, damit er nicht abstürzte. Er bewegte sich wie ein Wasserläufer, wie ein hüpfender Stein über die glatte gläserne Oberfläche seines neuen Lebens. Er ging überallhin. Einmal ging er zum Sockel des blauen Wolkenkratzers, seines Gefährten und Zeugen. Es war scheußlich. Dicht mit Holzbrettern und feinem Maschendraht gesicherte, von bellenden Polizisten bewachte Tunnel schützten Fußgänger vor herunterfallendem Glas und die Besitzer des Gebäudes, die schon mit Millionen in den roten Zahlen standen, vor weiteren Prozessen. Gerüste und Lastwagen verstopften das mißtönende Gebiet. Die unteren Stockwerke waren rundherum mit Sperrholz verkleidet, von stygischer Schwärze; das Gebäude, so lieblich in der Luft, hatte verfilzte, schmierige Wurzeln. Richard vermied es, noch einmal den Weg zu gehen.

Wenn Ruth ihn besuchte, spielten sie ein Spiel: sie wuschen – scheuerten, mit einem Brillo-Schwamm – eines der weißen Quadrate des Vermeer-Bodens, so daß irgendwann einmal alles sauber aussehen würde. Die schwarzen Quadrate beachteten sie nicht. Nackt, schrubbend, sah Ruth auf den Knien wie ein plumpes kleines Roß aus, das lange Haar hin- und herschwingend, die weichen Brüste im Rhythmus ihrer energischen kreisförmigen Schrubb-Bewegungen schaukelnd. Von hinten sah ihr Schamhaar, ungelockt, wie eine niedrige Mähne aus. So liebenswert fremd, durfte sie selten mehr als ein Quadrat säubern. Die Zeit, so ordentlich und regelmäßig für ihn, flog für sie beide dahin und zerrann. Sogar zum Reden schien nur am Ende Zeit zu sein, wenn ihre Hand schon auf dem Türgriff lag. Sie fragte: «Ist dieses Gebäude nicht wunderbar, mit dem Sonnenuntergang darin?»

«Ich liebe dieses Gebäude. Und es liebt mich.»

«Nein. Ich bin es, die dich liebt.»

«Kannst du nicht teilen?»

«Nein.»

Sie hatte das Bedürfnis, von der Wohnung Besitz zu ergreifen; als er ihr erzählte, daß Joan auch dagewesen sei und, nur zum «Spaß», mit ihm, ihrem Ehemann, geschlafen habe, jammerte Ruth ins Telefon: «In *unserem* Bett?»

«In *meinem* Bett», sagte er mit nicht charakteristischer Festigkeit.

«In deinem Bett», räumte sie ein. Ihre Stimme klang heiser wie die eines müden Kindes. Als das Gespräch schließlich endete und seine Geliebte hinreichend besänftigt war, mußte er seinen Blick an seinen leblosen riesigen Freund lehnen, der sich an der einen Seite schon mauve färbte und an der anderen noch himmelblau war, schwach gestreift von Spiegelungen hoher Cirrus-Wolken. Er sprach zu ihm, wie der Blick eines stummen Tieres spricht, von Schönheit und Leiden, von einer Einfachheit, die zugrunde gehen muß, von der Zeit. Der Abend würde seinen Farbton mildern und ins Schiefergraue wandeln, die Nacht seine Seiten einhüllen. Richards Fokus verkürzte sich, und er las, irritiert, zum hundertstenmal diese freche, fromme Verunstaltung, dieses Fragment einer Litanei, vom verblassenden Feuer der Sonne hell ins Glas geätzt:

with this ring
I thee wed

Ruth hatte, vor Monaten, ihren Ehering abgelegt. Als sie herkam, um mit ihm eine Reise mit Übernachtung anzutreten, trug sie an dem nackten Finger – als widerwillige heuchlerische Konzession – einen geerbten Diamantring. Als sie die Hand ins Sonnenlicht am Fenster hielt, wirbelte ein ganzes Planetensystem von Regenbogen durchs Zimmer und gab, wie er sich einbildete, dem Wolkenkratzer Zeichen. Im Hotel in New York vertraute sie ihm wieder ihre Entrüstung darüber an, daß sie durch die falsche Aneignung seines Namens ihren eigenen verliere.

«Es ist nur eine Übereinkunft», sagte er zu ihr. «Eine Geste.»

«Aber ich *mag* die, die ich jetzt bin», protestierte sie. Das war tatsächlich ihr Hauptjuwel, unverletzlich und strahlend: sie mochte die, die sie war. Sie waren getrennte Wege gegangen, und sie hatte, als sie vor ihm zurückkehrte, an der Rezeption nach dem Zimmerschlüssel gefragt und die Nummer genannt.

Der Mann an der Rezeption hatte nach ihrem Namen gefragt. Das war Taktik. Er händigte den Schlüssel nicht an eine Nummer aus.

«Und welchen Namen hast du ihm genannt?» fragte Richard, als sie an dieser Stelle der Geschichte eine Pause machte.

In ihrer Pause und in ihrem dunkelblauen starren Blick sah er eine Wiederholung ihres Zögerns bei der Herausforderung durch den Mann an der Rezeption. Außerdem war sie, vor ihrer Ehe mit Jerry, Lehrerin für Zweitkläßler gewesen, und Richard sah jetzt, wie sie – steif, furchtsam und gebieterisch – vor diesen Klassen voller Kinder gestanden haben mußte. «Ich habe Maple gesagt.»

Richard hatte gelächelt. «Hört sich gut an.»

Joan zum Abendessen auszuführen kam ihm unerlaubt vor. Sie schlug es – zum «Spaß» – am Ende eines Kindersonntags vor. Er lebte inzwischen seit zwei Monaten in Boston, neue Gewohnheiten hatten alte ersetzt, und es war verlockend, die Kinder allein zu lassen, die sich langweilten und es einfacher fanden, sich vom Fernseher langweilen zu lassen als von diesem rechthaberischen Besucher. «Hör endlich auf, mir zu sagen, daß du dich langweilst», hatte er John gescholten, das fügsamste seiner Kinder und dasjenige, dem gegenüber er die stärksten Schuldgefühle hatte. «Fünfzehn ist nun einmal ein langweiliges Alter. Als ich fünfzehn war, lag ich herum und las Science-Fiction-Romane. Du liegst herum und siehst dir *Kung-Fu* an. Ich habe wenigstens lesen gelernt.»

«Ist ja gut», protestierte der Junge, und seine jugendliche Stimme brach, da er fürchtete, eine besonders spannende Stelle von *tai chi*, in Zeitlupe, zu verpassen. Richard hatte, als er noch hier lebte, die Sendung oft genug mit ihm zusammen angesehen und wußte, daß sie in gewisser Weise gut war, daß die durch gelegentliche mystische Gewaltausbrüche aufgelockerte asiatische Passivität des Helden dem Kind ein ethisches System vermittelte, so wie Richard seine Vorbilder für menschliches Verhalten in billigen Kinos und Comics gefunden hatte – Kaltblütigkeit bei Bogart, fröhliche Unbekümmertheit bei Errol Flynn, Dualität und Betrug bei Superman.

Er ließ sich auf ein Knie nieder, neben dem Sofa, auf dem John saß, Flaum auf der Oberlippe und mit männlich dunklen Augenbrauen, und stoisch in das transzendente Geflimmer starrte; auch Richards Stimme brach fast, als er fragte: «Wäre es weniger langweilig, wenn Dad noch hier lebte?»

«Nn-*nein*»: Die Antwort kam sofort und ungeduldig, als ob er die Frage vorausgeahnt hätte. Meinte der Junge das wirklich? Seine Augen hatten nicht eine Sekunde lang zur Seite geblickt, vielleicht aus Furcht, sich zu verraten, vielleicht auch aus ehrlicher Langeweile gegenüber Erwachsenen und ihren Gesten. Auf dem Bildschirm töteten Gesten – befriedigenderweise. Richard erhob sich aus seiner Bittstellerhaltung und hörte mit Erleichterung, daß Joan die Treppe herunterkam. Sie war zum Ausgehen angekleidet, trug das zeitlose schwarze Kleid mit dem bogenförmig gezackten Ausschnitt und eine Halskette aus mexikanischem Silber. Es war auf der Hut. Er mußte auf der Hut sein. Sie hatten es hinter sich. Sie mußten es hinter sich haben.

Doch die Cocktails und die Meerestiere und der Wein verdrängten seine Vorsicht; er hörte sich zu dem so vertrauten und so fremden Gesicht ihm gegenüber sagen: «Sie ist reizend, und sie liebt mich, verstehst du –» er war verlegen wie ein Sohn, dem plötzlich bewußt wird, daß seine Mutter, obwohl ganz höfliche Aufmerksamkeit, gar nicht interessiert ist an der Aufregung eines sportlichen Wettkampfs, den er ihr beschreibt – «aber sie will alles genau erklären und möchte, daß ihr alles genau erklärt wird. Es ist, als ob man wieder in der zweiten Klasse wäre. Und das Schlimmste ist, trotz all dieser Erklärungen, trotz all dieser großartigen Fickerei ist sie für mich nicht wirklich, jedenfalls nicht so – wie du.» Seine Stimme erstarb; er war zu weit gegangen.

Joan legte ihre linke Hand, die immer noch den Ehering trug, in einer vernünftigen, maßvollen Geste auf das Tischtuch. «Sie wird es noch werden», versprach sie. «Es ist eine Frage der Zeit.»

Das, was die Welt sah, war noch das alte Bild. Die Kellnerin, die ihre Kinder in der Sonntagsschule unterrichtet hatte, begrüßte sie, als ob ihre Ehe nicht kaputt wäre; sie hatten drei- oder viermal im Jahr in diesem Restaurant gegessen, und es war durchaus normal, daß sie da waren. Sie hatten den Bauunternehmer gekannt, der vor etwa zwölf Jahren diesen pseudo-antiken Flügel gebaut hatte und dann die Stadt verließ, bankrott, entehrt und seltsam heiter. Die Erinnerung an ihn schwebte zwischen den Balken. Ein anderes Paar, älter als die Maples – der Ehemann hatte einst mit Richard zusammen in einem städtischen Ausschuß gearbeitet –, erschien vor ihrer Nische, strahlend, scherzend, auf die obligatorische amerikanische Art. Ob sie es wußten? Es spielte keine Rolle in dieser Nation der temporären Abkommen. Die Maples scherzten gemeinsam zurück und rückten erst wieder voneinander ab, als das ältere Paar weiterging. Joan sah ihnen nach. «Ich möchte wissen, was sie haben», fragte sie, «das wir nicht hatten.»

«Vielleicht hatten sie weniger», sagte Richard, «und erwarteten darum nicht mehr.»

«Das ist zu einfach.» Sie leistete seinen verhüllten Komplimenten leisen Widerstand; er war dankbar. Bitte, widerstehe.

Er fragte: «Wie, glaubst du, kommen die Kinder zurecht? John macht einen sehr in sich gekehrten Eindruck.»

«So ist er nun mal. Hör auf, auf ihm herumzuhacken.»

«Ich möchte nur nicht, daß er denkt, er müsse dein kleiner Ehemann sein. Das Haus kommt mir jetzt riesig vor.»

«Wem sagst du das.»

«Es tut mir leid.» Es tat ihm leid; er legte seine Hände mit den Handflächen nach oben auf den Tisch.

«Ist es nicht erstaunlich», sagte Joan, «daß eine ganze Flasche Wein für zwei Leute nicht mehr genug ist?»

«Soll ich noch eine bestellen?» Er war insgeheim bestürzt: die Verschwendung.

Sie sah es und sagte: «Nein. Gib mir die Hälfte von dem, was in deinem Glas ist.»

«Du kannst alles haben.» Er goß es ihr ins Glas.

Sie sagte: «Eure Fickerei ist also wirklich großartig?»

Jetzt genierte ihn die Bemerkung, und er befürchtete, daß sie der Auftakt zu einer unangenehmen Entwicklung sein könnte. So wie es mit Ruth die Etikette des Ehebruchs gab, mußte mit Joan so etwas wie ein Codex der Trennung aufrechterhalten werden. «Das ist sie gewöhnlich bei allen Leuten, die nicht verheiratet sind», sagte er.

«Stimmt das, weißer Mann?» Kaum hatte sie einen Schluck von seinem Wein in sich, schwoll Joan vor aufsteigender Heiterkeit. Sie beugte sich so nahe zu ihm wie der Tisch es erlaubte. «Du mußt mir *versprechen* –» eine Geste unterstrich das «versprechen», ein protestierendes kleines Ausbreiten der Hände – «dies jetzt keinem Menschen zu erzählen, auch nicht Ruth.»

«Vielleicht solltest du es mir gar nicht erzählen. Wirklich, laß es.» Er verstand, warum sie bis jetzt so wortkarg gewesen war: sie hatte die ganze Zeit das Bedürfnis gehabt, von ihrem Liebhaber zu erzählen, den sie warm wie ein Baby in sich trug. Sie war im Begriff, ihn zu verraten. «Tu es, bitte, nicht», sagte Richard.

«Sei nicht so ein Tugendbold. Du bist der einzige Mensch, mit dem ich sprechen kann, es hat überhaupt nichts zu bedeuten.»

«Das hast du auch gesagt, als wir in meiner Wohnung miteinander geschlafen haben.»

«Hat es sie gestört?»

«Unheimlich.»

Joan lachte, und Richard war, zum tausendstenmal, beeindruckt von der Vollkommenheit ihrer Zähne, ebenmäßig und gerundet und weiß, von den Lippen entblößt wie zum Beweis eines vollendeten Schädels, einer makellosen Seele. Ihre Fröhlichkeit trug sie in eine Art Himmel, als sie ihm Geschichten von sich und Andy anvertraute – wie er und die Geschäftsführerin eines Motels sich in die Haare geraten waren über das Fehlen von Handtüchern in einem Zimmer, das sie für den Nachmittag gemietet hatten, wie er nach jeder Umarmung für genau sieben Minuten in Schlaf sank. Richard kannte Andy seit Jahren, ein schlanker, dunkelhäutiger Spezialist für Körperschaftsrecht, selber geschieden, jedoch verheiratet mit seinem Beruf als Berater bei kniffligen Fusionsverhandlungen zwischen großen Firmen. Immer pedantisch gekleidet, ein eifriger Kirchgänger, legte er bei vielen Anlässen eine unangebrachte Würde an den Tag und war vielleicht von Joans Oberflächenglanz, von ihrer glatten Neuengland-Glasur mehr angezogen als von den mutwilligen Dämonen darunter. «Mein Psychiater meint, daß Andy mit dir eine Symbiose gebildet hat und daß ich jetzt, wo du nicht mehr da bist, erkennen kann, wie absurd er ist.»

«Er ist nicht absurd. Er ist anständig, loyal, hübsch und wohlhabend. Er zahlt den Zehnten. Er hat ein Handicap von zwölf. Er liebt dich.»

«Er beschützt dich vor mir, meinst du. Seine Knöpfe! Wir müssen hinterher immer eine halbe Stunde länger rechnen, damit er alle seine Knöpfe zumachen kann. Wenn es vierteilige Anzüge gäbe – er würde sie tragen. Und er wäscht sich – er wäscht *alles*, jedesmal.»

«Hör auf», bat Richard. «Hör auf, mir das alles zu erzählen.»

Aber ihr war schwindlig zwischen den kreisenden Spiegeln ihrer Treuebrüche, ihr Gesicht so erhitzt und vibrierend, daß die Kellnerin verständnisvoll kicherte, als sie den Maples Kaffee eingoß. Joans Gesicht war rosarot wie eine Päonie, ihre Augen blaßblau wie Eis, fast transparent. Er sah durch ihre Worte hindurch das, was sie sagen wollte – daß diese Liebhaber, so sehr wir sie auch lieben, nicht wir sind, nicht so geheiligt, wie die Realität geheiligt ist. Wir sind Realität. Wir haben Kinder gezeugt. Wir haben einander unsere jungen Körper geschenkt. Wir haben versprochen, miteinander alt zu werden.

Joan beschrieb einen Vorfall in ihrem Haus, das einst ihrer beider Haus gewesen war, als der Klempner unerwartet kam. Richard mußte mit ihr lachen – die Rohrleitungsprobleme in diesem Haus waren ein alter Scherz, eine unendliche Geschichte. «Es klingelte hinten an der Tür, Mr. Kelly kam sogleich hereingestapft, du weißt ja, wie die Küchengeräusche im Schlafzimmer widerhallen, und wir waren gerade soweit.» Sie sah ihn an, um festzustellen, ob ihm klar war, was sie meinte. Er nickte. Ihre Augen funkelten. Sie betonte das Klopfen: «Wir waren voll da», und mit einer Geste, ähnlich dem sanften Händeklatschen im Auto eine Welt zuvor, zeichnete sie mit der Spitze des Zeigefingers ein V in die Luft, als wollte sie schreiben: «voll». Die Bewegung war eifrig, schüchtern, exquisit, scheu, vertrauensvoll: er sah alle ihre Bedeutungen und wußte, daß sie nie aufhören würde, Gesten in ihm zu machen, niemals; mochte auch ein Urteil zwischen sie treten oder gar der Tod – Joans Gesten würden fortdauern, in Glas geschnitten.

Scheidung

Ein Fragment

Richard Maple fragte sich: Kann Sterben schlimmer sein als dies? Seine Frau hockte auf dem früheren Ehebett und erzählte ihm schluchzend von ihrer Gemütsverfassung, die selbstmörderisch, depressiv, niedergeschlagen war. Sie lebten nun seit anderthalb Jahren getrennt, und die Zeit hatte nichts bewirkt, kein Narbengewebe hatte sich gebildet, ihr Körper war eine einzige ungeheilte Wunde, die laut schrie: *Komm zurück.*

Sie wurde älter; die Haut ihres Gesichts runzelte sich, wenn sie den Kopf neigte, um zu weinen, und bekam kleine, trockene Flecken unter ihren Augen und an ihren Mundwinkeln. Er war bewegt, wie von Schönheit. Gedankenlos hielt sie ihre Hände im Schoß gefaltet, ihre Hände – weiß in dem schwarzen Flanellrock; mit ihrer durch Yoga geübten Flexibilität, die das Alter ihr noch nicht genommen hatte, hatte sie sich zusammengekauert zu einer kummervollen Kugel, als sollte sie aus einer Kanone abgefeuert werden. «Es tut mir leid», sagte sie zu ihrer Entschuldigung, «ich möchte mich nicht so fühlen, ich möchte fröhlich sein und mutig und locker darüber hinweggehen können, dieser Zustand ist lächerlich. Sogar die Kinder –»

«Besonders die Kinder», sagte er. «Sie sind gute Kerle.»

«Und ich nicht?» fragte Joan mit einer Stimme, die eine Spur weniger hoffnungslos war, aufgehellt durch ihre Fähigkeit zu gerechter Beurteilung. «Ich bin es in gewisser Weise. Es ist nur, nur . . .» Die Flecken auf der Haut, die Tränen des Körpers, wirkten plötzlich verstärkt. «Jeden Morgen zähle ich mir, wenn ich aufwache, die Gründe auf, warum ich nicht in den Fluß springen sollte. Du weißt nicht, wie das ist.»

Sie hatte wie immer recht: er wußte es nicht. Bei dem Gedanken, sie würde in den Fluß springen, stellte er sich nichts vor, außer wie kalt das Wasser sein und wie schwer ihr schwarzer Flanellrock werden würde. Sie war eine kräftige, geschmeidige Schwimmerin, und der Fluß war nicht tief. «Du weißt genau, was *ich* empfunden habe», sagte er, «als ich alle diese Jahre an deiner Seite lag und darauf wartete, daß etwas geschah.»

«Ich weiß, ich weiß, du hast es tausendmal gesagt. Ich war der Meinung, es wäre einiges geschehen, hin und wieder, aber weißt du, ich möchte nicht streiten. Ich beklage mich nicht über Tatsachen, es ist nur, nur –»

«Nur, daß du sterben möchtest», schloß er für sie.

Sie nickte mit einem Schluchzen. «Und dann denke ich, wie kränkend das für alle ist. Für die Kinder.»

Während er sie betrachtete, ihre zusammengekauerte, symmetrische Haltung bewunderte, wollte er mit ihr sterben; er hatte das Gefühl, daß sie am Fuße einer Mauer kauerte, die überaus glatt war, und die Mauer war in ihm. Er wünschte sich weit weg von all dem, von dem Leben und Wohlbefinden, daß er sich seit seiner Trennung von ihr geschaffen hatte, von dem vergeblichen und kleinlichen Bemühen, glücklich zu sein. Sein Glück und Heil schien unbedeutend, verglichen mit dem geweihten Unglück, das sie geteilt hatten. Doch es gab keinen Ausweg, keinen anderen Weg als den des stumpfen Vorwärtsgehens, wie ein Soldat bei einer in Verruf gekommenen Unternehmung, mit abgedroschenen Sprüchen, die ihn in Bewegung halten sollen. «Du warst depressiv, als du mit mir gelebt hast», sagte er zu Joan. Das war einer der Sprüche.

«Ich weiß, ich weiß, ich mache dir keinen *Vorwurf*, ich sage nicht, daß du etwas *tun* sollst, nur –»

«Nur was?» Er veränderte seine Stellung. Seine Beine taten weh; er sah verstohlen auf seine Armbanduhr. Er hatte eine Verabredung, die er einhalten mußte.

«Hab *Verständnis*.»

«Wenn ich eine Spur mehr Verständnis hätte», bekannte er, «wäre ich völlig gelähmt.» Er fragte sie: «Wie kann ich dir helfen, außer indem ich zurückkomme?»

«Das würde nicht helfen – *darum* bitte ich nicht.»

Er bezweifelte das; doch die Möglichkeit, daß es wahr sein könnte, gab ihm Auftrieb, einen leichten, begierigen Auftrieb, wie bei einem Fisch, der eine herunterfallende Flocke in einem Aquarium verschlingt. Die Flocke schmeckte bitter. «Worum bittest du, Süße?» Er bedauerte, daß er sie «Süße» genannt hatte. Er hatte versucht, alle seine Treuebrüche zu verschmelzen und in eine Linie zu bringen, aber es wurden immer noch mehr, und sie verzweigten sich.

«Daß du weißt, wie es ist.»

Er sagte: «Wenn ich besser gewußt hätte, wie es für dich ist, wären wir vielleicht nie dahin gekommen. Aber wir *sind* dahin gekommen. Laß jetzt los. Du quälst nur alle damit, und dich selbst am meisten. Du bist gesund, du hast die Kinder, Geld, das Haus, Freunde; du hast alles außer mir. Und statt mir hast du eine Freiheit und Würde, die du vorher nicht hattest. Sag mir, was ich falsch mache», bat er.

Sie mußte darüber lachen, ein leises Kichern. In ihrer Haltung, dachte er, hatte sie etwas von einer Glucke, in ihrer Unbeweglichkeit etwas von einer Henne im Nest.

Er würde zu spät kommen. Joan wußte das. Er mußte fort, mußte weiter. «Du hast noch ein langes Leben vor dir», sagte er versuchsweise. «Es ist eine *Sünde*, vom Tod zu reden, wie du es tust. Warum muß das immer so weitergehen? Ich kann es nicht ausstehen. Ich habe das Gefühl, festgeklebt zu sein. Ich komme hier heraus, um die Kinder zu sehen, nicht damit du mir Schuldgefühle machst.»

Sie sah endlich auf. «Du hast ungefähr so viel Schuldgefühle wie –» Sie warteten gemeinsam darauf, wie der Vergleich ausfallen würde. «Wie ein Bettpfosten», schloß sie, indem sie nahm, was ihr am nächsten war, und beide mußten lachen.

Hier kommen die Maples

Sie waren immer ein glückliches Paar gewesen, und als sie sich schließlich zur Trennung entschlossen, war es nur ihr Glück, daß der puritanische Bundesstaat, in dem sie lebten, eine Ergänzung, die eine nicht-schuldhafte Scheidung erlaubte, zu seinem knarrenden, überalterten Corpus von Scheidungsgesetzen verabschiedet hatte. Ihren Bestimmungen nach mußte eine gemeinsame eidesstattliche Erklärung eingereicht werden. Sie lautete: «Jetzt kommen Richard F. und Joan R. Maple und schwören in Kenntnis der auf Meineid stehenden Strafen, daß ihre Ehe unrettbar zerrüttet ist.» Für Richard, der eine Kopie des Dokuments in seiner Bostoner Wohnung las, beschwor der Wortlaut eine Vision herauf: er sah sich und Joan, wie sie Hand in Hand auf eine Party stürmten, während ein livrierter Türsteher laut ihre Namen ausrief und ein Regen von Konfetti und Sektblasen durch den Raum wirbelte. In den vielen Jahren ihrer Ehe waren sie zusammen zu einer Menge Parties gegangen, und immer mit einem Anflug von Erregung, ein wenig Hoffnung und Erwartung, daß etwas Schönes passieren könne.

Der eidesstattlichen Erklärung lagen verschiedene schreckenerregende Steuerformulare sowie ein Antrag auf Übersendung einer Kopie ihrer Heiratsurkunde bei. Obwohl sie in New York und London gelebt hatten, auf Inseln und auf dem Land, und einen Sommer lang sogar in einer Blockhütte, waren sie nur wenige U-Bahn-Stationen von dem Ort entfernt getraut worden, wo Richard jetzt stand und seine Post las. Er war nicht mehr in der Cambridge City Hall gewesen seit dem Morgen, an dem er die Urkunde erhalten hatte, seit ihrem Hochzeitsmorgen. Seine Eltern hatten ihn von dem Motel in Connecticut, wo sie alle auf der Fahrt von West Virginia her übernachtet hatten, dorthin gefahren; sie waren um sechs aufgestanden, um rechtzeitig dort zu sein, und während eines großen Teils der Fahrt saß er mit über dem Kopf gezogenen Mantel da und hofftc, wieder einschlafen zu können. In seiner Erinnerung kam er sich jetzt wie ein Meerestier vor, knochenlos unter der Quallenglocke seines Mantels, hilflos auftauchend an der Küste, während die Luft immer heißer wurde. Es war Juni und dunstig. Als sie gegen Mittag nach Cambridge kamen und sich selbst und Schachteln mit Hochzeitsgewändern die vier Treppen zu Joans Wohnung in der Avon Street hinaufschleppten, nahm die Braut gerade ein Bad. Wer sonst noch in der Wohnung war, hatte Richard vergessen; seine Erinnerung an den Tag war lückenhaft – lesbare Stellen in einer feuchten grauen Kladde. Es war ein Tag ohne Himmel und ohne Wolken, nur ein Schleier schattenlosen Sonnenlichts hüllte das Pflaster in der Brattle Street und die weißen Turmspitzen von Harvard und die dicken Autos, die auf den geteerten Straßen schmorten, ein. Er war einundzwanzig, und Eisenhower war Präsident, und die Braut stand hinter der Tür und rief ihm zu, er solle nicht hereinkommen, es würde ihm Unglück bringen, sie zu sehen. Jemand war mit ihr dort drinnen, kichernd und planschend. Wer? Ihre Schwester? Ihre Mutter? Richard lehnte sich an die Badezimmertür und hörte, wie sich hinter ihm seine Eltern die Treppe hochschleppten, keuchend, aber noch plaudernd, und er stellte sich Joan vor, wie sie in der Wanne lag, ihre Zehen blaßrot, ihre Halsmuskeln gedehnt, ihre Brüste schwebend und seifig und glatt. Dann versiegte die Erinnerung, und der nächste Fleck zeigte sie und ihn Seite an Seite, wie sie zusammen in den schimmernden mittäglichen Verkehrsstau am Central Square hineinfuhren. Sie trug ein Sommerkleid aus sonnengebleichter Baumwolle; er hielt den Blick auf den Verkehr gerichtet, um das Unglück, sie vor der Hochzeitszeremonie zu sehen, zu verringern. Andere Paare, dachte er dabei, müssen es geschafft haben, ihre Papiere mehr als zwei Stunden vor der Hochzeit in Ordnung zu haben. Aber zweifellos reisten andere Bräutigame auch nicht mit dem Mantel über dem Kopf zu ihrer Hochzeit wie Kinder, die sich vor einem Gewitter verstecken. Hand in Hand, kleiner als Hänsel und Gretel in seiner Vorstellung, liefen sie die lange Freitreppe hinauf in einen pfefferkuchenbraunen Torbogen und verschwanden.

Die Cambridge City Hall war unverändert in einer veränderten Welt. Der Rundbau des Schlosses von Richardson, roter Sandstein und rötlicher Granit, ragte wie ein freundlicher Riese in seiner derben Umgebung auf. Sein Inneres war in gefirnißter Eiche gehalten, blaß und glänzend. Richard meinte sich zu erinnern, daß er die Urkunde an einem Gitterfenster unten mit Messingschild erhalten hatte, aber ein Pfeil auf einem Stück Pappe wies ihn nach oben. Seine Knie zitterten, und ihm drehte sich der Magen um angesichts der Ungeheuerlichkeit dessen, was zu tun er im Begriff war. Er bog um eine Ecke. Eine großmütterliche Frau regierte in einem geräumigen, ruhigen Reich voller Schreibtische mit grünen Oberflächen und großer Ordner in Stahlregalen. «Könnte ich eine K-Kopie von einer Heiratsurkunde haben?» fragte er sie.

«Das Jahr?»

«Wie bitte?»

«In welchem Jahr wurde die Heiratsurkunde ausgestellt, Sir?»

«1954.» Klar und deutlich ausgesprochen schien das Jahr so weit entfernt wie ein Stern, und doch – da war er wieder und fühlte sich nicht eine Minute älter und schwitzte in der gleichen sommerlichen Hitze. Dennoch mußte ihn die Frau, nachdem sie die Namen und das Datum aufgeschrieben hatte, verlassen und in einen anderen Raum des Archivs gehen, so weit entfernt war in Wirklichkeit das Ereignis, das er rückgängig zu machen wünschte.

Sie kam zurück, hinkend, was er vorher nicht bemerkt hatte. Der Ordner, den sie trug, war aufgeschlagen fast einen Meter breit, das dicke Buch eines Hexenmeisters. Vorsichtig blätterte sie die riesigen Seiten um, als ob der Abgrund verlorenen Lebens und verlassener Zeit, die sie repräsentierten, bei einem Fehler aufspringen und sie beide verschlingen würde. Sie mußte einst ein flammender Rotschopf gewesen sein, aber ihr Haar war nun stumpf aprikosenfarben und in Dauerwellen erstarrt, leblos wie vergilbtes Papier. Sie lächelte – ein gekräuseltes leises Lächeln. «Ja», sagte sie. «Hier haben wir es.»

Und verkehrt herum konnte Richard auf einer einzelnen langen roten Linie Joans Mädchenname und seinen eigenen Namen lesen. Ihr Beruf war mit «Lehrerin» angegeben (sie war Referendarin für Kunsterziehung gewesen; er hatte ihren bekleckststen blauen Kittel vergessen, den Lehmgeruch ihrer Finger, die Art, wie sie sogar an den kältesten Tagen zur Arbeit radelte) und sein eigener, geringer, mit «Student». Auch ihre eingetragenen Adressen überraschten ihn, da sie verschieden waren – das Foyer in der Avon Street, der Eingang zum Lowell House, vergessene Türen, die sich auf den Korridor gemeinsamer Adressen öffneten, der sich von damals bis jetzt hinzog. Ihre Unterschriften ... Er konnte es nicht ertragen, ihre Unterschriften zu studieren, nicht einmal verkehrtherum. Auf den ersten Blick wirkte Joans Unterschrift fester, blauer. «Wollen Sie eine oder mehrere Kopien?»

«Eine dürfte genügen.»

So umständlich, als ob sie dies nicht schon tausendmal getan hätte, strich der ehemalige Rotschopf das Papier glatt, und kopierte, einen altmodischen Federhalter mehrmals eintauchend, den Sachverhalt auf ein Standardformular.

Was sonst noch blieb von jenem Hochzeitstag? Da waren ein paar Dias, an die sich Richard erinnerte. Ein Cousin von Joan hatte die Hauptpersonen der Hochzeitsgesellschaft auf dem Fußweg draußen vor der Kirche aufgestellt, alle um eine Parkuhr versammelt. Die Parkuhr, ein schlanker silbriger Vertreter der Stadtverwaltung, nimmt den Ehrenplatz in der Gruppe ein, mit ihrem schmalen Kopf und ihrer scharlachroten Zunge. Wie die Parkuhr ist auch der Bräutigam sehr schlank. Er blinzelte gleichzeitig mit dem Verschluß der Kamera, so daß die Andeutung einer Totenmaske sein Gesicht umschwebt. Die Haltung der lächelnden Braut, angespannt und anmutig zugleich, hat etwas Tänzerisches an sich, die Füße auf dem heißen Pflaster nach außen gerichtet; es wirkt so, als sei sie drauf und dran, den Organdysaum ihres Brautkleids zu nehmen und einen schwungvollen *tour jeté* zu drehen. Die vier Eltern, noch nicht in Großeltern verwandelt, erscheinen verschwommen auf dem Dia, halb verloren im Lichtschleier, wohlwollend und massig wie die Steine des Gebäudes, in dem Richard gerade die Drei-Dollar-Gebühr für seine Kopie, seine Gegen-Urkunde, hinblätterte.

Ein anderes Bild war von Richards Studien- und Zimmergenossen festgehalten worden, der sie zu ihrer Flitterwochenhütte in einer kleinen Stadt an der Küste eine Stunde südlich von Cambridge fuhr. Ein Croquet-Spiel war auf der Veranda vergessen worden, und in einem dieser Bravourstücke, die er an den Tag legte, um Unbehagen zu verbergen, nahm Richard drei der Bälle auf und begann zu jonglieren. Der Zimmergenosse, dem vielleicht ebenso unbehaglich zumute war, fing den Moment ein; der rote Ball hängt dort für immer, unscharf, in der gelblichen Färbung des sterbenden Lichtes, während der gelbe und der grüne in Richards Händen schimmern und sein Gesicht verzückt mit offenem Mund nach oben starrt.

«Ich habe noch ein anderes Problem», sagte er zu der großmütterlichen Angestellten, als sie den Riesenordner zuklappte und sich anschickte, ihn hochzuheben.

«Und das wäre?» fragte sie.

«Ich habe eine eidesstattliche Erklärung, die notariell beglaubigt werden müßte.»

«Das ist nicht meine Abteilung, Sir. Erster Stock, nach links, wenn Sie aus dem Fahrstuhl kommen, nach rechts, wenn Sie die Treppe benutzen. Die Treppe hinauf geht's schneller, wenn Sie mich fragen.»

Er folgte ihren Anweisungen und fand eine junge schwarze Frau an einem Stahltisch, der bedeckt war mit golden gerahmten Bildern von Treue und Zusammenhalt und Beständigkeit, von Kindern und Eltern, von einem melancholischen braunen Jungen in brauner Militäruniform, einer lachenden Familie am Ufer eines Sees; da war sogar ein Foto von einem Haus – einem ganz normalen kleinen Ranch-Haus, irgendwo, mit einem grünen Rasen. Sie las Richards eidesstattliche Erklärung ohne Kommentar. Er unterdrückte seinen dringenden Wunsch, sie um Verzeihung zu bitten. Sie bat um seinen Führerschein und verglich das Foto darauf mit seinem Gesicht. Sie gab ihm einen Stift und setzte einen Stempel der Unwiderruflichkeit neben seine Unterschrift. Der rote Ball schwebte immer noch in der Luft, irgendwo in einer Schachtel mit Fotos, die er nie wiedersehen würde, und die leuchtende Ruhe der Hütte, als sie dort schließlich allein waren, zog noch immer ihre Bahn hinaus zu den Sternen – eine Kapsel der Stille; doch was Richard noch mehr schmerzte, als er zusammenzuckend aus dem braunen Torbogen in das grelle Sommerlicht trat, war ein hinausgeschobenes Detail der Hochzeit. In seiner Benommenheit, seiner Schläfrigkeit, in seiner Verwunderung über das weiße Geschöpf, das neben ihm vor dem Altar zitterte, am Rande seines Bewußtseins wie ein Regenbogen im Nebel, hatte er vergessen, das Gelöbnis mit einem Kuß zu besiegeln. Joan hatte zu ihm herübergeblickt, lächelnd, erwartungsvoll; er hatte zurückgelächelt und sich an nichts erinnert. Der Augenblick ging vorüber, und sie eilten durch das Kirchenschiff, wie er jetzt beschämt die Stufen der City Hall hinabeilte, auf die Straße und auf den Tunnel der U-Bahn zu.

Während die U-Bahn durch die Dunkelheit ratterte, las er etwas über die Kräfte der Natur. Ein wissenschaftlicher Sonderdruck war mit der Post gekommen, mit derselben Post wie die eidesstattliche Erklärung. Bevor er allein lebte, hätte er ihn weggeworfen, ohne einen zweiten Blick darauf zu werfen, aber jetzt, da er allmählich die bedächtigen Gewohnheiten eines Bostoner Eigenbrötlers annahm, las er jeden Fetzen, den man ihm schickte, und blieb sogar auf der Straße stehen, um ein schmuddeliges Stückchen Zeitung aufzuheben und es auf eine Botschaft hin zu überfliegen. *So,* las er, *war bereits 1935 bekannt, daß die Welt der Natur von vier Arten von Kräften beherrscht wurde: in der Reihenfolge zunehmender Stärke sind dies die Schwerkraft, die schwache, die elektromagnetische und die starke Kraft.* Beim Lesen wurde ihm klar, daß er es mit den schwachen Kräften hielt; er identifizierte sich mit ihnen. Schwerkraft, obwohl unwesentlich auf mikrokosmischer Ebene, *beginnt bei Objekten in einer Größenordnung von 100 Kilometer vorzuherrschen, so bei großen Asteroiden; sie hält den Mond zusammen, die Erde, das Sonnensystem, die Sterne, die Sternansammlungen innerhalb der Galaxien und die Galaxien selbst.* Für Richard war es so, als ob eine mutlose, bei Spielbeginn überwältigte Mannschaft, nun vorwärtsdrängte, um im letzten, makrokosmischen Viertel den Sieg zu eringen; er jubelte innerlich. Die U-Bahn schwankte zu einer Haltestelle in Kendall, und er erinnerte sich, wie er und Joan einige Tage nach ihrer Hochzeit einen Zug nach Norden durch New Hampshire nahmen, wo sie sich vertraglich für Sommerjobs verpflichtet hatten. Der Zug, nun seit langem eingestellt, hatte sich nordwärts geschlängelt an den belebten, durch Sägewerke verschmutzten Flüssen entlang und in immergrüne Berge hinein, wo rostende Skilifts standen. Die Sitze waren aus rotem Plüsch gewesen, und der Zug hatte unaufhörlich sanft geschaukelt. Ihre Arme, blaß vor dem Plüsch, zeigten einen rosa Hauch von Sonnenbrand. Unsicher, wie Flitterwochen zu sein hatten, aber in der Gewißheit, daß sie sich Erinnerungen schaffen mußten, die dauerten, bis daß der Tod sie schied, hatten sie nackt Croquet gespielt in einem kleinen Garten, der, zwischen all den Bäumen, wie ein Auge aus Gras war, das zum Himmel hinaufblickte. Sie schlug ihn, in jedem Spiel. *Die schwache Kraft,* las Richard, *hat keinen nennenswerten Einfluß auf die Struktur des Atomkerns, bevor der Zerfall eintritt; sie ist wie ein Sprung in einer Glocke aus gegossenem Metall, der keine Auswirkung auf den Klang der Glocke hat, bis er schließlich dazu führt, daß die Glocke zerspringt.*

Die U-Bahn kletterte ans Tageslicht, um den Charles zu überqueren. Segelboote neigten sich auf dem Geglitzer unten. Auf der anderen Seite des Flusses hingen die rauchfarbenen Wolkenkratzer Bostons wie erstarrte Springbrunnen. Der Zug machte eine Biegung um die Bucht eines Sees und hielt in The Weirs, einer sandigen Sommerfrische, wo Eiskrem auf Asphalt tropfte und der Duft eines kandierten Apfels von der Schwelle der Kindheit herüberwehte. Nach stundenlangem Warten bekamen sie das Postboot zu der Insel, wo sie arbeiten sollten. Die Insel lag jenseits des Lake Winnipesaukee, mit vielen anderen Inseln und notwendigerweise vielen Poststellen dazwischen. Jedesmal, bevor es anlegte, ließ das Boot seine Sirene ertönen – ein gewaltiges Geräusch. Die Maples hatten sich, der Sonne und der Landschaft wegen, vorn hingesetzt; und einmal dort, unmittelbar unterhalb der Schiffssirene, hatten sie das Gefühl, sie müßten dort bleiben. Die Inseln, das Wasser, die Berge hinter der Küste waren ein Adagio wechselnder Perspektiven rings um sie herum, und dann – wie jedesmal überraschend – ließ das Tuten der Sirene sie zusammenfahren und zermalmte die Landschaft zu einem Schwall von Geräusch; dieses Tuten bedrohte ihre junge Ehe. Er gab ihr die Schuld und hatte zugleich den Wunsch, sie um Verzeihung zu bitten für etwas, woran sie beide nichts ändern konnten. Nach jedem Tuten wurde der Motor abgestellt und das Boot schlängelte sich zu einem wackligen Anlegeplatz, und auf den bunt getupften, weichen Wegen dieser oder jener immergrünen Insel strömten sonnenbraune Kinder und Helfer in Badehosen und Mokassins herbei, um ihre Post in Empfang zu nehmen, und ihr Geschrei klang seltsam in den betäubten Ohren der Neuvermählten. Als sie ihre eigene Insel erreichten, waren die Maples erschöpft.

Quantenmechanik und Relativität sind, zusammengenommen, außerordentlich einschränkend, und sie statten uns deshalb mit einem großartigen logischen Werkzeug aus. Richard steckte die Broschüre in seine Tasche zurück und stieg in Charles aus. Er ging über die Brücke zum Krankenhaus, um den für seine Arthritis zuständigen Arzt aufzusuchen. Seine Knochen taten ihm nachts weh. Er hatte Freunde, die im Sterben lagen oder gestorben waren; es schien nun nicht mehr unvorstellbar, daß er ihnen folgte. Als er das erste Mal in diesem Krankenhaus gewesen war, war er gekommen, um Joan den Hof zu machen. Er war die gleiche Rampe zu der Glastür hinaufgegangen und hatte sich drinnen, in diesem großen Labyrinth der Kranken, stammelnd nach dem Mädchen erkundigt, das mit einem Gummiband um ihren Pferdeschwanz in der ersten Reihe von Englisch 162b («Die Tradition der epischen englischen Dichtung, von Spenser bis Tennyson») gesessen hatte. Er hatte den ganzen Winter hindurch drei Stunden lang in jeder Woche die Neigung ihres Hinterkopfs bewundert. In der Examenszeit nahm er seinen ganzen Mut zusammen und sprach sie an, als sie sich gemeinsam an einem Tisch in der Bibliothek über dunkle Fotokopien von Blakes Illustrationen zum *Verlorenen Paradies* beugten. Sie vereinbarten, sich nach dem Examen auf ein Bier zu treffen. Aber sie erschien nicht. In dem Amphitheater verzweifelt denkender Köpfe fehlte der ihre. Und nachdem er *Die Märchenkönigin* und *Die Schäfergedichte des Königs* zusammen beiseite gelegt hatte, rief er in ihrem Studentenwohnheim an und erfuhr, daß Joan ins Krankenhaus gebracht worden war. Eine Kraft der Natur trieb ihn, den langen Fluren und falschen Biegungen und der Menge von Tanten und Freiern am Fuß ihres Bettes zu trotzen; Joan lag in Weiß zwischen weißen Laken, ihr Haar hing lose über ihre Schultern und einem Plastikschlauch, der etwas Durchsichtiges in die Unterseite ihres Arms einführte. Bei späteren Besuchen erhielt er das Recht, ihre Hand zu halten, wie fest sie auch geschient und verpflastert war. Mangelnde Blutgerinnung hatte die Diagnose gelautet. Ihre Beschwerden hatten darin bestanden, daß sie nicht aufhörte zu bluten. Errötend erzählte sie ihm, wie die Ärzte und Assistenten sie gefragt hatten, wann sie das letzte Mal Verkehr gehabt hätte, und wie peinlich es ihr gewesen sei, ihnen in ihre höflichen, ungläubigen Gesichter hinein zu gestehen, nie.

Der Doktor nahm die Aderpresse des Blutdruckmeßgeräts von Richards Arm und lächelte. «Haben Sie in letzter Zeit unter irgendwelchem Streß gestanden?»

«Ich werde gerade geschieden.»

«Arthritis gehört, wie Sie vielleicht wissen, zu der Gruppe der Beschwerden, die auch psychosomatische Ursachen haben.»

«Alles, was ich weiß, ist, daß ich morgens um vier aufwache und es sehr deprimierend finde, zu denken, daß ich diese Sache nie mehr loswerde, daß dieser Schmerz in meiner Schulter für den Rest meines Lebens bleiben wird.»

«Sie werden sie loswerden. Er wird nicht bleiben.»

«Wann?»

«Sobald Ihr Gehirn aufhört, strafende Signale auszusenden.»

Ihre in der kleinen Wiege eines heilenden Apparats ruhende Hand, deren Wärme widerstandslos und unverbindlich war, während er sie, an ihrem Krankenbett sitzend, hielt, befand sich fast in der Höhe seiner Augen. Auf der Insel waren die Betten in der Blockhütte, die für sie reserviert worden war, verschieden hoch, und obwohl Joan versuchte, sie in ein Doppelbett zu verwandeln, wo die Matratzen aneinanderstießen, eine Kante, über die er oder sie sich schieben mußte, in einem Durcheinander sich verschiebender Laken. Aber die Hütte lag im Wald, und ein kräftiger, feuchter Geruch von Kiefern und Farnen drang durch die Fliegengitterfenster, zusammen mit dem morgendlichen Gezwitscher der Vögel und dem abendlichen Geraschel der Tiere. Es ging das Gerücht, daß es Rotwild auf der Insel gebe; die Tiere kämen im Winter über das Eis und seien gefangen, wenn es im Frühjahr schmelze. Obwohl niemand, weder Camper noch Helfer, jemals Rotwild gesehen hatten, hielt sich das Gerücht beharrlich.

Warum hat dann noch nie jemand ein Quark gesehen?

Während Richard die Charles Street entlang zu seiner Wohnung ging, erinnerte er sich vage an einen solchen Satz. Er suchte in seinen Taschen nach der Schrift über die Kräfte der Natur und zog statt dessen ein neues Rezept für Schmerztabletten heraus, eine Abschrift seiner Heiratsurkunde und die unterschriebene eidesstattliche Erklärung. *Jetzt kommen* ... Die Abhandlung lag zusammengefaltet dazwischen. Er konnte den Satz nicht finden und las statt dessen: *Die Theorie, daß die starke Kraft stärker wird, wenn die Quarks auseinandergezogen werden, ist eher spekulativ; doch ihre Entsprechung, der Gedanke, daß die Kraft schwächer wird, wenn die Quarks näher zusammengeschoben werden, ist besser begründet.* Ja, dachte er, das war geschehen. Im Leben gibt es vier Kräfte: Liebe, Gewohnheit, Zeit und Langeweile. Liebe und Gewohnheit sind eine kurze Frist lang ungeheuer stark, aber die Zeit, der es an einer negativen Ladung mangelt, akkumuliert sich unerbittlich und macht zusammen mit ihrer Schwester, der Langeweile, alles gleich. Er lag im Sterben; das ließ ihn grausam werden. Sein Herz krampfte sich zusammen vor Entsetzen über das, was er gerade getan hatte. Wie konnte er Joan sagen, was er mit ihrer Heiratsurkunde gemacht hatte? Sogar die Quarks in den Telefonleitungen würden rebellieren.

Im Wald war eine grüne Lichtung gewesen, ein Auge aus Gras, eine Wiese, übersät von mikrokosmischen weißen Blüten, und hierhin war eines Abends in der Dämmerung das Rotwild gekommen, das Weibchen voran, das Männchen, größer und dunkler, das Hinterteil noch im Schatten, als seine Gefährtin die letzten Sonnenstrahlen des Tages schnupperte, die Silhouetten beider von demselben Licht umgeben, das das Gras der Wiese vergoldete. Eine Gruppe von Motorradfahrern mit ausdruckslosen

Gesichtern röhrte vorbei, ein Betrunkener winkte Richard vom Eingang eines Waschsalons zu, ein Mädchen mit einem verführerischen rückenfreien Oberteil bedachte ihn mit einem kühlen Blick, die Ampel wechselte von Rot auf Grün und er konnte sich nicht erinnern, ob er Orangensaft oder Brot brauchte, und ärgerte sich doppelt darüber, daß er sich nicht daran erinnern konnte, ob sie das Rotwild wirklich gesehen hatten oder ob er sich die Erinnerung eingebildet, sie heraufbeschworen hatte aus der Sehnsucht heraus, so möge es gewesen sein.

«Ich kann mich nicht erinnern», sagte Joan am Telefon. «Ich glaube nicht, daß wir sie gesehen haben, wir haben nur darüber gesprochen.»

«War da nicht eine Art Lichtung jenseits der Hütte, wenn man den Weg weiterging?»

«Wir sind diesen Weg nie gegangen, es wimmelte dort von Insekten.»

«Ein Hirsch und eine Hirschkuh, als es eben dunkel wurde. Erinnerst du dich an nichts?»

«Nein, wirklich nicht, Richard. Wie schuldig soll ich mich deiner Meinung nach fühlen?»

«Überhaupt nicht, wenn es nicht so gewesen ist. Da wir gerade von wehmütigen Erinnerungen sprechen . . .»

«Ja?»

«Ich war heute nachmittag in der Cambridge City Hall und habe mir eine Abschrift unserer Heiratsurkunde geholt.»

«O Gott. Wie war es?»

«Es war nicht schlimm. Das Gebäude ist erstaunlicherweise weitgehend unverändert geblieben. Haben wir die Urkunde oben oder unten bekommen?»

«Unten, links vom Fahrstuhl, wenn man hineinkommt.»

«Dort hat man mir unsere eidesstattliche Erklärung beglaubigt. Du wirst demnächst eine Kopie davon bekommen; es ist ein schockierendes Dokument.»

«Ich habe sie schon bekommen, gestern. Was ist daran so schockierend? Ich fand sie komisch, die Art, wie sie formuliert ist. Hier kommen wir, da gehen wir.»

«Liebes, du bist so stark und mutig.»

«Ich fürchte, ich muß es sein. Oder?»

«Ja.»

Nicht zum erstenmal in diesen zwei Jahren hatte er das Gefühl, daß er sich hinter einer eierschalendünnen Wand verkroch, die Joan durch das bloße Heben ihrer Stimme zerbrechen konnte. Aber sie lehnte es ab, sie zu zerbrechen, entweder weil sie nicht wußte, wie dünn die Schale war, oder weil sie auf der anderen Seite kauerte, so wie sie sich, auf der anderen Seite jener Badezimmertür, auf die gleiche Art wie er und mit den gleichen regressiven Impulsen der Heirat genähert hatte. «Was ich nicht verstehe», sagte sie jetzt, «sollen wir beide dieselbe Erklärung unterschreiben oder jeder eine, oder was? Und welche? Mein Anwalt schickt mir immer noch drei Ausführungen von allem, und manche davon stecken in blauen Umschlägen. Sind das die wichtigen oder die unwichtigen, die ich behalten kann?»

In Wirklichkeit schienen die Anwälte, so gewandt in ihrer gewohnten gegnerischen Welt von Beschuldigung, Klage und Gegenklage von der Klausel der nichtschuldhaften Scheidung verwirrt zu sein. Am Morgen ihrer Scheidung wurde Richard von seinem Anwalt auf der Treppe zum Gericht begrüßt und auf die Möglichkeit hingewiesen, daß er als Kläger vielleicht aufgefordert werden würde, darzulegen, was in der Ehe ihn von der unwiderruflichen Zerrüttung überzeugt hatte. «Aber das ist doch der entscheidende Punkt bei der nicht-schuldhaften Scheidung», warf Joan ein, «daß man nichts sagen muß.» Sie ging neben Richard die Treppen zum Gerichtsgebäude hinauf; tatsächlich waren sie in demselben Wagen gekommen, da eines der Kinder Joans Volvo genommen hatte.

Das Verfahren war früh am Tag anberaumt. Als er sie um Viertel nach sieben abholen wollte, hatte sie barfuß auf dem Rasenrondell der Auffahrt gestanden, bis zu den Knöcheln in Dunst und Tau. Sie hielt ihre Schuhe mit den hohen Absätzen in der Hand. Bei diesem Anblick mußte er lachen. Als er die Wagentür öffnete, sagte er: «Also gibt es *doch* Rotwild auf der Insel!»

Sie war zu beschäftigt, um seine Anspielung zu begreifen. Sie fragte ihn: «Glaubst du, es stört den Richter, wenn ich keine Strümpfe trage?»

«Halt deine Beine hinter seinem Sitz», sagte er. Er war aufgeregt, benommen. Er hatte kaum geschlafen, obwohl seine Schulter zur Abwechslung einmal nicht geschmerzt hatte. Sie stieg in den Wagen, ihre Schuhe und den feuchten Duft des Morgens mit sich bringend. Sie war immer eine Frühaufsteherin gewesen und er ein Langschläfer. «Danke, daß du das tust», sagte sie, womit sie meinte, daß er sie mitnahm, und fügte hinzu, «wirklich.»

«Mit Vergnügen», sagte Richard. Während sie zum Gericht fuhren und sich über ihre Autos und ihre Kinder unterhielten, staunte er darüber, wie schwerelos Joan geworden war; sie saß am Rand seines Blickfelds, leicht wie eine Feder, und ihre Stimme drang angenehm an sein

Ohr, ihr vertrauter Tonfall und der Nachdruck, mit dem sie sprach, überaus melodisch und halb ungehört – wie die Themen eines Concertos, das uns in Tagträume versetzt. Er gab ihr nicht mehr die Schuld: das war der Grund für die Unbeschwertheit. In all diesen Jahren hatte er sie für alles verantwortlich gemacht – für das Verkehrschaos am Central Square, für das laute Tuten auf dem Postboot, für den Höhenunterschied ihrer Betten. Und nun nicht mehr: er hatte sie aus der Allmacht entlassen. Er hatte sie freigegeben, frei von Schuld. Sie war für ihn, was Gretel für Hänsel war, ein verwandtes Wesen, das neben ihm einen Weg entlangging, während Vögel hinter ihnen die Brotkrumen aufpickten.

Richards Anwalt sah Joan kummervoll an. «Ich verstehe das, Mrs. Maple», sagte er. «Aber vielleicht sollte ich mit meinem Mandanten ein Wort unter vier Augen sprechen.»

Die Anwälte, die sie gewählt hatten, waren seltsam verschieden. Richards war ein großer, zerknitterter Ire, sein heller Sommeranzug war ausgebeult, und sein Hemd spannte sich über seinem Bauch – ein melancholischer und beruhigender Vatertyp. Joans Anwalt war klein, adrett und flott; er trug einen karierten Anzug und sprach aus dem Mundwinkel, wie ein Tipgeber beim Pferderennen. Augenzwinkernd, munter selbst zu dieser frühen Morgenstunde, tauchte er hinter einer Säule in dem Marmortempel der Justitia auf und nahm Joan beiseite. Ihr Kopf, eine Spur höher als der seine, neigte sich, um ihm zuzuhören; sie lächelte, folgsam. Richard fragte sich verwundert: Konnte diese Sorte Mann all die Jahre über der Typ ihrer heimlichen Wünsche gewesen sein? Sein eigener Anwalt fragte ihn schwer atmend: «Falls der Richter nach einem bestimmten Grund für die Zerrüttung fragt – und ich will damit nicht sagen, daß er es tun wird, wir segeln hier alle in noch unbekannten Gewässern –, was werden Sie antworten?»

«Ich weiß nicht», sagte Richard. Er betrachtete die Maserung des Marmors – eine winzige, sich brechende Welle – zwischen seinen Schuhspitzen. «Wir hatten politische Differenzen. Sie zwang mich, bei Friedensmärschen mitzugehen.»

«Irgendwelche physischen Gewalttätigkeiten?»

«Nicht viel. Nicht genug, vielleicht. Glauben Sie wirklich, daß er so etwas fragen wird? Geht es bei diesem Verfahren um eine nicht-schuldhafte Scheidung oder nicht?»

«Nichtschuldhaftigkeit bedeutet in diesem Stadium *tabula rasa.* Jetzt geht es darum, Dick, was wir daraus machen. Ich weiß nicht, was er tun wird. Wir sollten vorbereitet sein.»

«Gut – abgesehen von der Politik kamen wir sexuell nicht recht miteinander aus.»

Die Atmosphäre zwischen ihnen wurde gespannter; seinem eigenen Vater gegenüber war Sex auch ein peinliches Gesprächsthema gewesen. Der Atem seines Anwalts wurde bedrückend hörbar. «Also wären Sie bereit, zu sagen, daß persönlich und emotional eine unüberbrückbare Kluft zwischen Ihnen bestand?»

Es schien von Grund auf unwahr, aber Richard nickte. «Wenn es sein muß.»

«Das genügt.» Der Anwalt legte seine riesige Hand auf Richards Arm und drückte ihn. Seine Nähe, sein schwerer Atem, sein Auftreten, diese Mischung aus ruhelosem Drängen und gezwungener Fröhlichkeit, sein altmodischer Anzug und der Ordner mit Akten unter seinem Arm wie Blätter mit Namenslisten, all das rückte jetzt in den Blickpunkt: er war der Trainer, und Richard war im Begriff, das entscheidende Tor zu kicken, den hochkomplizierten Kopfsprung zu machen, den besten der Schläger «aus» zu machen, als die Male bereits besetzt waren. Vorwärts.

Jeweils zu zweit betraten sie den Gerichtssaal. Der Raum war schlicht und leer: das geschnitzte Holzwerk war dunkelgrün gestrichen. Die Fenster gingen auf einen uralten, durch Industriebetriebe verschmutzten Fluß. Verstorbene Richter blickten von den Wänden herab. Die beiden Anwälte berieten sich, ließen Richard und Joan verlegen abseits stehen. Er sah Joan mit seinem «Was nun?»-Gesicht an. Sie reagierte mit ihrem «Da komme ich nicht mit»-Gesicht. «Achtung! Achtung» sang eine körperlose Stimme, und der Richter eilte herein, lächelnd, mit schwingender Robe. Er war klein, hatte scharfgeschnittene Züge und ein glattes rosa Gesicht; sein Aussehen verkündete, daß es ihm rundherum gut ging und daß er niemals sterben würde. Er stand da und nickte ihnen zu. Er nahm Platz. Die Anwälte gingen nach vorn, wo sie wispernd konferierten. Richard neigte sich schwerfällig Joan zu, dem einzigen lebendigen Wesen im Raum, das ihn nicht abstieß. «Der reinste Daumier», flüsterte sie und meinte die Szene, die jetzt vor ihnen aufgeführt wurde. Die Anwälte gingen auseinander. Der Richter winkte. Er war so makellos, daß sein Lächeln quietschte. Er zeigte Richard ein Blatt Papier; es war die eidesstattliche Erklärung. «Ist das Ihre Unterschrift?» fragte er ihn.

«Ja, sie ist es», sagte Richard.

«Und Sie glauben, wie dieses Schriftstück darlegt, daß Ihre Ehe unwiderruflich zerrüttet ist?»

«Ich glaube es.»

Der Richter wandte sein Gesicht Joan zu. Seine Stimme wurde eine Spur weicher. «Ist das *Ihre* Unterschrift?»

«Ja, sie ist es.» Ihre Stimme war in Richards Augen ein heilender Regen, voller kleiner Regenbogen.

«Und Sie glauben, daß Ihre Ehe unwiderruflich zerrüttet ist?»

Eine Pause. Das glaubte sie nicht, Richard wußte es. Sie sagte: «Ich glaube es.»

Der Richter lächelte und wünschte ihnen beiden alles Gute. Die Anwälte ließen erleichtert die Schultern sinken, und ein Schwall heiteren juristischen Geplauders – Mutmaßungen über die Zukunft der nicht-schuldhaften Scheidung, Erinnerungen an die alten Zeiten der Schnellscheidungsverfahren in Alabama – schloß die Maples aus. Überflüssig bei ihrer eigenen Zeremonie, traten Joan und Richard gemeinsam von der Richterbank zurück und standen Seite an Seite, unsicher, wohin sie sich wenden sollten, bis Richard sich endlich darauf besann, was er zu tun hatte: er küßte sie.

Hinweis auf die Originaltitel und die Übersetzer der Erzählungen

Foreword (Vorwort), deutsch von Karin Polz. *Snowing in Greenwich Village* (Schnee in Greenwich Village), deutsch von Maria Carlsson. *Wife-wooing* (Werben um die eigene Frau), deutsch von Maria Carlsson. *Giving Blood* (Beim Blutspenden), deutsch von Hermann Stiehl. *Twin Beds in Rome* (Zweibettzimmer in Rom), deutsch von Hermann Stiehl. *Marching Through Boston* (Marsch durch Boston), deutsch von Karin Polz. *The Taste of Metal* (Der Geschmack von Metall), deutsch von Karin Polz. *Your Lover Just Called* (Dein Liebhaber hat eben angerufen), deutsch von Karin Polz. *Waiting Up* (Wartezeit), deutsch von Inge Friederich. *Eros Rampant* (Eros überall), deutsch von Karin Polz. *Plumbing* (Klempnerarbeiten), deutsch von Karin Polz. *The Red-Herring Theory* (Die Theorie des Ablenkungsmanövers), deutsch von Inge Friederich. *Sublimating* (Vergeistigung), deutsch von Karin Polz. *Nakedness* (Nacktheit), deutsch von Karin Polz. *Separating* (Trennung), deutsch von Karin Polz. *Gesturing* (Gesten), deutsch von Karin Polz. *Divorcing: A Fragment* (Scheidung. Ein Fragment), deutsch von Inge Friederich. *Here Come the Maples* (Hier kommen die Maples), deutsch von Inge Friederich.